U0117084

高职高专"十二五"规划教材

统计学原理

主　编｜陈　岩　滕　达
副主编｜史　健　刘雪峰

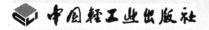

中国轻工业出版社

图书在版编目（CIP）数据

统计学原理/陈岩，滕达主编 . —北京：中国轻工业
出版社，2011.8
高职高专"十二五"规划教材
ISBN 978-7-5019-8273-8

Ⅰ.①统…　Ⅱ.①陈…　②滕…　Ⅲ.①统计学-高等
职业教育-教材　Ⅳ.①C8

中国版本图书馆 CIP 数据核字（2011）第 101739 号

责任编辑：张文佳　　责任终审：张乃柬　　封面设计：锋尚设计
版式设计：王超男　　责任校对：杨　琳　　责任监印：吴京一

出版发行：中国轻工业出版社（北京东长安街 6 号，邮编：100740）
印　　刷：航远印刷有限公司
经　　销：各地新华书店
版　　次：2011 年 8 月第 1 版第 1 次印刷
开　　本：720×1000　 1/16　 印张：13.5
字　　数：301 千字
书　　号：ISBN 978-7-5019-8273-8　　定价：30.00 元
邮购电话：010－65241695　 传真：65128352
发行电话：010－85119835　 85119793　 传真：85113293
网　　址：http://www.chlip.com.cn
Email：club@chlip.com.cn
如发现图书残缺请直接与我社邮购联系调换
110238J2X101ZBW

前 言

PREFACE

　　本书依据高职高专《统计学原理教学大纲》要求编写，以统计学基本理论为基础，以解决实际问题为出发点，在注重"统计"理论研究的基础上，立足于统计基本方法的描述，强调定量分析与定性分析研究相结合，重点培养学生的定量思维能力、分析能力和实际应用能力，用通俗易懂的语言、直观明了的统计图（表）和社会经济发展的最新统计资料为实例来讲述统计学的方法。本教材针对高职高专的实际情况，强调可操作性和实用性。编写人员均是多年从事高职高专统计学教学的人员，具有丰富的教学经验和深厚的理论基础，确保了本书既具有一定的理论高度，同时又具有很强的实用性和可操作性。

　　本书是在多年理论研究和教学实践的基础上，参考了近年国内的有关著作、教材，吸收了其精华和成果编写而成的。全书共分九章，首先介绍了统计的基础知识和基本概念，然后以统计工作过程为主线，分别阐述了统计数据的采集、统计数据的整理和统计量化分析方法等，从简单到复杂，循序渐进。以方便教师讲授和学生自学为出发点，各章均有学习目标、重点难点，以帮助学生对所学的内容理解、消化和吸收。

　　本书由陈岩、滕达任主编，史健与刘雪峰任副主编。陈岩编写了本书的第一、四、五、六章；滕达编写了第二、三、八、九章；史健编写了第七章的第一、二节；刘雪峰编写了第七章的第三、四节。全书由陈岩总纂审定。

　　由于编者水平有限，本教材难免存在不足之处，敬请批评指正。

编 者
2011 年 4 月

目 录

CONTENTS

学习目标

通过本章学习，从总体上认识和理解统计学，掌握统计学中的一些基本概念及相关问题，熟悉统计学的工作过程和研究特点，为以后各章节内容的学习打下基础。

重点难点

本章重点是统计学的研究对象和研究方法、统计学的基本概念。难点是各基本概念之间的联系与区别。

第一节　统计学的产生和发展

当今世界，人类已步入信息社会，人们无时无刻不生活在信息的海洋之中，社会主义市场经济的飞速发展和国际化趋势，迫切需要大量的经济信息。其中，统计信息作为社会经济信息的主体，被广泛应用于社会、科技和国民经济的各个部门，日益受到社会各方面的广泛重视。

统计学是一门方法论的学科，是研究如何从不确定性中做出明智决策的一门技术。许多人简单地以为统计学就是搜集数字，其实这仅仅是统计学的原始意义。现在的统计学远远超出了这一范围。发展成为广泛应用于经济管理、社会科学、自然科学等领域的科学分析方法。它将告诉人们怎样通过打开的几个窗口，去描述一个未知的世界。

一、统计的含义

统计一词由来已久，它的含义在不同的历史阶段也被赋予了不同的含义。统计语源最早出自中世纪拉丁语的 status，意思是各种现象的状态和状况。由这一词根组成的意大利语 stato 表示国家的概念以及关于国家结构和国情方面的知识的总称。1749 年，德国哥丁根大学政治学教授阿亨瓦尔（G. Aehenwall, 1719—

1772）以上述的两个词汇为原型创造了德文新词 Statistika 意为"国势学"、"统计学"，并将其用为学科名称。此后，各国相继引入了这一词汇，并将它译为本国文字，法文译为 Statistique，意大利译为 Statistica，英文译为 Statistics。近代，统计学传到日本后，著名的日本统计学家横山雅男将该词译为"统计"二字。后在 20 世纪初，"统计"这一日文词汇传入我国，成为记述国家和社会状况数量表现与数量关系等活动与学术的总称，并一直沿用至今。

统计工作在我国也已有几千年的悠久历史。早在夏朝，统治者为了治国、治水的需要，就进行过初步的国情统计：当时全国分为 9 个州，人口为 13 553 923 人（1 355 万人）、土地为 2 438 万顷。秦始皇统一中国后，分中国为 6 郡，人口达到 2 000 万之多。到了西汉末年，人口已有 5 900 多万人。不难看出，统计最原始的含义主要是用来计算事物的总量，而统计学则是近 300 年内才产生发展起来的。

二、统计学的产生和发展

回顾一下统计学的渊源及其发展过程，对于我们理解统计学的研究对象和性质，学习统计学的理论和方法，提高我们的统计理论和实践水平，都是十分必要的。从统计学的产生发展过程来看，大致可以划分为三个时期：统计学的萌芽期、统计学的近代期、统计学的现代期。

（一）统计学的萌芽期

统计学初创于 17 世纪中叶，当时主要有"国势学"和"政治算术"两大学派，标志着统计学在世界范围内产生萌芽。

1. 国势学派

统计学最初在当时欧洲经济发展较快的意大利孕育，但最终却在 17 世纪的德国破土萌芽。这个时期的代表人物是康令、阿亨瓦尔等。他们在大学里开设了一门新课程，最初叫做"国势学"。后人把从事这方面研究的学者称为国势学派。他们所做的工作主要是对国家重要事项的记载，因此又被称为记述学派。这些记载着关于国家组织、人口、军队、领土、居民职业以及资源财产等的事项，偏重于事件的叙述，而忽视量的分析。严格地说，这一学派的研究对象和研究方法都不符合统计学的要求，只是登记了一些记述性材料，借以说明管理国家的方法。但是，国势学派对统计学的创立和发展还是做出了贡献，国势学派为统计学这门新兴的学科起了一个至今仍为世界所公认的名字"统计学"。因此，经常说国势学派有统计学之名却无统计学之实。

2. 政治算术学派

统计理论在英国与德国几乎同时产生，由于两国的社会背景、经济发展和思想渊源不同，统计理论亦各具特色。英国当时从事统计研究的人被称为政治算术学派。虽然政治算术学派与国势学派的研究，都与各国的国情、国力内容有关，但国势学派主要采用文字记载的方法，而政治算术学派则采用数量分析的方法。因此，从严格意义上说，政治算术学派作为统计学的开端更为合适。17世纪的英国学者威廉·配第在他所著的《政治算术》一书中，对当时的英国、荷兰、法国之间的"国富和力量"进行了数量上的计算和比较，做了前人没有做过的从数量方面来研究社会经济现象的工作。正是在这个意义上，马克思称配第是"政治经济学之父，在某种程度上也可以说是统计学的创始人"。

配第的朋友约翰·格朗特，通过对伦敦市50多年的人口出生地和死亡资料的计算，写出了第一本关于人口统计的著作。从此，统计的含义从记述事件转变为专指"量"的方面来说明国家的重要事项。这就为统计学作为一种从数量方面认识事物的科学方法开辟了广阔的发展前景。政治算术学派在统计发展史上有着重要的地位。首先，它并不满足于社会经济现象的数量登记、列表、汇总、记述等过程，还要求把这些数据加以全面系统地总结，并从中提炼出某些说明一定问题的东西。这个学派在收集资料方面，较明确地提出了大量观察法、典型调查、定期调查等思想；在资料处理方面，较为广泛地运用了分类、制表及各种指标来浓缩与显现数量资料的内涵信息。其次，政治算术学派第一次运用可度量的方法，力求把自己的论证建立在具体的、有说服力的数字上面，依靠数字来解释与说明社会经济生活。然而，政治算术学派毕竟还处于统计发展的初创阶段，它只是用简单的、粗略的算术方法对社会经济现象进行计量和比较。

国势学派和政治算术学派共存达200年之久，两个学派的共同之处，在于均以社会经济现象作为研究的对象，都以社会经济的实际调查资料作为理论的基础，共同认为这门学科是具体阐述国情国力的社会科学。不同之处在于是否把数量方面的研究作为这一门学科的基本特征。

（二）统计学的近代期

统计学的近代期是18世纪末至19世纪末，这一时期的统计学主要有数理统计学学派和社会统计学派。

1. 数理统计学学派

18世纪末19世纪初，资本主义进入了一个崭新的历史阶段，统计学作为一门社会科学又有了突飞猛进的发展。比利时著名统计学家、数学家、天文学家阿道夫·凯特勒把概率论引进到了统计学的研究中，使统计学的研究对象、研究方法、学科性质产生了质的飞跃和根本性的变化。1867年人们把这门既是数学又是统计学的独立学科命名为数理统计学，由于这一学派主要在英美等国发展起来，故又称英美数理统计学学派，并被世人所接受。

概率论的产生与社会的发展是分不开的，由于赌博、航海、保险等事业的兴起，在对具有偶然性质的现象进行的研究中，发现这些偶然现象从个别事物看似乎没有什么规律，但通过大量观察又可以发现其具有一定的规律性。许多数学家从大量偶然现象中寻找其规律性的东西，逐步形成了概率论。凯特勒把概率论的原理引进统计学，运用大数定律证明社会经济现象发展并非偶然，而是具有内在规律性。概率论引入统计学后，使统计学方法发生了重大的飞跃。

但是，数理统计学派认为，统计学就是数理统计学，它是应用数学的一个重要分支，他们否认其他统计学科的独立存在，认为统计学就是数学的具体应用。

2. 社会统计学派

数理统计学突飞猛进的发展，并没有阻碍统计学其他学派的理论研究的步伐。19 世纪后半叶，正当致力于自然领域研究的英美数理统计学刚开始发展的时候，在德国异军突起，兴起了与之不同的社会统计学派，并在 19 世纪中叶到 20 世纪初一度占据优势地位，取得了一系列的研究成果。

社会统计学总体上看融合了国势学派和政治算术学派的观点，又吸收了凯特勒著作中的若干思想，并把政府统计和社会调查相结合，既重视统计方法研究，也强调要以事物的质为前提和认识质的必要性。

社会统计学派由德国大学教授尼斯首创，主要代表人物为恩格尔。他们认为统计学是一门独立的科学与方法，包括统计科学与方法，统计学的研究对象是社会现象，目的在于明确社会现象内部的联系和相互关系，应当包括资料的收集、整理以及对其分析研究。他们根据对欧洲工人阶级社会状况的调查，发现可以用工人家庭生活费用占工人收入的比例关系，衡量一个国家人民生活水平的贫富程度，这就是现在社会经济统计中常用的恩格尔系数。

（三）统计学的现代期

统计学的现代期是自 20 世纪初到现在的数理统计时期，20 世纪 20 年代以来，数理统计学发展的主流已从描述统计学转向推断统计学。19 世纪末到 20 世纪初的统计学主要是关于描述统计学中的一些基本概念、资料的收集、整理、图示和分析等，后来逐步增加了概率论和推断统计的内容。

半个世纪以来，统计学有了长足的进步，从描述到分析，从单项分析到多元分析，从手算到电子计算机的运用，使统计学从一个不起眼的课题发展成为一门与多学科相互影响、内容深广的科学。它对许多实用科学和软科学的数量化研究起着重要的作用。所以，统计分析方法，对现代社会的各个部门的管理、运筹和发展都是不可或缺的重要工具。

现在，数理统计学的丰富程度完全可以独立成为一门学科，但它也不可能完全代替一般的统计方法论。一般的统计方法论虽然比较简单，但在实际统计工作中的运用仍然极为广泛，正如四则运算和高等数学的关系一样。不仅如此，数理统计学主要涉及资料的分析和推断方面，而作为统计学本身还应包括各种统计调查、统计工作制度和核算体系等。由于统计学比数理统计在内容上更为广泛，因此，数理统计学相对于统计学来说不是一门并列的学科，而是统计学的重要组成部分。

20 世纪 60 年代以后到现在，统计学的发展有三个明显的趋势：第一，随着数学的发展，统计学依赖和吸收数学的方法越来越多；第二，逐步向其他学科和领域渗透，或者说，以统计学为基础的边缘学科不断形成；第三，随着统计学应用日益广泛和深入，特别是进入 21 世纪以后，统计学所发挥的功效日益增强。

统计发展史表明，统计学是从设置统计指标，研究社会经济现象的数量方面开始的，随着社会的发展与实践的需要，统计学家对统计方法的不断丰富和完善，统计学也将不断发展和演变。从当前世界各国统计研究状况来看，统计学已不仅为研究社会经济现象的数量方面，也为研究自然技术现象的数量方面提供各种统计方法。它既研究确定现象的数量方面，又研究随机现象的数量方面。从统计学的发展趋势来看，它的作用与功能已从描述事物的现状反映事物规律，向抽样推断、预测未来变化方向发展。它已从一门实质性的社会性学科，发展成为方法论的综合性学科。

随着统计学的不断发展，统计学的内容越来越丰富。但是就其基本内容来说，包括描述统计和推断统计两类。

1. 描述统计

描述统计是通过图表或数学方法，对数据资料进行整理、分析，并对数据的分布状态、数字特征和随机变量之间的关系进行估计和描述的方法。描述统计分为集中趋势分析和离中趋势分析以及相关分析三大部分。它是整个统计研究的基础。

在客观世界中，有些现象的数量特征比较直观，计量方法比较简单，可以直接加以观测和描述。例如，一个学校的学生人数或学习成绩。而有些社会现象，特别是一些社会经济现象相当复杂，其数量特征就不是那么容易去描述的。例如，对一个国家居民生活水平的描述，对通货膨胀程度的描述，又如对整个国民经济运行状况的描述就显得比较复杂。对这类问题的描述涉及许多方面，需要结合所研究问题的实质，确定一些能够反映现象数量特征的范畴。

描述统计包括各种数据处理，这些数据的处理，是用总括或描述数据的重要特征的方法，而不必深入一层地试图推论数据本身以外的任何事情。因此，描述统计的主要作用是通过对现象进行调查或观察，然后将所得到的大量数据加以整理、简缩、制成统计图表，并就这些数据的分布特征（如集中趋势、离散趋势等）计算出一些概括性的数字（如平均数、标准差、相关系数等），借助这些概括性的数字，使人们从杂乱无章的资料中取得有意义的信息，便于对不同的总体进行比较，从而做出结论。

2. 推断统计

推断统计是研究如何根据部分数据去推断总体数量特征的方法。由于客观条件的限制，有时我们并不是对现象的所有单位都可以直接调查与观测，有时可能从观测成本考虑，我们没有必要对构成总体的所有单位都一一进行观测。通常采用抽取部分样本进行观测，依此为基础对总体的数量特征作出推断。由于样本只是总体的一部分，样本包含的总体信息并不完备，而且样本是随机抽取出来的，用样本去推断总体会出现一定的误差。推断统计学是根据概率论的原理，对推断所产生的不确定性加以度量，研究用样本对总体特征作出更加可靠推断的方法。

推断统计可以在观察资料的基础上深入一步地分析、研究，以推知资料本身以外的情况和数量关系，从而对不确定的事物做出判断，为决策提供依据。由于推断统计可以节约时间、人力和物力，因而备受人们的重视和欢迎。

推断统计主要有两种类型，即参数估价和假设检验。在这两种类型中，有关总体的某个样本信息已经取得，所要作的是对总体做出推断。如果所作的推断是对整个总体的某个数值做出估价，这样的问题属于估价这一类型。例如，推断总体平均数或总体比率等。如果所作的推断是在几个可供选择的行动方案中进行选择，这样的问题属于检验这一类型。例如，在工业生产管理中，检验两种不同的工艺方法所生产的产品在质量上有无显著的差别，从而判断一种新的工艺方法，是否优于原有的工艺方法。又如，在药品生产试用阶段，就可以通过大量观察检验新药与旧药之间是否存在显著性的差异，从而判定新药较旧药的疗效是否更好、更安全，并确定其临床推广的应用价值。

描述统计和推断统计都是统计方法论的组成部分。描述统计是统计学的基础，如果没有描述统计提供有效的样本信息，推断统计就只能成为无的之矢。同时从样本去推断总体的特征是现代统计学的核心，没有推断统计学，就不可能使统计学的方法更加完善，也不可能使统计学建立在更加科学的基础上。所以，学习和应用统计学，既要熟悉描述统计的基本理论和方法，又要掌握推断统计的基本思想和方法。

第二节　统计的研究方法和研究过程

任何一门学术都有与其他学科不同的研究对象、研究内容和研究方法。而了解这些，对于掌握这门学术无疑是必做的功课。

一、统计的概念

科学源于社会实践，统计也是为了适应国家行政管理和社会经济发展需要，而产生和发展的。因此，统计学不是一般的社会科学或自然科学，它是为其他科学提供从量的方面着手研究客观事物的方法和理论，即方法论的科学。既然是方法论，那么方法就是多种多样的，内容是非常广泛的。因此我们对"统计"一词习惯上有不同的理解。

（一）统计概念的内涵

统计学是一门搜集、整理和分析统计数据，据以推断和预测的方法论科学。方法论是指某一门科学或学科所有研究方法的总和。

统计概念的内涵确定了，统计概念的外延也就确定了。我们知道，统计是一种对客观世界的认识活动。但是，这种活动并不是孤立存在的。"统计"作为社会生活中经常使用的名词具有多重含义，一般泛指统计实践活动和统计学，有时也指统计资料或统计数据。

（二）统计概念的外延

日常工作生活中，提到"统计"一词，常有不同的理解，比如，"据统计"，一般是指统计资料；"我不是搞统计的"，一般即统计工作；"我学过统计"，一般是指统计科学。所以，统计有三种含义，即统计工作、统计资料和统计学。

1. 统计工作

统计工作是利用各种科学方法，对社会经济现象的数量方面进行搜集、整理和分析的工作过程。进行这个工作的通常叫做统计，负责这个工作的机构叫做统计机构，比如国家统计局，进行这个工作的人员叫做统计人员。它的基本任务是为各级领导了解情况、制定政策、指导工作、制定和监督检查工作计划提供依据，它的要求是准确、及时、全面地提供统计资料。

2. 统计资料

统计资料是指统计工作活动过程中，所取得的反映社会经济现象和过程的统计数字以及有关资料。统计资料包括原始调查资料和经过整理与分析研究而成的系统的统计资料。

3. 统计学

统计学是系统地论述统计工作的理论和方法的科学，是以往统计工作经验的科学总结，包括理论统计学和应用统计学。

（1）理论统计学。理论统计学是指统计学的数学原理，主要研究统计学的一般理论和统计方法的数学原理，它是统计方法的理论基础。统计学曾被认为是数学的分支，因此，没有坚实的数学功底，就谈不上统计研究。理论统计学几乎用上迄今数学上的所有研究成果，没有理论统计学的发展，统计学的应用领域就不可能如此广泛。

（2）应用统计学。应用统计学是指如何应用统计方法解决实际问题。它是从所研究的领域或专门问题出发，从研究对象的性质和特点出发，采用适当的统计方法，分析现象的数量特征及其规律，求得有关问题的解决，在这个过程中，要求参与者不仅要有较好的数学基础，还要具备有关领域的专门知识。如生物统计学、卫生统计学、社会统计学、经济统计学、人口统计学等。

（3）统计三种含义的关系。首先，统计工作与统计资料的关系是统计活动与统计成果的关系，即因果关系。一方面，统计资料的需求支配着统计工作的布局；另一方面，统计工作的好坏又直接影响着统计资料的数量和质量。统计工作的现代化，关系到向社会提供丰富的信息资料，提高决策可靠性和工作效率的问题。

其次,统计工作与统计学的关系是统计理论与实践的关系。一方面,统计理论是统计工作经验的总结,只有当统计工作发展到一定程度,才能形成独立的统计学。另一方面,统计工作的发展又需要统计理论的指导,统计科学研究大大促进了统计工作水平的提高,统计工作的现代化和统计科学的进步是分不开的。

二、统计学的研究对象及特点

(一)统计学的研究对象

统计学的研究对象具体地说,是用科学的方法去搜集、整理、分析国民经济和社会发展的实际数据,并通过统计所特有的统计指标和指标体系,表明所研究现象的规模、水平、速度、比例和效益等,具体反映社会经济发展规律在一定时间、地点条件下的表现。

(二)统计学研究对象的特点

统计工作是一项调查研究活动的工作过程,针对它的研究对象,也有它不同于其他社会调查研究活动的特点。

1. 数量性

统计学研究社会经济现象的数量方面,即社会经济现象的数量表现和数量关系。任何现象都是质与量的统一体。所以,统计的语言就是数字,统计通过数量方面来认识社会。社会现象的数量方面包括哪些内容呢?它包括数量的多少、大小、高低;现象之间的数量关系;质量互变的数量界限。具体地说,指社会现象的规模、水平、结构、比例关系、差别程度、普遍程度、发展速度、平均规模和水平、平均速度等,因此说,数量性是统计研究的第一个特点。

2. 总体性

统计学研究社会经济现象的数量方面指的是总体的数量方面,社会现象是各种规律相互交错作用的结果。它呈现出一种复杂多变的情景,如果我们仅仅研究社会现象的个体特征,而不对足够大量的个体进行全面考察,社会规律就不能充分显示,统计研究必须对足够大量的个体特征进行登记、整理和综合,使它过渡到总体的数量方面,把握社会现象总规模、总水平及其发展变化的总趋势,从总体上分析社会现象的数量关系和数量界限,这样才能发挥统计的认识作用。统计对个体的特征也要考察,但不是它的目的,只能说是一个必要的阶段。

3. 变异性

统计学所要研究的社会经济现象的总体是由某些性质上相同的许多个体所组成的,而这些个体在其他方面又表现为一定的差别和变异,这些差别和变异是普遍存在的。例如,各个工人的工龄、工资可以不尽相同,各个企业的计划完成程度、劳动生产率可以有差别,各地区的农作物收获量、单位面积、产量也可以各不相同。如果个体之间没有差别,就不需要统计了,只要任选其中一个个体就可以代表总体了。正因为有变异,才需要综合大量个体的变异,以进一步掌握总体的综合特征。

统计学研究某一现象的总体，构成总体的许多单位之间必然呈现出各种差异，差异性是统计研究的前提。大千世界，无论什么现象，构成这个现象总体的各个单位，在所有特征和标志上，总是参差不齐、存在着各种差异的。正是这种差异的存在，使统计成为必要和可能，如果没有这些差异，再好的统计方法，也无用武之地。统计研究就是为了最终找到现象总体的数量特征。

4. 具体性

统计学研究的数量方面指社会经济现象的具体的数量方面，统计的数字都是具体的，反映一定社会经济范畴的数字。任何社会经济现象都是质与量的辩证统一。一定的质规定一定的量，一定的量又表现为一定的质。统计学研究的不是一个单纯的量、抽象的量。它与数学不同，统计学总是研究一定的质规定下的数量方面，它总是在质与量的辩证统一中进行研究的。因此，必须对社会经济现象质的规定性有正确认识以后，才能统计它们的数量。统计是从定性认识开始进入定量认识的。定性认识是定量认识的前提和基础，明确这一点非常重要。例如，要统计国民收入，首先要明确国民收入的概念（国民收入是一年内，生产的社会总产值扣除生产资料价值的转移部分，也就是该年劳动所创造出来的价值。即国民收入 = 社会总产值 - 物耗部分），如果不明确国民收入的概念，不把社会总产值中转移的价值和新创造出来的价值区分开来，那么就不可能正确统计国民收入的数量。

三、统计学的研究方法和研究过程

每门科学都有它独特的研究方法，根据统计的研究对象，统计研究采用一些什么样的方法、研究的过程呢？

（一）统计学的研究方法

1. 大量观察法

大量观察法，指统计研究社会经济现象和过程，要从总体上加以考察，就总体中的全部或足够多数单位，进行调查观察并加以综合研究。

统计研究要运用大量观察法，这是由研究对象的大量性和复杂性所决定的。大量的复杂的社会经济现象是在诸多因素的错综复杂的作用下形成的，各单位的特征及其数量表现有很大的差别，不能任意抽取个别单位进行观察，必须在所研究对象的经济分析的基础上，确定调查对象的明确范围，观察全部或足够多数的调查单位，借以从中认识客观现象的规律性。

2. 统计分组法

统计分组法是指根据事物内在的性质和统计研究任务的要求，将总体各单位按照某一标志，划分为若干组成部分的一种研究方法。例如，将人口按照职业分类，对经济按部门分类，或按经济类型分类，对工人按技术等级分类等。

统计分组是研究总体内部差异的重要方法，通过分组可以研究总体中不同类型的性质以及它们的分布情况。统计研究对象具有具体性的特点，即社会经济现象错综复杂，类型多样，决定了统计研究必须采取分组法，分组法将资料分门别类，把性质相同的单位归纳在一起，保持组内各单位的同质性，组与组之间的差别性，以区别现象的不同特点，认识各种特殊矛盾，从而正确反映现象的本质和规律性，分组法是统计研究的基本方法。

3. 综合指标法

综合指标法是指运用各种统计综合指标来反映和研究社会经济现象总体的一般数量特征和数量关系的研究方法。

对大量的原始资料经过整理汇总，计算各种综合指标，可以显示出现象在具体时间、地点和条件下的总量规模、相对水平、集中趋势、变异程度等。它概括地描述了总体各单位数量分布的综合数量特征和变动趋势。在统计分析中，广泛运用各种综合指标来探讨总体内部的各种数量关系，揭露矛盾、发现问题，进一步寻找解决问题的方法。例如，动态趋势分析法、因素影响法、回归与相关分析法、综合平衡分析法等，都是运用综合指标来研究现象之间的数量关系的。

综合指标法和统计分组法是密切联系相互依存的。统计分组如果没有相应的统计指标来反映现象的规模水平，就不能揭示现象总体的数量特征。而综合指标如果没有科学的统计分组，就无法划分事物变化的数量界限，掩盖现象的矛盾，成为笼统的指标，所以在研究社会经济现象的数量关系时，必须科学地进行分组，合理地设置指标，指标体系和分组体系应该相适应。综合指标法和统计分组法总是结合起来应用的。

4. 统计模型法

统计模型法是根据一定的解决理论和假定条件，用数学方程去模拟现实经济现象相互关系的一种研究方法。利用这种方法可以对社会经济现象和过程中存在的数量关系进行比较完整和近似的描述，从而简化了客观存在的复杂的其他关系，以便利用模型对社会经济现象的变化进行数量上的评估和预测。

统计模型包括三个基本要素：社会经济变量、基本关系式与模型参数。将总体中一组相互联系的统计指标作为社会经济变量，其中有些变量被描述为其他变量的函数，称这些变量为因变量，而它们所依存的其他变量称为自变量。通常用一组数学方程来表示现象的基本关系式，数学方程可以是线性的也可以是非线性的，可以是二维的也可以是多维。模型参数则是表明方程式中自变量对因变量影响程度的强度指标。它是由一组实际观察数据来确定的。

由此可见，统计模型法是在前三种研究方法的基础上，进一步系统化和精确化的发展。它把客观存在的总体内部结构，各因素的相互关系，以一定的形式有机地结合起来，大大提高了统计分析的认识能力。

大量观察法、统计分组法、综合指标法和数学模型法及其他统计方法，均与统计学的研究对象密切联系着，统计工作各个阶段，各自运用不同的统计方法，但它们之间并非孤立进行的，统计分组法、综合指标法、数学模型法均建立在大量观察法的基础上，而分组法为综合指标和数学模型创造了前提条件，随着统计实践的发展，统计学的方法将会不断地提高和完善。

（二）统计学的研究过程

统计研究社会经济领域的大量社会经济现象的数量方面，一般要经过统计设计、统计调查、统计整理和统计分析四个阶段。经历由定性认识—定量认识—定性认识和定量认识相结合的完整过程。

1. 统计设计

统计设计就是根据统计活动的目的，结合研究对象的性质特点，对统计范围指标体系、分类目录、资料搜集整理方法等方面作出整体规划。统计设计的结果一般表现为统计调查方案、统计报表制度，简单的统计设计也可以表现为统计调查提纲。

2. 统计调查

统计调查就是根据统计活动目的所确定的统计指标体系，把研究对象中各总体单位的某些必须了解的特征记录下来，统计调查是搜集客观资料的具体过程。

3. 统计整理

统计整理就是根据统计设计的要求，将调查资料进行审核、分组、汇总，编制统计表等科学加工处理的过程，以便清晰反映研究总体的综合特征。统计整理最终表现为统计表和统计图。

4. 统计分析

统计分析就是根据统计研究的任务，以统计数据为基础，结合具体情况运用静态分析和动态分析方法进行分析研究，探究事物的本质及其规律性，提出解决问题的办法。

统计设计、调查、整理和分析是密切联系的四个阶段，它们构成了一个完整的统计工作过程。一般情况来说，统计设计以定性研究为基础，构筑定量研究的框架，统计调查在定性研究的前提下，侧重对个体事物量的认识，统计整理通过对个体事物量的综合得到事物总体数量的描述性认识，统计分析是以事实描述为基础，从定性和定量结合的角度，对现象总体进行本质或规律性的认识。

（三）统计的职能

1. 信息职能

统计信息职能是指统计具有信息服务的功能，也就是统计通过系统地搜集、整理、分析得到统计资料，在统计资料的基础上再经过反复提炼筛选，提供大量有价值的、以数量描述为基本特征的统计信息，从而为社会服务。

2. 咨询职能

统计咨询职能是指利用已经掌握的丰富的统计信息资源，运用科学的分析方法和先进的技术手段，深入开展综合分析和专题研究，为科学决策和管理提供各种可供选择的咨询建议与对策方案。

3. 监督职能

统计监督职能是指统计具有揭示社会经济运行中的偏差，促使社会经济运行不偏离正常轨道的功能，也就是统计部门以定量检查、经济监测、预警指标体系等手段，揭示社会经济决策及其执行中的偏差，使社会经济决策及其执行按客观规律的要求进行。

这三种职能相互联系、相辅相成。统计信息职能是统计的最基本功能，是统计咨询和统计监督职能能够发挥作用的保证，而统计咨询和统计监督职能的强化又会反过来促进统计信息职能的优化。统计工作只有发挥了信息、咨询和监督三者的整体功能，才能提供优质的服务，从而为政府机构的决策服务、为企事业单位的经营管理服务、为民众参与社会政治经济活动服务，实现信息社会化和信息社会共享的目标。

第三节　统计学中的几个基本概念

一、统计总体和总体单位

统计总体简称总体，是由客观存在的、在某一共同性质基础上结合起来的许多个别事物构成的整体。例如，全国工业企业是一个总体，因为每一个工业企业都是客观存在的，每一个工业企业的经济职能是相同的，即都是进行工业生产活动的基层单位。全国工业企业是由每一个工业企业构成的整体。构成总体的个别事物称为总体单位。本例中的每个工业企业就是一个总体单位。

统计总体根据总体单位是否可以计量，分为有限总体和无限总体。有限总体是指一个统计总体中包含的单位数是有限的。例如，某地区人口可能较多，不易清点，但人口数毕竟是有限的，可以计量的，因此某地区人口仍然是一个有限总体。对有限总体可以进行全面调查，也可以进行非全面调查。无限总体是指统计总体中包含的单位数是无限的。例如，大量连续生产的小件产品，由于时间不断延续，该种小件产品就构成一个无限总体。对无限总体不能进行全面调查，只能从中抽取一部分做非全面调查，据以推断总体数量特征。

统计总体具有三个基本特征：大量性、同质性和差异性。

大量性是指总体应包含足够多的单位数，这是由统计的研究对象决定的。统计的研究对象是大量现象的数量方面，这就要求总体不是由一两个单位或少数单位构成，而是由足够多的单位组成，这样才能综合计算出总体的一般数量特征，才能反映出整个总体的规律性。

同质性是指构成统计总体的每个个体必须至少在某一方面具有共同性质，正是由于这种共性，才使这些个体结合成一个整体。同质性是构成总体的必要条件。

差异性是指构成总体的个体除了至少在某一方面具有共同性质外，在其他方面一般存在着差异。例如，在历次全国人口普查中，全国人口是统计总体。这个总体中的所有单位，即每个人，都具有相同的中国国籍，也就是说该总体具有同质性，但众多的人口在性别、年龄、职业等诸多方面的表现都各不相同，这就是差异性在这个总体中的具体表现。同质性是构成总体的基础，变异性则使统计研究成为必要。如果一个总体中不存在差异性，那么统计活动也就毫无意义，这个总体也就失去了存在的必要。

统计总体和总体单位的概念不是固定不变的。随着研究目的的改变，原来的总体有可能变为总体单位，原来的总体单位也有可能变为总体。例如，在研究某省高等院校在校学生人数时，则该省所有的高等院校是总体，省内每所高等院校是总体单位；而当研究的是某一院校内各系的在校学生人数时，则该院校被看做是统计总体，而该校的各系则是总体单位。

二、指标和标志

（一）标志

标志是说明总体单位属性或特征的名称。例如，全国工业企业是一个总体，则每个工业企业是一个总体单位，每个工业企业的经济类型、规模、产值、职工人数等都属于标志。因为它们都是用来反映总体单位特征的。又如，将某校学生作为总体，则该校学生的性别、籍贯、身高、体重等也是标志。可见，总体单位是标志的承担者。

标志表现是指在标志名称之后所列示的属性或数值。例如，在工业企业总体中，企业的经济类型分为"国有"、"私有"、"外资"等类型，则"国有"、"私有"、"外资"都是企业经济类型这一标志的具体表现。而在某校学生这一统计总体中，身高也是一个标志，那么不同学生的身高分别表现为"170cm"、"165cm"、"176cm"等，这些具体数值都是"身高"这一标志的标志表现。

标志按其性质不同可分为品质标志和数量标志。品质标志是表明总体单位属性或特征的名称，它不能用数值表示，只能用文字加以反映。例如，学生的籍贯、性别等；数量标志是表明总体单位数量特征的名称，用数值加以表示，如企业职工的工资、年龄等。数量标志的标志表现，可以称为标志值。例如，某学生统计学考试分数 86 分，身高 172cm，对于这样的数值，我们既可以称之为标志表现，也可以称其为标志值。

标志按变异情况可以分为不变标志和可变标志。若某标志的具体表现在总体各单位中相同，则称该标志为不变标志；反之，若某标志的具体表现在总体各单位中不完全相同，则称该标志为可变标志。上例中的企业经济类型、学生身高都属于可变标志，因为标志表现各不相同。如果在某女子学校进行学生某方面状况的统计调查，则性别为不变标志。不变标志构成了总体的同质性，可变标志构成了总体的差异性。

（二）指标

指标是说明总体的。对于指标可以有两种不同的理解。一种认为指标是反映总体数量特征的概念或范畴的。例如，国内生产总值是指标，国民收入、工业总产值、工业增加值、劳动生产率等也是指标。这种理解包含三个要素：指标的含义、指标计算范围、指标计算方法及计量单位。这种理解往往用于统计理论和统计设计；另一种认为指标是反映总体数量特征的概念、附带具体数值。例如，某市土地面积约为 200 平方公里。这种理解不仅包含上述三要素，而且还包括指标所属时间、指标所属空间、指标数值。这种理解具体用于统计调查、统计整理和统计分析。另外，如果采用指标的第一种概念及理解，指标的数值表现，通常称作指标值。

统计学中通常将指标分为数量指标和质量指标。

数量指标是反映现象总体的总规模、总水平或总数量的统计指标，又称总量指标。由于此类指标用绝对数表示，还可以称作统计绝对数。例如，某市在校大学生人数、企业工资总额、商品销售额等。

质量指标是反映现象总体相对水平或工作质量的统计指标，表明现象的各种对比关系及总体内各单位的一般水平。质量指标用相对数或绝对数表示。例如，人口密度、产品合格率、居民平均收入、学生考试平均成绩等。

（三）指标与标志的区别和联系

指标与标志既有区别，也有联系。两者的区别表现在以下两个方面。

1. 二者反映的对象不同

标志是反映总体单位特征的，而指标是反映统计总体特征的。

2. 二者的表现形式不同

在标志中，既有用数值表现的数量标志，也有用文字表现的品质标志；而指标都是用数值加以表现的。

两者的联系表现在以下两个方面。

1. 二者间存在汇总关系

指标值是从总体单位数量标志的标志值进行直接汇总或间接计算后得到的。例如，某人群的月消费总额是由该人群中每个人的月消费额汇总而来，而人均月消费额则是进一步计算获得。

2. 二者之间存在变换关系

当研究目的发生变化时，原来的统计总体如果变成总体单位，则相对应的统计指标也就变为数量标志；反之亦然。例如，当我们把某个班级作为统计总体进行某种研究时，该班人数是一个统计指标；而当我们将全校所有班级作为总体进行同样的研究时，由于每个班级由总体变为总体单位，因此各班人数不再是指标，而是变成反映总体单位情况的统计标志。

三、变异和变量

变异是指统计所研究的指标与标志，其具体表现在总体及总体单位之间是可变的、存有差异的，更具体地说，就是指指标及标志的具体表现在各总体或各单位之间不尽相同。例如，在人口总体中，年龄这一标志在各个总体单位上的表现是有差异的，所以，我们可以说，年龄这个标志存在变异；又如，我们将某校全部学生作为总体，则该校学生总数是指标。我们研究不同的总体，学生总数这一指标值是有差异的，这种指标值间的差异，同样属于变异。

可变的统计指标和可变的数量标志，统称为变量。变量的具体取值，称为变量值。例如，在某市人口总体中，年龄是变量。年龄的具体表现，如 7 岁、10 岁、20 岁……，则是变量值。又如，纺织厂工人"看管织机的数量"是一个变量，而不同的工人可以看管机器的具体台数是 3、4、5…，就是变量值。

变量按变量值是否连续分为离散变量与连续变量。离散变量的各个变量值一般是按整数断开的，如职工人数、班级个数、电脑台数等。连续变量的各个变量值是连续不断的，相邻两值间可无限分割，如体重、身高、年龄等。

变量按性质的不同分为确定性变量和随机性变量。确定性变量是指若干起决定性作用的因素影响变量值的变动，致使该变量值沿着一定的方向呈上升或下降的变动。例如，近 30 年来的国内生产总值（或社会总产值），随着经济环境和经济政策的不断调整，保持了相对稳定的增势。因此，国内生产总值指标作为一个变量，在目前基本属于确定性变量。随机性变量是指变量值的变化受不确定因素的影响，变量值的变化无确定方向，偶然性较大。例如，在同一台机器上加工某种零件，其尺寸大小经常存在差异。这些差异可能是由于温度、电压、环境或操作者不同造成的。可见，该种零件尺寸变动的因素是不确定的。也就是说，零件尺寸是一个随机性变量。

四、统计指标体系

单个指标只能反映现象总体的一个侧面，不可能反映总体的全面情况。为了揭示总体数量特征的全貌，往往需要把一系列相互联系、相互补充的指标结合起来应用。这样的由若干个相互联系、相互补充的指标结合在一起形成的整体叫做指标体系。例如，一个企业的生产经营情况可以从生产、供应、销售、人力、物力、财力等方面综合起来反映，相应地可建立一个指标体系。

指标体系可分为两大类，即基本指标体系和专题指标体系。

基本指标体系是指反映国民经济和社会发展及其各个组成部分基本情况的指标体系。具体又分为三个层次：最高层次是反映国民经济和社会发展的统计指标体系，从经济上讲主要是国民经济综合平衡指标体系，还应建立社会指标体系和科技指标体系；中间层次是各地区各部门统计指标体系，这个层次也应该建立中观经济综合平衡指标体系、中观社会指标体系和中观科技指标体系；第三是基层统计指标体系，是指微观企业、事业单位的统计指标体系。

专题指标体系是指针对某项社会或经济问题而制定的专门统计指标体系。例如，就环保问题应建立环保指标体系；就能源问题建立能源统计指标体系，就社会保障问题应建立社会保障指标体系。

五、流量和存量

（一）流量
流量是在一定时期内生产的物质产品和提供的服务而取得的收入或支出的总量。例如，企业的产品销售收入和提供的货物性和非货物性服务取得的收入以及为取得这些收入而消耗的物化劳动和活劳动，都可以称为在这一时期内的收入流量和支出流量。

（二）存量
存量是在某一时点上，过去生产与积累结存起来的物品、储备、资产负债的累计数。例如，企业编制的资产负债表中的所列示的数据都是在某一时点上的存量。

在国民经济核算中，经常使用流量和存量这一对概念。流量和存量之间存在着辩证统一的关系，流量和存量共同存在于社会再生产过程中。期初的资产存量是国民经济流量运行的条件，期末存量是国民经济流量运行的结果，同时又构成新一轮国民经济流量运行的起点。也就是说，流量一方面来自于存量，存量越多，流量也越多；另一方面，流量又在一定程度上决定存量的多少。

第二章　统计调查

教学目标

　　本章阐述了统计调查的意义、作用、要求、类型和统计调查方案的内容。了解统计调查担负着提供统计资料的重要任务，掌握统计调查的基本方法和统计调查方案的制定，能够初步根据调查的目的和客观实际情况，采用正确的调查方法，组织收集准确、及时、全面的统计资料。

重点难点

　　本章学习的重点是统计调查的概念和要求，统计调查的作用，统计调查的组织形式、特点以及适用场合。难点是设计比较简单的调查表，把握几种常见的统计调查方法及特点并了解它们的应用领域。

第一节　统计调查的意义和类型

　　社会经济现象是错综复杂的，人们要认识其本质的规律性，必须向客观实际搜集资料，进而进行加工整理，并对已整理的资料进行分析研究。统计资料的搜集方式有两种：一种是直接向调查对象搜集反映调查单位的统计资料，一般称为原始资料，或初级资料的搜集；另一种是根据研究的目的，搜集已经加工、整理过、说明总体现象的资料，一般称为次级资料或二手资料。统计调查主要是指对原始资料的搜集。

一、统计调查的概念和要求

（一）统计调查的概念

　　统计调查是根据统计研究预定的目的要求和任务，运用科学的调查方法，有组织、有计划地向客观实际搜集资料的过程。从调查的性质看，统计调查是社会经济调查的组成部分；从统计工作过程的阶段性看，统计调查处于统计工作过程的基础阶段。

通过统计调查，取得有关被研究对象的具体资料，为统计整理和统计分析提供资料，统计调查搞得好，就能准确、及时、全面、系统地占有丰富的统计资料，有利于正确认识被研究对象的本质及其规律性；反之，如果统计调查工作出现问题，所得到的资料不完整、不真实或不及时，即使是科学的整理、周密的分析，也不可能得到正确的判断，这将直接影响整个统计工作的成果。所以，统计调查阶段是保证完成统计工作任务、提高统计工作质量的首要环节，是整个统计工作的基础。

（二）统计调查的要求

统计调查以搜集各种原始资料作为统计研究的起点。如何保证原始资料的高质量是统计调查的中心问题。为保证统计工作的任务，在进行统计调查时，必须坚持实事求是的原则，同时要深入实际，全面了解情况，以取得准确、及时、完整的统计调查资料。具体来说，有这样几个要求：

1. 准确性

准确性是指各项原始资料必须真实可靠，符合实际，不允许有任何歪曲和蒙蔽，只有原始资料真实可靠，才能对问题作出正确判断，得出结论。

2. 及时性

统计调查的及时性是指及时上报各种统计调查资料，以便满足各方面的需要。及时性关系到统计资料的使用价值，如果统计资料提供得不及时，即使统计资料准确、可靠，也会失去应有的作用。

3. 完整性

统计调查的完整性是指在搜集资料的过程中，保证使调查单位不重复、不遗漏，所列调查项目的资料搜集完整，这是全面反映大量社会经济现象总体数量特征的基础。若统计资料残缺不全，就不可能反映所研究对象的全貌，和正确认识社会经济现象总体的特征，最终也就难以对社会经济现象的规律性作出明确的判断，甚至会得出错误的结论。

4. 经济性

在满足准确、及时全面搜集统计资料的基础上，统计调查还要求以尽量少的投入获得所要求的统计资料，也就是说统计调查也要讲究经济效益。

统计调查的正确性、及时性和完整性，是对统计工作的基本要求，它们之间存在着有机的联系。其中准确性是统计调查工作的基础，其次要在准确中求及时、求完整、求效益。

二、统计调查的类型

社会经济现象是复杂的，调查对象是千差万别的，统计研究的任务是多种多样的，因此在统计调查时，应根据不同的调查对象和调查目的，而灵活采用不同的调查方式方法。根据不同的情况，统计调查可分为不同的类别。

（一）按调查对象包括的范围不同，统计调查可分为全面调查和非全面调查

1. 全面调查

全面调查是指对总体中的全部单位，无一例外地都进行登记或观察。例如，要掌握全国人口的数量及其构成，需对全国每一居民进行调查，要统计全国工业总产值，需对全国所有工业企业进行调查。所以各种普查，诸如人口普查、牲畜普查、工业普查、贸易企业普查等都是全面调查。统计报表，在它的实施范围内，包括了全部应填报的企业、事业单位，因此，基本上也是全面调查。这种调查方式能掌握所有调查单位的全面情况，但它需要耗费较多的人力、物力和财力。全面调查只适用于有限总体，调查内容应限于反映有关国情国力的重要统计指标。

2. 非全面调查

非全面调查是对被调查对象的一部分单位进行调查。如要了解职工的生活水平，只需要调查部分职工家庭；要掌握企业某种产品的质量，只需要检验其一部分产品；要研究某种新技术、新经验的推广情况，在某种情况下也只需调查一定数量的样本单位即可。非全面调查包括重点调查、典型调查和抽样调查。

全面调查固然十分重要，但是非全面调查也不能忽视，在某种情况下，非全面调查有特殊的意义和作用，非全面调查由于调查单位少，可做深入细致的调查，并可节约人力、物力、财力、缩短调查时间，因而能提高资料的准确性和及时性。一般来讲，如果用非全面调查可以满足调查任务的要求时，则尽可能不要采取全面调查，有时全面调查和非全面调查可以结合运用，更能充分发挥统计的认识作用。

（二）按调查的组织形式不同，统计调查可分为统计报表和专门调查

1. 统计报表

统计报表是各企业、事业单位以原始记录为基础，按一定的表格形式和时间程序，自上而下地定期提供统计资料的一种统计调查方式。统计报表的内容一般包括宏观国民经济的基本指标以及国家或上级主管部门所要求的指标。统计报表为编制和检查计划、制定方针和政策、指导日常工作提供资料，是我国统计调查的基本组织形式。

2. 专门调查

专门调查是为了一定的目的，为了某些专门问题的研究，所专门组织的一种调查方式。专门调查的内容一般包括非计划对象，或某一些变化不大的计划对象。如为了提供详实的人口数字而组织的"人口调查登记"或"人口普查"，为确定粮食产量而组织的"粮食产量调查"等都是专门调查。专门调查包括有普查、重点调查、典型调查和抽样调查等。

有了统计报表还为什么要进行专门调查呢？因为，统计报表反映的是社会、经济、科技发展状况的基本指标，这些指标在一定时间之内是相对稳定的。但是，客观现象总是不断在发展和变化的，并且不断地产生新的情况和新问题。因此，在统计报表之外，还需要对经济情况的变化组织专门的统计调查，以满足工作的需要。

（三）按登记事物的时间是否连续，统计调查可分为经常性调查和一次性调查

1. 经常性调查

经常性调查又称连续性调查，它是为了观察社会经济现象，在一定时期内的数量变化，所进行的连续不断的调查登记或数据采集。如工业产品产量、商品销售额、货运量等指标，每日、每月、每季都要发生较大的变化，必须进行经常性调查才能满足需要。

2. 一次性调查

一次性调查又称不连续性调查，它是对所研究的社会经济现象，每隔一段时间进行不连续的一次性登记或数据采集，以取得这些现象在一定时点上状态的指标。它一般用于对人口、劳动力、生产设备、劳动对象的调查。一次性调查又可分为定期调查和不定期调查两种，我国的人口普查就是定期调查。

（四）统计调查数据的搜集方法

统计调查数据搜集的方法，是指搜集调查对象原始资料的方法。即调查者向被调查者搜集答案的方法。常用的方法有直接观察法、报告法、采访法和问卷法等。任何一种调查都必须采用一定的调查方法去搜集原始资料，即使调查的组织形式相同，其搜集资料的方法也是可以不同的。

1. 直接观察法

由调查人员亲自到现场，对被调查对象进行直接点数和计量以取得统计资料的一种方法。直接观察法更多的用于农产品产量调查、家计调查等，它能保证搜集资料的准确性，但需要较多的人力、物力和时间。因此，它的应用受到一定的限制。

2. 报告法

报告法是由报告单位，根据一定的原始记录和核算资料，依据统计报表的要求，逐级向有关部门提供统计资料的一种调查方法。我国现有的企事业单位所填写的统计报表、会计报表多采用报表法。如果报告系统健全，原始记录和核算工作完整，采用报告法也可以取得比较精确的资料。

3. 网上调查

网上调查在20世纪90年代开始热门起来，发展迅速，其优点表现在以下几个方面：速度快、费用低、易获得连续性数据、调研内容设置灵活、调研群体大、可视性强；网上调查也有缺点，表现在代表性问题、安全性问题和无限制样本问题。

4. 问卷法

问卷法以问卷形式提问，随机选择若干个调查单位发出问卷，要求被调查者在规定时间内反馈信息，借以对调查对象总体做出估计的一种方法。这种方法的使用受问卷设计是否科学、问卷回收率、被调查者的文化素养等多种因素影响，所以应用时应慎重。

第二节　统计调查方案

统计调查是一项科学、周密、细致、复杂的工作。为了使这项工作有计划、有组织、有步骤地顺利进行，取得预期的效果，在组织调查之前，必须首先设计一个周密的调查方案，以便统一认识、统一内容、统一方法、统一步调，进而圆满完成任务。这是保证调查工作顺利开展，及时完成任务的纲领性文件。

一、统计调查方案的意义

统计调查方案是统计设计在调查阶段的具体化，是统计设计的一项重要内容，是根据统计调查的任务和要求，在进行统计资料搜集之前，对整个调查工作各个方面和全部内容所作的整体考虑安排。统计方案设计的好坏直接影响到调查数据的质量。不同的调查方案具体内容和形式上会有一定的差别，但包括的主要内容大致是相同的。

二、统计调查方案的内容

（一）确定调查目的和任务

明确调查目的和任务是统计调查中最根本的问题。它决定着调查工作的内容、范围、方法和组织。任何社会经济现象和过程都可以根据不同任务，从不同的目的来搜集资料进行研究。例如，商业企业经营情况，既可以从商品进货渠道方面来反映，又可以从商品销售方面来观察，还可以从商品库存结构、改进服务态度、提高经济效益等方面来研究。目的不同，调查的内容和范围也就不同。

调查目的和整个统计研究的目的应该是一致的，它都必须根据国家管理和经济发展的需要，根据党的方针、政策和党政领导所提出的任务来确定。例 2010 年我国第六次人口普查的目的："为了科学地制定国民经济和社会发展战略与规划，制定人口政策，统筹安排人民的物质和文化生活，实现人口与资源、环境的协调发展。"调查目的不同决定了调查对象、调查内容和方法的不同。

（二）确定调查对象和调查单位

调查对象是指根据调查目的，需要进行调查的那个社会现象的总体，即统计总体。它是由性质相同的许多调查单位所构成的。确定调查对象，就是要明确规定总体的界限，划清调查的范围，以防在调查工作中产生重复或遗漏。例如，我国第六次人口普查的对象是在中华人民共和国（不包括香港、澳门和台湾地区）

境内居住的自然人。

由于社会现象十分复杂，彼此之间相互联系，相互交叉，科学地确定调查对象非常重要，必须要把调查对象和它相近的一些现象划分清楚，正确区分应调查和不应调查的对象，避免因界限不清而影响资料的准确性。

调查单位就是构成调查总体的每一个单位，即总体单位，也就是在调查过程中需要对它的标志进行登记的那些具体单位。例如，调查目的是要了解企业员工的基本情况，这时，调查对象就是企业员工这一总体，而调查单位就是每个员工；如果调查目的是了解所有商业企业的经营情况，这时，调查对象就是所有商业企业这一总体，每个商业企业就是一个调查单位。由此可见，确定调查对象和调查单位，主要是为了解决调查的界限和向哪些单位登记其标志的问题。调查单位可以是人、企事业单位，也可以是事物。

在确定调查单位时，还要明确调查单位与填报单位的区别。调查单位是调查登记的标志的承担者。填报单位（又称报告单位）则是指负责向上级提供调查资料的单位，报告单位一般在行政上、经济上具有一定的独立性。调查单位与填报单位有时一致，有时不一致。例如，商业企业普查，每个商业企业既是调查单位，又是填报单位，两者是一致的。而在商业企业员工普查时，调查单位是每一个商业企业员工，而填报单位则是每个商业企业，两者是不一致的。

（三）确定调查项目和设计调查表

调查项目是指向调查单位所要调查的具体内容，即向调查单位调查登记的标志。它是由调查对象的性质、调查目的和任务所决定的，包括一系列品质标志和数量标志。例如，2010 年我国第六次人口普查根据调查目的拟定了性别、年龄、民族、受教育程度、行业、职业、迁移流动、社会保障、婚姻生育、死亡、住房情况等调查项目。

准备进行调查的内容，即对调查单位所需登记的标志（品质标志、数量标志）和有关情况。如何拟订调查项目，调查项目应选多少标志，选择品质标志还是数量标志，都取决于调查目的和被调查对象的特点，总的来说要少而精，不要搞烦琐哲学。

调查表就是将拟定好的调查项目按照一定顺序所设计的一种表格形式，它是统计调查阶段搜集原始资料常用的基本的工具，也是拟订调查方案的核心部分。统计调查的主要工作在于按调查项目所规定的标志，把观察调查单位的结果登记在调查表上。调查表有单一表和一览表两种形式。单一表即在一张表上只登记一个调查单位，如普查中百岁以上老人登记卡等，单一表可以容纳较多的项目，一般是在调查项目较多时使用，便于分组整理，能够反映一个单位的情况。一览表是把许多单位填写在一张表上，调查项目不能过多，如人口普查表即属于一览表的形式。采用一览表的形式比单一表节省人力、物力和时间。

一般地说，调查项目较多时，可采用单一表，调查项目不多时宜采用一览表。调查表应有必要的填表说明，通俗易懂、准确明白的解释各项目的含义，填写方法和填写时应注意的问题等。

（四）确定调查时间、调查地点和调查方式方法

调查时间包括三个方面的含义：首先是指调查资料所属的时间，即所谓的客观时间。如果所要调查的是时期现象，调查时间就是资料所反映的起讫日期；如果调查的是时点现象，调查时间就是明确规定的统一标准时间。其次是指调查时限，即进行调查工作的期限，包括搜集资料和报送资料的整个工作所需要的时间，即所谓的主观时间。最后是指调查工作进行的时间，即指对调查单位的标志进行登记的时间。统计调查及时性要求必须遵守这种时间。

调查地点是指调查单位的空间位置。确定调查地点，就是规定在什么地方进行调查。例如，我国第六次人口普查的地点明确规定是在中华人民共和国（不包括香港、澳门和台湾地区）的范围内进行的。到什么地方（或单位）调查，应根据调查工作的需要，而不能由调查者的好恶来确定。

调查方式是指调查工作的组织方式方法。这主要取决于调查目的、内容和调查对象，但应注意，能用非全面调查取得资料的，就不要进行普查和其他全面调查，以节省人力、物力、财力和时间。

（五）编制调查的组织计划

在整个调查方案中，除了包括上述内容之外，还需编制考虑周密的组织计划，调查的组织形式是从组织上保证调查工作顺利开展的重要依据。主要包括：由什么机构组织领导调查工作、参加调查的单位和人员、调查的方式方法、应有的开支、预算等。

上述五个方面是统计调查方案应包括的大体内容，周密的调查方案能使调查工作有所依据，不致盲目进行。但调查方案是否符合客观实际，可通过试点取得经验，使之更趋完善，也可以通过实际调查加以检验，如在实际调查过程中发现新情况、新问题，则要及时加以修改和补充，以保证调查工作顺利进行。

第三节 统计报表和专门调查

统计报表有定期的和临时的、全面和非全面之分，主要的统计报表是全面的定期报表，统计报表在统计资料的收集工作中占有重要的地位。

一、统计报表

（一）统计报表的概念

统计报表是依据国家的有关法规、以一定的原始记录为基础，按照统一的表式和内容、统一的报送时间和程序，自下而上地提供统计资料的一种调查方式。

统计报表的任务是定期地搜集反映国民经济和社会发展基本情况的资料，为

各级政府和有关部门制定经济和社会发展计划以及检查计划执行情况服务。利用统计报表取得的统计资料具有统一性、时效性和全面性等特点，但存在人财物和时间的耗费大、逐级汇总易受人为因素影响等不足。国家统计局每年的统计公报中，所列举的各项全国性统计指标，如工业总产值、农业总产值、社会商品零售总额等反映整个国民经济和社会发展的大量数字资料，主要是通过统计报表取得的。

（二）统计报表的作用

统计报表是以生产资料公有制为基础的，为适应政府管理职能的需要而产生和发展起来的，曾是与高度集中的计划经济体制不可分割的组成部分。但是，作为一种全面的基本情况调查方式，经过不断的调整和改进，同样也是社会主义市场经济体制下，国家对国民经济和社会发展进行宏观调控的重要工具，是政府统计执行其"信息、咨询和监督"基本职能的主要手段。

（三）统计报表的类型

1. 按统计报表的实施范围不同，分为基本统计报表和业务统计报表

（1）基本统计报表。基本统计报表是由国家统计部门会同有关部门统一制发的，用来收集国民经济活动的基本情况，为党和国家各级领导部门了解情况、决定政策、编制计划和检查计划提供依据，它是国家统计报表的主要部分。是为了满足国家计划管理的基本需要而制定的，在实施范围内的所有单位都要填报。

（2）业务统计报表。是由国务院所属各部委制发的，用来搜集有关系统的业务技术资料，为本系统经营管理服务，它是基本统计报表的必要补充。

业务统计报表只限于在业务部门系统内填报，有的只由指定的少数单位填报。例如："石油商品国内销售分对象月报表"只由经营石油商品的商业批发机构填报。

2. 统计报表按其填报单位的性质不同，分为基层报表和综合报表

（1）基层统计报表。是指企、事业单位根据原始资料填报的统计报表，它提供基层企业、事业单位生产经营活动情况资料，是国民经济基本统计资料的基础。

（2）综合统计报表。是指各地统计部门和上级主管部门根据所属单位报送的，它反映一个部门或一个地区的基本情况。

3. 按报送的时期不同可分为日报、旬报、月报、季报、半年报和年报

各种统计报表，除年报外，其他报表统称为定期报表。（注：报送时期指的是上一次报送的表和下一次报送的间隔）年报包括的指标多、内容全、实施范围广，是全年国民经济的全面总结。

月报和季报包括的指标项目较多，内容较为详细，它主要检查国民经济各部门、各企业月度和季度计划执行进度。为上级领导部门及时了解情况提供资料。

日报和旬报包括内容只限于生产中最主要的指标项目，它以较快的速度反映生产进度，为主管部门及时掌握生产动态、指导工作提供资料。

二、专门调查

统计调查方式除常用的统计报表以外，还需按照调查任务的要求和调查对象的特点采用其他的调查方式，包括普查、重点调查、抽样调查和典型调查。

（一）普查

普查是一种古老的调查手段，最早用于人口统计。当今的普查除保留了它最初的用途以外，还主要应用于搜集某一时点或一定时期内的重要国情国力与资源状况的全面资料，为政府宏观经济政策提供依据。

1. 普查的概念

普查是为了某种特定的目的而专门组织的一次性全面调查。用以搜集重要国情国力和资料状况的全面资料，为政府制定规划、方针、政策提供依据。如，人口普查、工业设备普查、物资库存普查等。

普查多半是在全国范围内进行的，所搜集的是定期报表所不能提供的资料。它是采集重要国情国力数据信息的重要方式，也是国家宏观管理部门用于了解国民经济整体运行状况不可缺少的重要手段。世界各国一般都定期进行各种普查。目前，我国的普查也已制度化，一般每隔 10 年分期进行一次，每逢"0"年进行人口普查，每逢"3"年进行第三产业普查，每逢"5"年进行工业普查，每逢"7"年进行农业普查，每逢"6"年进行统计基本单位普查。

2. 普查的特点

虽然统计表也是提供全面的基本统计资料，却代替不了普查。因为有些社会现象如人口变动、物资库存等不可能、也不便于经常组织调查，而国家又需要掌握这些现象在一定时点上状态的全面资料，这就需要采用普查的调查方式。和其他调查方式相比，普查有较突出的特点：第一，普查比其他任何调查方式所取得的资料都更全面、更系统。第二，普查主要是调查在一定时点上的情况，内容要求详尽。第三，一次重大的国情国力调查，其调查登记时间虽然不长，但复杂细微的准备工作和数量庞大的数据处理工作需要较长的时间。第四，普查所需人力、物力和财力是较大的，因而调查的周期不能太短。

表 2－1 表明我国历次人口普查结果，2010 年 11 月 1 日我国人口的总量为13.4 亿人，2000—2010 年的十年之间，我国人口净增长 7 390 万人，年均增长率是 0.57%，也就是 5.7‰。我们比较一下，1990—2000 年的十年之间，我国人口净增长 1.3 亿，年均增长是 1.07%，也就是 10.7‰。两个十年相比，后一个十年比前一个十年人口净增长减少了约 5 600 万人，这表明我国计划生育的基本国策得到了较好的执行，人口过快增长的势头得到有效的控制。这也缓解了人口增长对资源环境的压力，为经济社会平稳较快发展奠定了一个较好的基础。同时，

从人口素质的一些指标看，中国居民的受教育程度明显提升，人口的素质在提高。我国的文盲率从2000年的6.72%下降到去年的4.08%，每10万人中具有大学文化程度的由2000年的3 611人上升为8 930人，这非常形象地体现了我国全面普及九年义务教育、大力发展高等教育的进步，也从另外一个侧面反映了我国人口素质的不断提高。

表2-1　　　　　　　　　　我国历年人口普查情况

年份	普查次数	人口总数/亿人	性别比率（以女性为100）
1953	第一次全国人口普查	5.82	107.6
1964	第二次全国人口普查	6.95	105.5
1982	第三次全国人口普查	10.08	106.3
1990	第四次全国人口普查	11.34	106.6
2000	第五次全国人口普查	12.66	106.7
2010	第六次全国人口普查	13.40	105.2

3. 普查的组织实施

普查作为一种全面性调查，具有全面性、定期性、专门调查性等特征。普查是一项技术性很强的调查工作，要求时间性强、范围广、任务重，对资料的准确性和实效性要求高，因此单独的机构和个人无力举办，需要动员大量的人力、物力，因而，只有在需要了解国家重要国情国力时，才能在全国范围内组织普查，普查工作需要有统一领导、统一要求和统一行动，以保证普查资料的可靠性。

（1）建立专门的普查结构，配备大量的普查人员，对调查单位进行直接的登记，如人口普查等。

（2）利用调查单位的原始记录和核算资料，颁发调查表，由登记单位填报，如物资库存普查等。这种方式比第一种方式简单，适用于内容比较单一，涉及范围较小的情况，满足"快速普查"的要求。

（3）确定统一的普查的标准时点。普查所得到的资料，是用来说明现象在一定时点上的状态，为了避免普查资料的重复、遗漏和受时间变化的影响，必须规定统一的时间。

所谓标准时点，就是指全体调查者在对被调查对象进行登记时所依据的统一时点，即规定某时或某日的某一时刻，作为登记普查对象有关资料的统一时间。这样才能避免搜集的资料因为自然变动或机械变动，而产生重复和遗漏现象。我国新中国成立以来分别于1953年、1964年、1982年、1990年、2000年和2010年进行过六次人口普查，表2-2显示的是我国历年人口普查及其调查时间。

表 2 - 2 　　　　　　　　　　　　我国历年人口普查时间表

普 查 次 数	普查时间
第一次全国人口普查	1953 年 06 月 30 日 24 时
第二次全国人口普查	1964 年 06 月 30 日 24 时
第三次全国人口普查	1982 年 07 月 01 日 00 时
第四次全国人口普查	1990 年 07 月 01 日 00 时
第五次全国人口普查	2000 年 11 月 01 日 00 时
第六次全国人口普查	2010 年 11 月 01 日 00 时

（4）确定普查登记的期限。普查应尽可能在短期内完成，普查的起止期限也应该一致，整个普查范围的工作应同时进行，以保证工作步骤的统一。各普查点应同时展开登记工作，并且力求在规定期限内完成。

（5）统一规定普查项目。普查项目一经确定，不得任意改变或增减，以免影响汇总、综合，降低资料质量。对于同类性质的普查，为了便于资料的对比分析，每次调查项目、指标应尽量保持一致。

4. 快速普查

一般的普查，是采取逐级布置和逐级汇总的办法，这样就需要花费较长时间。为满足国家的迫切需要，就要进行一种特殊的普查，这就是快速普查。快速普查的特点是突出一个"快"字，在做到快的同时，尽力使资料准确。进行快速普查，要注意两点：第一，调查项目要少，涉及范围要小，这样才能使普查工作既快速又准确。第二，从布置任务到报送资料，要越过中间环节，由普查机构的最高层直接把任务布置到基层，要由基层单位直接把资料报送给普查的最高组织机构，进行超级汇总、集中汇总。

（二）抽样调查

抽样调查是现代统计调查中的重要组织方式，是目前国际上公认和普遍采用的科学的调查手段。在国外，抽样调查几乎应用于所有领域。在国内，抽样调查应用发展也非常迅速，目前在经济分析、科学研究、劳动力调查、社会经济生活、行政管理等方面均有广泛的应用。

1. 抽样调查的意义

抽样调查，是按照随机原则从总体中抽取部分单位组成样本，对样本指标进行测定，并据此对总体的数量特征进行估计或作出判断。抽样调查是现代推动统计发展的核心，因为无论对总体的参数估计或假设检验，都是以测定样本得到的样本指标——统计量为依据的。

2. 抽样调查的特点

抽样调查同重点调查和典型调查比较，有以下三个显著的重要特点。

（1）按照随机原则从总体中抽取样本单位。所谓随机原则，就是机会均等原则，调查者不带任何主观倾向，完全凭偶然性抽取样本单位，使总体每个单位有均等机会被抽中。而重点调查、典型调查中被调查的单位都是经过人们有意识地选择确定的。

（2）以样本指标（统计量）为依据，推断总体参数或检验总体的某种假设。是以概率论阐明的有关分布规律为依据的，可以计算其估计的可靠性和精确度。而重点调查只能掌握总体的基本情况，没有推断总体数量的条件。

（3）抽样调查的误差可以事先计算并加以控制。在抽样调查的过程中，抽样误差是必然要产生和存在的，是无法避免的，但抽样调查可以事先通过科学的方法计算其数值，并控制在一定的范围内，从而保证抽样调查的结果的准确性。这一点重点调查和典型调查都不可能做到。

3. 抽样调查的组织形式

抽样调查按抽样的组织形式不同，可分为简单随机抽样、等距抽样、类型抽样和整群抽样。

（1）简单随机抽样（也叫纯随机抽样）。就是从总体中不加任何分组、划类、排队等，完全随机地抽取调查单位。特点是：每个样本单位被抽中的概率相等，样本的每个单位完全独立，彼此间无一定的关联性和排斥性。简单随机抽样是其他各种抽样形式的基础。通常只是在总体单位之间差异程度较小和数目较少时，才采用这种方法。

（2）等距抽样（也叫机械抽样或系统抽样）。就是将总体各单位按一定标志或次序排列成为图形或一览表式（也就是通常所说的排队），然后按相等的距离或间隔抽取样本单位。特点是：抽出的单位在总体中是均匀分布的，且抽取的样本可少于纯随机抽样。等距抽样既可以用同调查项目相关的标志排队，也可以用同调查项目无关的标志排队。等距抽样是实际工作中应用较多的方法，目前我国城乡居民收支等调查，都是采用这种方式。

（3）类型抽样（也叫分层抽样）。就是将总体单位按其属性特征分成若干类型或层，然后在类型或层中随机抽取样本单位。特点是：由于通过划类分层，增大了各类型中单位间的共同性，容易抽出具有代表性的调查样本。该方法适用于总体情况复杂，各单位之间差异较大，单位较多的情况。

（4）整群抽样。就是从总体中成群成组地抽取调查单位，而不是一个一个地抽取调查样本。特点是：调查单位比较集中，调查工作的组织和进行比较方便。但调查单位在总体中的分布不均匀，准确性要差些。因此，在群间差异性不大或者不适宜单个地抽选调查样本的情况下，可采用这种方式。

关于抽样调查的具体理论、方法和技术本书将在第六章（抽样推断）详细介绍。

（三）重点调查

1. **重点调查的意义**

重点调查是一种非全面调查，它是指从调查对象的全部范围内，只选择一部分客观存在的重点单位进行调查。借以了解总体的基本情况。

重点单位是指在总体中举足轻重的单位，这些单位的单位数目可能不多，但就调查的标志值来说，它在总体中却占有较大的比重。能够反映总体的基本情况。例如我国的鞍钢、上钢、武钢、太钢、宝钢等几大钢铁企业，虽然在全国钢铁生产企业中只是少数，但它们的产量却在全国总产量中占有绝大的比重，对这些重点企业进行调查就可以比较全面、省时、省力、及时地了解全国钢铁生产等基本情况。重点调查投入少、调查速度快、所反映的主要情况或基本趋势比较准确。

2. 重点单位

组织重点调查的主要问题是确定重点单位。如何确定重点单位是组织重点调查中的核心问题。重点单位选多少，要根据调查任务确定。一般来说，选出的单位应尽可能少些，而其标志值在总体中所占的比重应该尽可能大些。

重点调查的重点单位，通常是指在调查总体中具有举足轻重的、能够代表总体的情况、特征和主要发展变化趋势的那些样本单位。这些单位可能数目不多，但有代表性，能够反映调查对象总体的基本情况。

（四）典型调查

辩证唯物主义认为，就人类认识运动的秩序说来，总是由认识个别和特殊事物，逐步扩大到认识一般事物。所以从研究对象中，只要选择有代表性的典型单位，做深入细致的调查研究，了解事物的本质及其发展过程，就可以认识同类事物的本质和发展规律。

1. 典型调查的概念

典型调查是专门组织的一种非全面调查，它是根据调查研究的目的和要求，在对总体进行全面分析的基础上，有意识地选择其中有代表性的典型单位进行深入细致的调查，借以认识事物的本质特征、因果关系和发展变化的趋势。

典型单位是指客观存在的，对同类现象的共同特征体现得最充分、最有代表性的单位。正确选择典型单位，保证典型有充分的代表性，是搞好典型调查的关键。

2. 典型单位的特点

典型调查是一种比较灵活的调查方式，它具有如下特点：第一，典型单位是根据调查目的有意识选择出来的少量有代表性的单位，便于从典型入手，逐步扩大到认识事物的一般性和普遍性，调查方法可以机动灵活，省时、省力，提高调查效果。第二，典型调查是一种深入、细致的调查，通过深入细致的研究调查，既可以搜集有关数字资料，又可以掌握具体、生动的情况，研究事物发生和发展的过程和结果，探索事物发展变化的规律性。

3. 典型调查的作用

（1）研究尚未充分发展、处于萌芽状况的新生事物或某种倾向性的社会问题。通过对典型单位深入细致的调查，可以及时发现新情况、新问题，探测事物发展变化的趋势，形成科学的预见。

（2）分析事物的不同类型，研究它们之间的差别和相互联系。例如通过调查可以区别先进事物与落后事物，分别总结它们的经验教训，进一步进行对策研究，促进事物的转化与发展。

三、统计调查体系

根据我国的基本国情，结合国际国内的统计工作经验，我国统计调查方法体系的目标模式是：建立以必要的周期性普查为基础，以经常性的抽样调查为主体，以必要的统计报表、重点调查、科学核算和综合分析等为补充的多种方法综合运用的统计调查方法体系。

随着改革开放的不断深入，我国的三资企业、私营经济、个体经济等多种经济成分迅速发展，给现行的统计调查工作带来许多新的问题。一方面，统计调查对象的规模迅猛扩展，另一方面，统计调查对象的构成日趋复杂，不仅多种经济成分同时并存，而且国有经济中也出现了承包经营、租赁经营等多种经营形式，特别是随着现代企业制度的建立和产权的流动与重组，不同所有制的经济主体投资于同一企业的状况日趋扩大，混合所有制的经济单位越来越多。由于利益格局的变化很大，被调查者对统计调查的合作与支持程度降低，统计信息在采集过程中的人为干扰现象增多，信息失真的风险性增大。

随着社会主义市场经济的发展，固守一种调查模式，仅仅依靠全面调查一种方法采集统计信息，已难以适应国家宏观调控和科学决策以及部门、企业和社会公众的需要。为了从根本上解决调查对象复杂，调查方法单一的问题，国家统计局在总结统计调查实践经验的基础上，按照社会主义市场经济的要求，借鉴国际上成功的做法，对历史上形成的传统的统计调查方法体系进行了一系列的改革，充实和完善各项普查和专项调查，在规模以下工业、限额以下批发零售贸易业等更多行业和领域推广抽样调查，一个符合我国国情的、适应市场经济发展需要的、与国际通行规则接轨的、新的统计调查体系正在逐步形成。其具体内容主要表现在：

1. 建立周期性的普查制度

普查在统计调查体系中居于基础地位，必须根据需要与可能相结合的原则统筹安排。

2. 开展经常性的抽样调查

在国际上，抽样调查不仅已成为各国通行的一种统计调查的组织方式，而且抽样调查的应用水平已成为评价一国统计工作水平高低的标志之一。我国统计调查制度中所包括的统计指标，依靠抽样方法取得的资料已达三分之一，随着统计信息咨询服务业的迅速崛起，抽样调查在统计体系中的地位必将进一步提高。

3. 逐步缩小全面统计报表的范围

实施全面统计报表是依据定期统计报表制度，全部由基层填报，逐级汇总上报，层层取得统计资料的一种全面统计调查。当前，必须大力精简。

4. 应用科学的综合分析推算方法

近年来，科学推算在我国国民经济核算、社会购买力和消费品零售额统计中发挥了较大作用，今后还必须在实践中不断探索，在理论上不断完善，并逐步应用。

第三章 统计整理

统计整理

教学目标

通过本章学习，认识统计整理在统计活动中的作用，了解统计整理的内容、组织形式、统计资料审核与统计汇总的技术方法，掌握统计分组的基本理论与方法，理解分布数列的一般特征，懂得统计表的构成和制表规范，能依据实际数据资料进行统计分组，编制分布数列和统计表。

重点难点

本章的重点是统计分组方法中按数量标志分组和按品质标志分组，简单分组和复合分组，简单分组统计表和复合分组统计表的设计方法；难点是变量数列的编制、组距、组限和组中值的确定、统计表的概念和编制。

第一节　统计整理的概念和步骤

通过统计调查取得的原始资料只能反映总体各单位的具体情况，是分散的、零碎的、表面的而且精粗并存、真伪混杂，不能说明事物的全貌和全过程。要说明总体情况，揭示出总体的特征，还需要对这些资料进行去粗取精、去伪存真、由此及彼、由表及里的加工整理，以便对总体做出概括性的说明。

一、统计整理的概念

在统计调查中，运用一定的统计调查方法，取得了大量原始资料。然而，这些资料只是一些个别的、分散的、不系统的，仅能说明总体中个体单位的具体情况，不能反映社会经济现象总体的综合数量特征。为使人们正确认识社会经济现象总体数量特征，必须按照科学的原则对这些个别的、分散的资料运用科学的方法进行加工整理，以便对总体做出概括性的说明。

统计整理就是根据统计研究的任务和目的，对统计调查阶段所得到的大量原始统计资料进行加工汇总，使其系统化、条理化、科学化，以得出反映事务总体综合特征的统计资料的工作过程。例如，通过人口调查，可以收集到我国各省市、各地区每个公民的性别、年龄、民族、职业等标志的原始资料，这些分散的资料不能反映我国人口的数目、构成及其变化的情况，如果不加以科学的加工整理，这些资料就没有丝毫的意义。

二、统计整理的步骤

1. 统计分组

统计分组是根据统计研究的目的和任务，将统计总体按照某个标志划分为若干组成部分或组的工作过程，是整个统计整理工作的核心内容。

2. 统计汇总

统计汇总就是将调查所得到的资料经审核订正后进行归类与汇总，计算出各组的单位数和总体单位数，标志值和总体的综合指标。

3. 编制统计表

将汇总整理后所得到的结果采用恰当的统计表格，简明扼要地表达出来，以表明现象总体的综合特征。

三、统计整理的作用

（1）统计整理是整个统计研究过程的中间环节，具有承前启后的作用，既是统计调查的继续，又是统计分析的前提。只有通过科学地审核、分类、汇总等整理工作，才能实现由个别到全体、由特殊到一般、由现象到本质、由感性到理性的转化。

（2）统计整理还是积累历史资料的必要手段。统计研究要进行动态分析，就需要长期积累历史资料。对已有的统计资料进行甄选，按可比口径进行调整、分类、汇总都是通过统计工作来实现的。

第二节　统计分组

统计分组是统计资料整理的第一步，是对调查的原始资料进行分组。统计分组是统计资料整理和分析的基础，是统计研究中最基本的方法之一，也是统计资料整理的重要内容。

一、统计分组的概念和科学意义

（一）统计分组的概念

统计分组是根据统计研究的目的和要求，将总体单位或全部调查数据按照一定的标志，划分成若干个不同性质的组的过程。

统计分组的对象是总体，统计分组的标志可以是品种标志，也可以是数量标志。所以，分组兼有"分"和"合"双重含义。对于现象总体而言，是"分"，即把总体分为性质相异的若干部分；而对总体单位而言，又是"合"，即把性质相同的许多单位结合为一组。而对于分组标志而言，是"分"，即按分组标志将不同的标志表现分为若干组；而对其他标志而言，是"合"，即在一个组内的各单位即使其他标志表现不相同也只能结合在一组。

由此可见，选择一种分组方法，突出了一种差异，显示了一种矛盾，必然同时掩盖了其他差异，忽略了其他矛盾。不同的分组方法，可能得出不同的结论。所以，缺乏科学根据的分组，不但无法显示事物的根本特征，甚至会把不同性质的事物混淆在一起，歪曲社会经济现象的本质。因此，统计分组必须先对所研究现象的本质作全面地、深刻地分析，确定所研究现象的类型的属性及其内部差异，而后才能选择反映事物本质的正确的分组标志。

（二）统计分组的原则

统计分组必须遵循两个原则：穷尽原则和互斥原则。

所谓穷尽原则，就是使总体中的每一个单位都应有组可归，或者说各分组的空间足以容纳总体所有的单位。例如，从业人员按文化程度分组，分为小学毕业、中学毕业（含中专）和大学毕业三组，那么，那些文盲或识字不多以及大学以上的学历者则无组可归。如果将分组适当调整：文盲及识字不多、小学文化程度、中学程度、大学及大学以上，这样分组，就可以包括全部从业人员的各种不同层次的文化程度，符合了分组的穷尽原则。

所谓互斥原则，就是在特定的分组标志下，总体中的任何一个单位只能归属于某一组，而不能同时可能归属于几个组。例如，某商场把服装分为男装、女装、童装三类，这不符合互斥原则，因为童装也有男、女装之分。若先把服装分为成年与儿童两类，然后每类再分为男、女两组，这就符合互斥原则了。

（三）统计分组的意义

统计分组是统计研究的基本方法之一，是统计整理的关键，它关系到整个统计工作的成败。客观现象是复杂多样的，组成统计总体的各个单位虽然在某方面是同质的，但在其他许多方面又是有差异的，只有通过统计分组，才能把总体各单位区分为性质不同的各种类型，并在此基础上研究不同类型的特征，研究它们之间的相互联系和关系，进而深刻认识总体的本质特征。

1. 划分现象的类型

统计分组的主要作用是划分现象的类型。社会现象是复杂多样的，有着各自不同的表现和发展规律。认识社会现象若仅仅从总体上把握，那只是概括的、表面的，难以深入下去，不能了解现象内部的数量构成、相互间关系及变化和规律。运用统计分组法把现象总体划分为不同类型或组之后进行研究，我们才能知道该现象总体由哪些类型构成，各类型的状态、关系及变化等问题，才能真正地认识了解这一社会现象，研究才得以深入。例如将工业企业按所有制的不同、按轻重工业划分，居民按城镇、农村划分，从而说明不同的经济类型的特点。一般来说，社会经济类型的分组多采用品质标志来划分。

2. 说明现象总体的内部构成

通过统计分组可以反映总体内部各部分之间的差别和相互关系，表明总体的内部结构；同时在各组的基础上计算各组所占总体的比重，从总体的构成上认识总体各部分的作用，并对总体作出正确的评价。例如，我国第六次人口普查人口性别构成分布情况，如表3-1所示。

表3-1　　　　　　　　　我国第六次人口普查按性别分组及构成情况

按性别分组	人口总数/亿人	比重/%
男	6.868 5	51.27
女	6.528 7	48.73
合　计	13.397 2	100.00

通过表3-1的分组，表明了我国人口性别的分布状况，显示了我国人口按性别分组的结构比重，也说明了第六次人口普查我国男女人口的性别比为105.2:100。

3. 分析现象之间的依存关系

一切社会、自然现象都不是孤立的，而是相互联系、相互制约的。通过分组可以反映出现象之间的这种依存关系。如：农作物的施肥量与单位面积产量之间、个人收入与消费之间、商品流通费用率与销售额之间、工人劳动生产率与产品成本之间等，都存在一定的依存关系，都可以用统计分组的方法研究彼此在数量上的内在联系。例如，某地区农作物的施肥量与单位面积产量之间的关系，如表3-2所示。

表3-2　　　　　　　　　某地区农作物施肥量与单位面积产量关系表

化肥施用量/公斤/公顷	公顷产量/公斤	化肥施用量/公斤/公顷	公顷产量/公斤
232.5	5 655.0	307.5	7 216.5
267.0	6 249.0	327.0	6 966.0
291.0	6 792.0		

表3-2中的分组资料，反映了化肥施用量与农作物单位面积产量之间的依存关系，一般来讲随着化肥施用量的增加，农作物单位面积产量也在增加，但当化肥施用量为327公斤/公顷时，农作物公顷产量则减少到6 966公斤。因此，过少或过多的化肥施用量都可以使农作物产量降低。本方法的基本思想是定性问题定量化。

又如，观察我国2001—2009年城镇居民和农村居民收入与恩格尔系数的关系可以发现，随着城镇居民家庭人均可支配收入及农村居民家庭人均纯收入水平的提高，其恩格尔系数都在不断下降，如表3－3所示。

表3－3　　　2001—2009年我国城乡居民家庭人均收入及恩格尔系数

年份	城镇居民		农村居民	
	家庭人均可支配收入/元	恩格尔系数/%	家庭人均纯收入/元	恩格尔系数/%
2001	6 859.6	38.2	2 366.4	47.7
2002	7 702.8	37.7	2 475.6	46.2
2003	8 472.2	37.1	2 622.2	45.6
2004	9 421.6	37.7	2 936.4	47.2
2005	10 493.0	36.7	3 254.9	45.5
2006	11 759.5	35.8	3 587.0	43.0
2007	13 785.8	36.3	4 140.4	43.1
2008	15 780.8	37.9	4 760.6	43.7
2009	17 174.7	36.5	5 153.2	41.0

资料来源：《中国统计年鉴2010》北京：中国统计出版社，2010。

二、分组标志的选择与分组的形式

（一）分组标志的选择

分组标志的选择是统计分组的关键。分组标志就是将统计总体区分为各个性质不同的组的标准或根据。任何社会现象客观上都有许多不同的标志。对同一总体的资料根据不同的标志进行分组，会产生不同的结论，为确保分组后的各组能够正确反映事物内部的规律性，选择分组标志时，应遵循以下原则：

1. 根据统计研究的目的与任务选择分组标志

在对社会经济现象进行研究时，可以根据不同的研究目的或任务从不同的角度进行研究，相应地要选择不同的分组标志进行分组。例如以全国工业企业为总体进行研究时，这个研究对象就有很多标志，如经济类型、固定资产原值、职工人数、所属行业等。在具体研究过程中到底应该采用哪种标志进行分组，就要看研究的目的。如果研究的目的是要分析不同经济类型的企业在总体中的构成，那么就要选择经济类型作为分组标志；如果要研究工业企业规模构成状况，则可以选择职工人数、固定资产原值等作为分组标志。

2. 要从众多标志中，选择最能反映被研究现象本质特征的标志作分组标志

一个事物有多方面的属性和特征，同一研究目的也可能有若干个相关标志可供分组时进行选择。分组时应选择最能说明事物本质差异的标志。例如要研究城市居民的生活水平，有反映居民收入水平的标志，也有反映居民支出水平的标志等，在进行分组时，就要选择其中最能反映问题本质特征的标志，如按居民消费支出额进行分组，这样能够使我们对研究的对象有一个正确的认识。

3. 根据现象所处的历史条件或经济条件来选择标志

社会经济现象随着时间、地点、条件的变化而发生变化，其标志的内涵也会发生变化。同一分组，在过去适用，现在就不一定适用；在这一场合适用，在另一场合就不一定适用。例如，在计划经济时期，企业按所有制形式分组一般是分为四组，全民所有制企业、集体所有制企业、私营企业和其他企业。而现在按企业登记注册类型可分为：（1）国有企业；（2）集体企业；（3）股份合作制企业；（4）联营企业；（5）有限责任公司；（6）股份有限公司；（7）私营企业；（8）港澳台商投资企业；（9）外商投资企业；（10）个体企业等类型。又如，对最低生活水平的确定，就不能沿用 20 世纪五六十年代的标准，而应根据目前的生活水平状况制定标准，然后再进行分组。此外，行业的划分，也发生了很大变化。结合研究对象所处的历史条件、经济条件选择分组标志，这样可以保证分组标志在不同时间、不同场合的适用性。

（二）统计分组的形式

根据分组标志的性质不同，可以按品质标志和数量标志对总体进行分组。

1. 按品质标志分组

即以反映事物属性差异的标志作为分组标志，将总体分为若干性质不同的组成部分。如企业按经济成分、地理位置分组，职工按性别、文化程度分组等。在按品质标志进行分组时，有些分组比较简单，有些分组则比较复杂。所谓的简单不仅是指组的数目很少，并且组与组之间所表现出的差异也比较明确和稳定，因而界限很容易划分，例如，人口按性别、民族、文化程度等标志进行分组。所谓复杂，一般是指分组数目较多，并且组与组之间的界限也难以划分。例如，国民经济按部门和产业分类，人口按职业分类等。在实际工作中，对于这些比较复杂的分组，往往根据研究任务的要求对经济现象进行具体的、深入的了解，国家统计局及中央有关部门经研究统一制定了各种分类目录与分类标准，如《工业部门分类目录》、《国民经济行业分类和代码》、《工业产品目录》、《经济类型划分规定》等，供全国各地区、各部门、各单位分类时使用，以保证各种分类的统一性和完整性。

2. 按数量标志分组

即以反映事物数量差异的标志划分各组。例如，人口按年龄分组、职工按月工资额分组，学生按学习成绩分组等。与品质标志不同，数量标志具体表现为许多不等的变量值，这些变量值不能明确地反映社会经济现象性质上的区别，只能反映数量上的差异。因此，根据变量值大小不等来划分性质不同的各组界限就很不容易。在对同一个调查资料按数量标志进行分组的过程中，不同的分组人员确定的组数和各组之间的界限都可能不同，分组结果自然不同，这就有可能导致人们对同一个事物有了不同的认识。因此，按数量标志分组是很能考察分组人员的分组水平的。在选择数量标志分组过程中，对于总体应分为多少组，各组的界限怎样确定，这是一个比较复杂的问题。分组不恰当，一方面不能反映出事物本身所具有的内在结构，另一方面也不能反映事物的本质和规律性，这就要求组数和组限的确定要恰当、科学。一个好的分组结果应该能够正确反映现象本身所有的数量分布特征，科学的实现同质的组合和异质的分解。

根据统计分组选择的分组标志的多少不同，可分为简单分组与复合分组

（1）简单分组。简单分组是指用一个标志对总体进行分组，如产品按用途分组、人口按性别分组、职工按工资分组等。这种分组只能反映现象在某一标志特征方面的差异情况，而不能反映现象在其他标志特征方面的差异。

（2）复合分组。复合分组是对同一总体按两个或两个以上标志层叠进行的分组。如企业按行业分组后，又按大中小规模分组。进行复合分组时，要注意先按主要标志分组，再按次要标志分组。例如，对工业企业按经济类型分组的基础上，再按企业规模分组如图 3 - 1 所示。

图 3 - 1   统计的复合分组

采用复合分组，可以为统计分析提供更为丰富的信息，但在进行层叠分组时，其层次关系一定要依据研究问题的需要处理好。

必须指出的是，不论选择什么标志，采用什么方法对总体进行分组，都应遵循两条基本原则：穷尽性原则和互斥性原则。既要将所有的总体单位分到自己所属的组中，又要使每个总体单位只属于某一组，而不能同时出现在几个组中。

第三节   分配数列

分配数列在统计研究中具有重要的意义。是统计资料整理结果的一种重要的表现形式，也是统计分析的一种重要方法。它可以表明总体各单位的分布状况、结构特征，并在这个基础上进一步研究标志值的构成情况、平均水平及其变动规律。

一、分配数列的概念和类型

（一）分配数列的概念

分配数列又称分布数列或次数分布，是在分组法的基础上，将总体所有单位按组归类，并按照一定的顺序排列，表明总体单位在各组的分布状况和分布特征的统计数列。分配数列，可以反映总体所有单位在各组间的分布状况和分布特征，研究这种分布特征是统计分析的一项重要内容。例如，某地 20 个工厂的职工人数资料：285、340、515、562、620、622、648、655、721、743、795、840、878、925、930、955、1 140、1 200、1 331、1 540。通过这个原始资料，很难看出职工人数的分布情况。但是，如果我们将该原始资料按职工人数分组，并将总体中的所有单位按组归类，编制成如下表 3 - 4 所示的分配数列。

表 3 - 4　　　　　　　　　　某地 20 个工厂职工人数情况

按工人人数分组/人	工厂数/个
250 ~ 499	2
500 ~ 749	8
750 ~ 999	6
1 000 ~ 1 249	2
1 250 ~ 1 499	1
1 500 ~ 1 749	1
合　　计	20

通过分组编制的分配数列表 3 - 4，可以得到关于该地区 20 个工厂职工人数分布的基本情况：该地区 20 个工厂工人数的变化幅度是 250 ~ 1 749 人，大多数工厂的工人数都集中在 500 ~ 999 人之间，工人人数在 499 人以下和 1 000 人以上的工厂很少。

（二）分配数列的构成要素

分配数列包括两个要素：一是总体按某标志所分的组，即各组名称或各组变量值；二是各组所占有的总体单位数，即各组次数或频数。各组次数与总次数之比称频率，也称比率。各组的频率大于 0，所有组的频率总和等于 1。在变量分配数列中，频数（频率）表明对应组标志值的作用程度。频数（频率）数值越大表明该组标志值对于总体水平所起的作用也越大，反之，频数（频率）数值越小，表明该组标志值对于总体水平所起的作用越小。

（三）分配数列的类型

根据所选择的分组的标志的不同，分配数列可分为品质分配数列和变量分配数列两种。

1. 品质分配数列

按品质标志分组，所编制的分配数列称为品质分配数列，简称品质数列。例如，某地区人口按性别分组编制的分配数列如表 3－5 所示。

表 3－5　　　　　　　　　　某地区人口性别分布表

性 别	人数/万人	比重/%
男	2 481	54.17
女	2 099	45.83
合 计	4 580	100.00
各组名称	各组次数	各组频率

品质数列的编制，我们在上一节中研究过，有的比较简单，有的比较复杂。如果分组标志选择得好，分组标准定得恰当，则事物的性质差异一般来说表现得比较明确，总体中各组如果划分的问题较易解决。所以，品质数列的编制，不是我们研究的重点。

2. 变量分配数列

按可变的数量标志分组的所编制的分配数列，简称变量数列。例如，某地区按人口年龄分组的分配数列如表 3－6 所示。

表 3－6　　　　　　　　　　某地区人口年龄分布表

年龄/岁	人数/人	比重/%
15 以下	728	15.9
15~60	3 197	69.8
60 以上	655	14.3
合 计	4 580	100.00
各组变量值	各组次数	各组频率

对于变量数列，因为事物的性质差异，表现得不甚明确，决定事物性质的数量界限，往往因人的主观认识变异。因此，按同一数量标志分组时，有出现多种分布数列的可能，为了使编制的变量数列能比较准确地反映总体的分布特征，除了按前面讲到的原则进行分组外，还需要从次数分布特征的角度，对变量数列的编制问题进行研究。

（四）变量数列的类型

变量数列有单项式变量数列和组距式变量数列两种类型。我们将分别加以研究。

1. 单项式变量数列

单项式变量数列是按数量标志分组后，用一个变量值代表一个组所形成的数列如表 3－7 所示。

表3-7   某企业工人日产量完成情况

按照日产量分组/件	工人人数/人	比重/%
25	10	6
26	20	10
27	30	17
28	50	28
29	40	22
30	30	17
合　计	180	100.00

单项式变量数列一般在变量值不多，且变量值的变动范围不大，变量呈离散型的条件下采用。如表3-7中，工人的日产量最高是30件，最低是25件，最大相差数仅5件，且变量值只有6个，因而可以采用单项式变量数列来反映。

2. 组距式变量数列

组距式变量数列是按数量标志分组后，用变量值变动的一定范围或一定区间，代表一个组所形成的数列。当变量变动的范围较大，总体单位数较多时，如果用一个变量值代表一个组来编制变量数列，势必造成组数太多，总体单位过于分散的情况，不能明显地反映出总体单位的分别特征，这种情况下，可以用标志值变动的一定范围，即变量变动的一定范围代表一个组来编制组距数列。例如，对56个农户可以按养猪头数分组即可编制组距式变量数列。如表3-8所示，这是一个离散型变量的组距式分组表。

表3-8   56个农户按养猪头数分组

饲养头数/头	户　　数	
	绝对数/户	相对数/%
5以下	6	10.7
6~10	11	19.6
11~12	22	39.3
13~30	13	23.2
31以上	4	7.2
合计	56	100.0

二、组距式变量数列的编制

变量数列的编制，关键是确定组数、组距还有组限等问题，应从以下几个方面考虑：第一，应将总体分布的特点显示出来，即把频数分布的集中程度反映出来；第二，既要反映组内资料的同质性，又要考虑组间资料的差异性。其步骤和具体方法如下：

1. 顺序排列，测定全距

先将原始数据按从小到大的顺序排列，然后计算全距。

全距（R）又称极差，是原始资料中最大变量值 max 与最小值 min 之差。其计算公式为：

$$R = \text{max} - \text{min}$$

2. 设定组数（K）

编制组距数列，正确确定组距和组数是一个关键问题。同一资料，缩小组距，增加组数，会造成分组过细，容易将属于同性质的单位划分到不同的组中，因而显示不出各组的性质差别；如果扩大组距，减少组数，会把不同性质的单位归并到一个组中，也会失去区别事物的界限，达不到正确反映客观事物的目的。

确定组距和组数的方法，一是要根据变量值全距的大小，二是要考虑总体单位数的多少。还可以利用美国学者斯特基斯（H. A. Sturges）提出的经验公式。当总体各单位变量值趋于正态分布的情况下，可根据总体单位数（N）来确定应分组数（K），其公式如下：

组数 $= 1 + 3.322\lg N$（其中 N 为标志值项数）

利用斯特基斯的经验公式，还可以通过"分组数目查对表"如表 3 - 9 所示设定组数。

表 3 - 9　　　　　　　　　　　分组数目查对经验表

N	15 ~ 24	25 ~ 44	45 ~ 89	90 ~ 179	180 ~ 359	360 ~ 719	720 ~ 1 439	⋯
K	5	6	7	8	9	10	11	⋯

由于随机现象总体的分布并不都接近正态分布，使该公式的运用受到一定的限制，同时该经验公式还存在当原始数据较少时，分组过多；当原始数据较多时，分组过少的缺陷。因此，在实际运用时可参考斯特基斯经验公式灵活确定组数。另外，组数的设定还应当结合实际问题做定性分析。

3. 设定组距

各组的组距表示各组上限与下限之差，是一组变量值的区间长度。组距与组数之间是反比例关系。组数越多，组距越窄；组数越少，组距越宽。按照各组组距是否相等，可将组距数列分为等距数列和异距数列。

（1）等距数列。在组距数列中，各组组距都相等的数列称为等距数列，社会经济现象性质差异的变动比较均衡的条件下，一般使用等距数列，如表 3 - 10 所示。

表 3 – 10 某地区人口年龄构成

按年龄分组/岁	人口数/万人	比重/%
10 以下	50	2.538
10 ~ 20	180	9.137
20 ~ 30	320	16.244
30 ~ 40	520	26.396
40 ~ 50	450	22.843
50 ~ 60	300	15.228
60 以上	150	7.614
合　计	1 970	100.000

（2）异距数列。在组距数列中，各组组距不相等的数列称为异距数列，在社会经济现象性质差异呈现非均衡变动的条件下，应使用异距数列，如表 3 – 11所示。

表 3 – 11 某地区人口年龄构成

按照年龄分组/岁	人口数/万人	比重/%
1 岁以下（婴儿组）	30	1.500
1 ~ 3 岁（幼儿组）	100	5.000
3 ~ 7 岁（学龄前儿童）	220	11.000
7 ~ 18 岁（青少年组）	380	19.000
18 ~ 35（青年组）	620	31.000
35 ~ 60（中年组）	490	24.500
60 岁以上（老年组）	160	8.000
合　计	2 000	100.000

通过表 3 – 10 和表 3 – 11 两个组距数列，可以发现：人口按年龄进行的异距分组（表 3 – 11）将全部人口划分为婴儿组、幼儿组、学龄前儿童组、青少年组、青年组、中年组、老年组七个类别。与表 3 – 10 的分组相比，就更清楚地显示出人口的年龄构成特征。

（3）在等距数列中，组距计算公式为：

$$d = \frac{R}{k} = \frac{\max - \min}{1 + 3.322 \lg N}$$

为了演算和分析的方便，实际组距应当尽可能取 5 或 10 的整数倍，且要尽量接近由计算得到的理论组距。实践中在编制组距式数列时，不妨先按小组距分组，然后逐步合并组距，从比较中择其优者，例如，在按企业销售额分组时，可先选择按 10 万元组距来编制分配数列，如发现各组单位数分散，有的组单位数很小，看不出什么规律性，可把组距扩大到 20 万元、甚至 50 万元分组，规律性可能就十分明显了。

【例 3 - 1】按百分制记分，某班 30 名学生统计学原理考试成绩如下，编制组距式变量数列。

93、49、78、85、66、71、63、83、56、95、66、72、85、78、82、90、80、55、91、67、72、85、77、70、86、70、75、69、89、98。

按照以上分析方法，我们选择分 5 组、组距为 10 分，可编制如表 3 - 12 的组距式分配数列。

表 3 - 12　　　　　　　　　　某班统计学原理考试成绩

按考分分组/分	学生人数/人	比重/%
60 分以下	3	10. 00
60 ~ 70	5	16. 70
70 ~ 80	9	30. 00
80 ~ 90	8	26. 60
90 ~ 100	5	16. 70
合　计	30	100. 00

4. 组限

（1）组限。组限是组距数列中，每个组的两个端点数值。每一组的最高变量值叫做"上限"，最低变量值叫做"下限"。确定组限应满足两个要求：一是组限应是决定事物的数量界限；二是组限应能真实反映总体各单位的分布特征。因此，编制组距数列之前，应对变量值的大小、分布情况进行审查，在分布比较集中的变量值中确定组距的中心位置。然后根据组距的大小确定上下限，做到最小组的下限不低于最小的变量值，最大组的上限不高于最大的变量值，尽可能使总体内各单位的分布特征表现出来。由于变量有连续变量与离散变量两种不同的类型，其组限的划分在技术上有不同的要求。

①离散型变量。对于离散型变量组限的处理，通常采用顺序的两个变量作为两个相邻组的上限和下限。即采用重叠组限的设定方式。如表 3 - 4 中工厂按照工人人数分组。

②连续型变量。对于连续型变量来说，由于任何两个数值之间可能有很多个中间数值，因此，通常用一个数值分别作为两个相邻组的上限和下限。即采用相邻组限的设定方式，如表 3 - 13 所示。

表 3 – 13　　　　　　　　　某地区商业企业销售收入统计表

销售收入/万元	企业数/个	比重/%
80 ~ 90	2	7.14
90 ~ 100	4	14.29
100 ~ 110	16	57.14
110 ~ 120	6	21.43
合　计	28	100.00

（2）"上限不在内"原则。通过上述表 3 – 13 分组，我们还可以发现这样一个问题，"90 元"这个变量值是排在第一组还是第二组？在统计中，为了保证变量的分组不致发生"重复记入"的问题，习惯上规定各组一般只包括本组下限变量值的单位，而不包括本组上限变量值的单位，即"上限不在内"原则。

（3）开口组和闭口组。在组距数列中，上限和下限都齐全的组称为闭口组，上限或下限只有一个的组称为开口组。无论是离散型变量组距数列或连续变量组距数列，凡遇到特大或特小的变量值，为了不使组数增加或将组距不必要的扩大，其最小组和最大组就要采用开口组组限形式，一般当资料中存在少数极大或极小变量值时，采用开口组可避免组数过多或组距过大的现象，如表 3 – 12 中第一组即为开口组。

5. 组中值

组中值是上下限之间的中点数值，以代表各组标志值的一般水平。组中值并不是各组标志值的平均数，各组标志值的平均数在统计分组后很难计算出来，就常以组中值近似代替。组中值仅存在于组距式分组数列中，单项式分组中不存在组中值。

组中值的计算是有假定条件的，即假定各组标志值的变化是均匀的（与组距式分组的假定条件相同）。一般情况下：

$$组中值 = \frac{上限 + 下限}{2}$$

对于第一组是"多少以下"，最后一组是"多少以上"的开口组，组中值的计算可参照邻组的组距来决定。即：

$$缺下限开口组组中值 = 上限 - \frac{邻组组距}{2}$$

$$缺上限开口组组中值 = 下限 + \frac{邻组组距}{2}$$

三、次数和频率

（一）次数与频率的意义

在变量数列中，次数表示每组变量值出现的次数，次数也叫频数。变量值的分组表示变量值的变动范围，次数的多少反映该组变量值对整个数列所起作用的程度。次数多，则该组变量值对于全体变量水平所起的作用就大，反之，则该组变量值对全体变量水平所起的作用就小。因此，分析次数分配时，不但要注意各组变量值的变动范围，还应注意各组变量值的作用大小，即次数的多少，如表 3－14 中各组工人人数即为次数。

频率是次数的相对数形式，它是各组次数与总次数之比，频率的大小反映该组变量值对整个数列所起的相对作用程度，也表明该组变量值在总体中所占的地位或比重。频率比次数更能明确表明总体单位在各组的分布特征，如表 3－14 中各组工人占的比率即为频率。

表 3－14 　　　　　　　　　某工厂某月份 50 名工人计件工资

按计件工资分组/元	各组工人人数/人	各组工人占的比重/%
100～130	6	12
130～160	7	14
160～190	13	26
190～220	11	22
220～250	7	14
250～280	4	8
280～310	2	4
合　计	50	100

（二）累计次数和频率分布

为了研究整个变量数列的次数分配状况和进行某种统计计算，统计工作中还常常要计算累计次数和频率分布的问题。

将变量数列各组的次数和频率逐组累计相加而成累计次数和频率分布，它表明总体在某一变量值的，某一水平上下总共包含的总体次数和频率。累计次数和频率的计算方法有两种。

1. 较小制累计

也称向上累计，又称以下累计。它是将各组次数和频率，由变量值低的组向变量值高的组逐组累计。单项式数列中的向上累计表示等于及小于该组变量值的次数和频率共有多少；组距数列中表示各组上限以下总共所包含的总体次数和频率有多少（表 3－15）。

2. 较大制累计

也称向下累计，又称以上累计。它是将各组次数和频率，由变量值高的组向变量值低的组逐组累计。单项式数列中的向下累计，表示等于及大于该组变量值的次数和频率共有多少；组距数列中向下累计表示各组下限以上总共所包含的总体次数和频率有多少（表3－15）。

表3－15　　　　　　　某工厂某月份50名工人计件工资

按计件工资分组/元	各组工人人数/次数	比重/频率	较小制		较大制	
			累计次数	累计频率	累计次数	累计频率
100～130	6	12	6	12	50	100
130～160	7	14	13	26	44	88
160～190	13	26	26	52	37	74
190～220	11	22	37	74	24	48
220～250	7	14	44	88	13	26
250～280	4	8	48	96	6	12
280～310	2	4	50	100	2	4
合　计	50	100	—	—	—	—

四、次数分布的主要类型

由于社会经济现象性质的不同，各种统计总体都有不同的次数分布，形成各种不同类型的分布特征。概括起来，各种不同性质的社会现象的次数分布主要有四种类型：钟型分布、U型分布、J型分布和洛伦茨分布。

（一）钟型分布

钟型分布是以某变量值为中心，其分布次数最多，而两边标志值的分配次数逐渐减少的分布形态，即其分布曲线形如一口古钟，故称钟型分布。例如，人的身高、体重、职工工资、农作物亩产量、市场价格等现象都属于钟型分布。钟型分布又可细分为以下两种。

1. 正态分布

在社会经济现象中，钟型分布许多是表现为对称分布。对称分布的特征是中间变量值分布的次数最多，以标志变量中心为对称轴。两侧变量值分布的次数随着与中间变量值距离的增大而渐次减少，并且围绕中心变量值两侧呈对称分布，如图3－2所示。

这种分布在统计学中称为正态分布。社会经济现象中许多变量分布属于正态分布类型。前面关于居民家庭人均月生活费收入的举例，就是这种类型，其他如农作物的单位面积产量，工业产品的物理化学

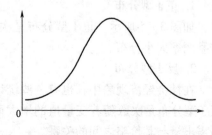

图3－2　正态分布图

质量指标，商品市场价格等。正态分布在社会经济统计学中具有重要意义。其一方面是因为社会经济现象中大部分分布呈现为正态分布或接近正态分布。另一方面，正态分布在抽样推断中也是最常用的分布。

2. 偏态分布

偏态分布是相对于正态分布而言的非对称钟型分布。当变量值存在极大值时，次数分布曲线会较正态分布向右延伸，这种分布称为右偏分布；当变量值存在较小极端值时，次数分布曲线就会较正态分布向左延伸，这种分布称为左偏分布，如图3-3所示。

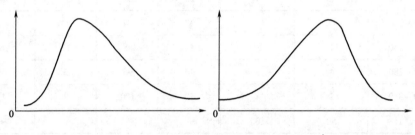

图3-3　偏态分布

（二）U型分布

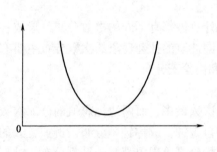

图3-4　U型分布

与钟型分布图形相反的分布，其特点是：靠近中间的变量值分布次数较少，靠近两端的变量值分布的次数较多，形成"两头大、中间小"的U字型分布。如人口死亡现象按年龄分布便是如此。由于人口总体中幼儿和老年死亡人数较多，而中年死亡人数最少，因而死亡人数按年龄分组便表现为U型分布，如图3-4所示。

（三）J型分布

J型分布的特征是一边小一边大的单调分布，即形如字母J字。J型分布有两种类型：

1. 正J型分布

如图3-5所示，正J型分布是次数随着变量值的增大而增多，例如，投资按利润率大小分布。

2. 反J型分布

在社会经济现象中，也有一些统计总体分布曲线呈反J型，如图3-6所示。反J型分布是次数随着变量值的增大而减少，使得图形变为倒"J"型，如：商品需求量与其价格之间的关系。

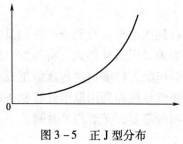
图 3-5　正 J 型分布

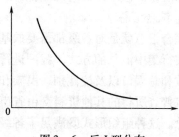
图 3-6　反 J 型分布

第四节　统计汇总

统计汇总是统计分组之后的一个重要步骤，社会经济统计实践证明，一项统计活动，绝非把所有单位分了组就了结完事了，更大量的任务是把总体各单位标志的标志值汇总出来。

一、统计汇总的概念

统计汇总是指在统计分组的基础上，计算各组和总体的单位总量，还要把依附于总体单位的标志值计算出来。

在汇总时，既要计算各组和总体的单位总量，还要把各组的企业数统计出来，还要把"依附"于企业的标志总量计算出来，如职工人数、总产值、增加值、实现利润等指标的各级数值统计出来。可以想象，统计汇总不是一项轻松的工作。所以，我们把汇总看做统计整理的中心内容，尤其是大规模的统计调查，汇总还是一项繁重任务。可见，要使汇总准确迅速，节约人力物力，一定要讲究汇总的技术。

二、统计汇总的组织形式

统计汇总的组织形式主要有：逐级汇总、集中汇总和综合汇总三种。

1. 逐级汇总

逐级汇总就是按一定的统计管理体制，自下而上地逐级对调查资料进行汇总的方式。我国的统计报表制度就采用这种形式。它的特点是能满足各地区、各部门对资料的需要，便于就地审核和订正原始资料；同时汇总层次较多，耗费时间较长，容易出差错。

2. 集中汇总

集中汇总就是将全部原始资料集中到组织调查的最高机关或指定的机构进行汇总。对时效性强的快速普查和对汇总要求很高的一些重要调查，常常采用这种形式。它的特点是不需要经过中间环节，可以使用现代化的汇总手段来提高汇总效率和质量。但不能及时满足地方或基层领导的需要，审核和订正资料有困难。

3. 综合汇总

综合汇总就是对各级都需要的基本资料实行逐级汇总，对调查所得的其他资料则实行集中汇总的方式。我国进行的人口普查就采用这种形式。将地方急需的总户数和总人口以及按性别、民族和文化程度分组的人口资料进行逐级汇总，而将人口普查所得的其他资料交由省市和中央两级统计机构利用电子计算机进行集中汇总。这种组织形式既满足了各级对统计资料的需要，又节约了时间。

三、统计汇总的技术和方法

我国的统计实践，统计汇总工作经历了从手工汇总到电子计算机汇总的发展历程。

1. 手工汇总

主要方法有以下四种：

（1）划记法。划记法是在预先设计的汇总表上划点或划线为记号的汇总方法，它适用于对总体单位数的汇总。汇总时，看总体单位属于哪一组，就在汇总表上相应组内划上一个点或一条线，最后，计算各组内的点或线的数目，求得各组单位数。常用的点线符号有"正"、"≠"、"※"等。划记法手续简便，但只能汇总总体单位数，不能汇总标志值，划线太多，容易错漏，所以划记法一般在总体单位不多且只要求汇总单位数，不要求汇总标志值时才用。

（2）过录法。先将调查资料过录到预先设计的汇总表上，然后计算加总，得出各组和总体的单位数和标志值的合计数，最后填入统计表。过录法既可汇总单位数，又可汇总标志值，而且便于校对，便于计算，但过录工作花费时间较多，若过录项目多，也容易发生错误。因此，在总体单位不多，分组简单的情况下，采用过录法比较适宜。

（3）折叠法。是把调查表所要汇总的同一项目的数值折叠，在一条线上进行汇总，并将结果直接填入统计表。这种方法适用于对标志值的汇总，简单易行，也不需设计汇总表，故为广大统计人员所采用。缺点是在汇总中发现错误就要从头返工，无法从汇总过程中查明差错的原因。

（4）卡片法。就是利用特别的摘录卡片作为分组计数的工具，在调查资料多、分组细的情况下，采用卡片法进行汇总，比划记法准确，比过录法和折叠法简便，可以保证汇总质量和提高时效性。卡片法一般在整理大规模专门调查材料时应用。如果调查资料不多，采用卡片法就显得不经济。

2. 电子计算机汇总

利用现代电子计算技术来进行统计汇总和计算工作，是统计汇总技术的新发展，也是统计现代化的一个重要标志。运用电子计算机汇总，大致分为以下五个步骤：

（1）编程序。根据汇总方案编制计算机运行程序，包括统计分组、汇总、制表等程序设计。规范化的汇总程序可存储起来，多次使用。这种编好备用的计算机程序一般称之为软件包，计算机再按照所编程序进行统计汇总。

（2）编码。这就是把表示信息的某种符号体系转换成便于计算机或人识别和处理的另一种符号体系的过程。汇总的信息有数字信息和文字信息两种。编码是将文字信息转化为数字信息的过程。如对需要进行的分组和指标名称编一套适当的号码。编码的质量不仅影响数据录入的速度和质量，而且还将影响数据处理的结果。

（3）数据录入。就是把经过编码后的数据和实际数字由录入人员通过录入设备记载到存储介质上（如磁带、磁盘）。由计算机通过它本身的装置把这些数据转变成机器可以识别的电磁信号。

（4）数据编辑。就是按照事先规定的一套编辑规则由计算机对输入的数据进行检查。将误差超过允许范围的一组数据退回去，重新审查更正，把在允许范围以内的个别误差按编辑程序规则更正。决定编辑效果的关键是制定的编辑规则是否合乎情理。

（5）制表打印。所有数据经过编辑之后，由电子计算机按照事先规定的汇总表式和汇总层次进行统计制表，并通过输出设备把结果打印出来。

利用电子计算机汇总不仅极大地节省了人们的手工劳动，而且给整个统计工作过程带来了重大变革。

第五节　统　计　表

通过统计整理得到的反映社会经济现象总体特征的综合资料，是统计工作的初步成果，需要运用一定的形式将其展示出来，以便于人们分析和利用，统计表就是表现统计资料的一种基本形式，也是应用得最广泛的一种形式。统计部门主要是通过统计表的形式向各级领导和管理部门以及社会各方面提供统计资料。因此，掌握统计表的编制和应用，是统计人员和管理工作者必须具备的基本知识。

统计表分为广义上的统计表与狭义的统计表。广义的统计表泛指统计工作各个阶段以纵横交叉的线条所绘制成的用来表现统计资料的表格。狭义的统计表是专门用以表现经过整理的系统化的统计资料的表格。本节所讲的统计表主要是把它当做统计整理工作过程的最后一个环节，是统计整理的成果。

运用统计表来展示统计整理的结果能使大量的统计资料条理化、系统化，因而能更清晰地表述统计资料的内容，简明易懂，节省篇幅。而且统计表还便于比较各项目（指标）之间的关系，而且便于计算，利用统计表易于检查数字的完整性和正确性。

一、统计表的构成

（一）统计表的基本形式

统计表从形式上看，是由总标题、横行标题、纵栏标题和指标数四部分组成，如表 3 - 16 所示。

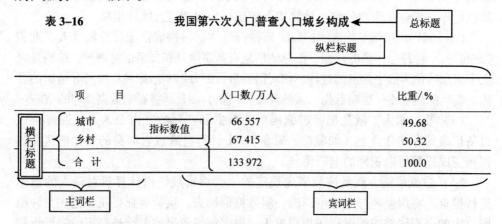

表 3–16　　　　　　　　我国第六次人口普查人口城乡构成

项　　目	人口数/万人	比重/%
城市	66 557	49.68
乡村	67 415	50.32
合　计	133 972	100.0

　　总标题是统计表的名称，用以概括说明统计表中所反映的统计资料的内容，多数情况要包括总体的时间和空间限制，一般位于表的上端正中央。

　　横行标题是统计表横行内容的名称，通常用来说明总体及其各组的名称，是统计表所要说明的对象，一般列在表的左方。

　　纵栏标题是统计表纵栏内容的名称，通常用来表示反映总体及其各组成部分数量特征的统计指标的名称，一般位于表的上方。

　　指标数值列在各横行标题与各纵栏标题交叉处。统计表中任何一个数字的内容都由横行标题和纵栏标题所限定，横行是其反映的对象，纵栏是其反映的内容。

　　另外，为了补充统计表中未说明的问题，统计表往往还附有一些说明，包括资料来源、指标计算方法、填报单位、填表人、填表日期等。

（二）统计表的内容

　　统计表从其内容上看，是由两部分组成，一部分是主词，另一部分是宾词。主词也叫主词栏或主栏，是统计表的主体，也就是统计表所要说明的对象。它可以是各个总体单位名称或总体各个分组的排列，也可以是总体现象所属时间的排列。主词通常用横行标题来表示。宾词亦称宾词栏或宾栏，它是说明主词的各项指标，一般由纵栏标题和指标数值所组成，如表 3 - 16 所示。

　　统计表的主词和宾词的位置一般如上所述，但不是固定不变的，有时为了编排合理与阅读方便，可以将主词和宾词的位置互换。

二、统计表的分类

（一）按用途分类

　　1. 调查表

　　是在统计调查中用于登记、搜集原始资料的表格。

　　2. 整理表

　　是用于汇总或整理调查资料，以及表现统计汇总或整理结果的表格。

3. 分析表

是用于对整理所得的统计资料进行定量分析的表格。

（二）按统计数列的性质分类

1. 空间数列表

空间数列表又称静态表，是指同一时间条件下，不同空间范围的统计表。它说明在静态条件下，客观社会经济现象在不同空间范围的分布状况，如表 3 - 17 所示。

表 3 - 17　2009 年我国部分省市城镇单位就业人员的平均工资和指数

省　市	平均工资/元	指数/%	省　市	平均工资/元	指数/%
北京	57 779	103. 5	辽宁	30 523	112. 3
上海	58 336	111. 9	吉林	25 943	111. 4
广东	36 469	109. 6	黑龙江	24 805	114. 0

2. 时间数列表

时间数列表又称动态表，是指同一空间条件下，不同时间范围的统计表。它说明在动态条件下，客观社会经济现象发展变动状况，如表 3 - 18 所示。

表 3 - 18　2001—2009 年我国历年城镇单位就业人员平均工资和指数

年　份	平均工资/元	指数/%	年　份	平均工资/元	指数/%
2001	10 834	116. 1	2006	20 856	114. 6
2002	12 373	114. 2	2007	24 721	118. 5
2003	13 969	112. 9	2008	28 898	116. 9
2004	15 920	114. 0	2009	32 244	111. 6
2005	18 200	114. 3			

3. 时空数列结合表

时空数列结合表是同时反映社会经济现象在不同空间和不同时间内的数量分布的统计表。它既说明某些社会经济现象在不同空间内的数量分布，又说明它们在不同时间上的数量变动，如表 3 - 19 所示。

表 3 - 19　我国历年国内生产总值构成情况统计表

产　业	2005 年	2006 年	2007 年	2008 年	2009 年
第一产业	12. 1	11. 1	10. 8	10. 7	10. 3
第二产业	47. 4	47. 9	47. 3	47. 4	46. 3
第三产业	40. 5	41. 0	41. 9	41. 9	43. 4
合　计	100. 0	100. 0	100. 0	100. 0	100. 0

（三）按总体分组情况分类

1. 简单表

简单表是指对统计总体未作任何分组，仅按单位名称或时间顺序排列而成的统计表。

简单表按总体单位排列的，可以用来对比分析总体各单位的情况及其差别，按时间顺序排列的可用来分析现象的动态。

2. 分组表

分组表又称简单分组表，是指对统计总体仅按一个标志进行分组而形成的统计表，利用分组表可以深入分析现象的内部结构和现象间的相互依存关系。

3. 复合表

复合表又称复合分组表，是指对统计总体按两个或两个以上标志进行层叠分组而形成的统计表，如表 3 – 20 所示。

表 3 – 20　　　　　2005—2009 年我国对外贸易发展变化情况的统计表

金额单位：万美元

按业务环节和汇别分组		2005 年	2006 年	2007 年	2008 年	2009 年
总　　计						
出口	合　计					
	现汇出口					
	记账外汇出口					
进口	合计					
	现汇出口					
	记账外汇出口					

复合表能把更多的标志结合起来，可以更加深入地分析现象的特征和规律性。

三、编制统计表的要求

为使统计表能科学反映研究对象的本质和特点，充分发挥其说明和分析问题的作用，同时为了标准化和美观，统计表编制时要遵循科学、实用、简练、美观的原则，要符合以下要求：

（1）统计表的各种标题，特别是总标题的表达，应该十分简明、确切，概括地反映出表的基本内容。总标题还应该标明资料所属的地点和时间。

（2）表中的主词各行和宾词各栏，一般应按先局部后整体的原则排列，即先列各个项目，后列总计。当没有必要列出所有项目时，可以先列总计，而后列出其中一部分重要项目。

（3）如果统计表的栏数较多，通常要加以编号。在主词和计量单位等行，用（甲）、（乙）、（丙）等文字标明；宾词指标各栏，用（1）、（2）、（3）等数字编号。

（4）表中数字应该填写整齐，对准位数。当数字为 0 或因数小可略而不计时，要写上 0；当缺乏某项资料时，用符号"…"表示；不应有数字时用符号"—"表示。

（5）统计表中必须注明数字资料的计量单位。当全表只有一种计量单位时，可以把它写在表体的右上方。如果表中需要分别注明不同单位时，横行的计量单位可以专设一栏；纵栏的计量单位，要与纵栏标题写在一起，用小字标写。

（6）必要时，统计表应加注说明或注解。例如，某些指标有特殊的计算口径，某些资料只包括一部分地区，某些数字是由估算来插补等，都要加以说明。此外还要注明统计资料的来源，以便查考。说明或注解一般写在表脚。

（7）统计表的格式一般是"开口"式的。即表的左右两端不画纵线。好的统计表，也应该是外形美观的，一般设计成矩形，不要设计成正方形。当然主要根据实际情况灵活掌握。

第四章

总量指标和相对指标

学习目标

通过本章学习，熟悉总量指标和相对指标的概念、性质和种类，理解总量指标和相对指标的特点及应用场合，掌握相对指标的计算和分析方法，利用总量指标与相对指标对社会经济现象进行简单的分析。

重点难点

绝对指标和相对指标的概念、作用、种类和数值表示方法是本章的重点；几种主要相对指标的计算和分析以及相对指标的应用是本章的难点。

第一节　统计总量指标

经过统计调查得到的大量数据资料，经过科学的加工整理后，可以得到反映社会经济现象的一系列总量指标。这些总量指标有何意义，能够说明现象总体的什么问题，与其他现象之间有无联系，联系程度如何等，都需要进一步分析研究。由于统计活动的数量性特点，在分析研究过程中需要进一步计算各种各样的分析指标，描述数据分布的指标有三大类。包括总量指标、相对指标和平均指标，统称为综合指标。本章将要阐述的是总量指标和平均指标的有关问题。

一、总量指标的概念和作用

（一）总量指标的概念

总量指标是反映社会经济现象总体在一定的时间、地点条件下的总规模、总水平或工作总量的统计指标。总量指标用绝对指标形式表示，因此也称为绝对指标，它是最基本的统计数据。如一个国家或地区的人口数、粮食总产量、财政收入等。例如，2001 年 3 月 5 日朱镕基同志在九届全国人大四次会议上所作《政府工作报告》中指出：2000 年我国国内生产总值达到 89 404 亿元，粮食总产量达到 9 850 亿斤，农村居民人均纯收入和城镇居民人均可支配收入分别达到 2 253 元和 6 280 元，进出口总额达 4 743 亿美元，外汇储备达 1 656 亿美元。这些都是总量指标。进入新世纪以来，我国经济总量在世界的位次不断提升。2010 年我国 GDP 达到 397 983 亿元，超过日本跃居世界第二位，仅次于美国。粮食产量达到 54 641 万吨，居世界第一位。2010 年，我国货物进出口总额达到 29 728 亿美元，创历史新高。都是利用绝对指标说明我国 21 世纪初到 2010 年国民经济发展的总体规模、总体水平。

总量指标数值的大小受总体范围的制约。总体范围大，指标数值就大；总体范围小，指标数值就小。只有有限总体才能计算总量指标，社会经济统计调查研究的对象主要是有限总体。因此，在社会经济统计中计算总量指标有重要的意义。

（二）　总量指标的作用

总量指标在社会经济研究和管理中的重要作用，主要表现为以下三个方面。

1. 总量指标是认识社会经济现象总体的起点，它可以反映总体的基本状况和基本实力

总量指标是对社会经济现象总体认识的起点。这是因为社会经济现象基本情况往往首先表现为总量。对一个国家的国情、国力，一个地区、一个单位的人力、物力状况等最基本的了解都是通过总量指标来完成的。2010 年我国国土面积 960 万平方公里，2010 年末我国人口总数为 133 972 万人。这两个总量指标表现了我国幅员辽阔人口众多的基本特点。

国民经济发展情况也往往直观地表现为总量指标。例如我国 2010 年国民经济发展情况可以从以下总量指标中看出：2010 年国内生产总值 397 983 亿元、社会消费品零售总额 156 998 亿元、全部工业增加值 160 030 亿元，粮食总产量 54 641 万吨、年末国家外汇储备 28 473 亿美元、全年财政收入 83 080 亿元、全年货物进出口总额 29 728 亿美元等。图 4 - 1 是 2006—2010 年我国国内生产总值发展情况，可以看出其逐年增长的基本趋势。

2. 总量指标是进行宏观调控、编制发展经济和实施经营管理的基本依据

总量指标是加强社会经济实力、平衡供求关系，保证国民经济协调发展，全面提高社会经济效益的重要衡量标准，也是企业进行经济核算和经济活动分析的基础。国家为了更有效地保持经济、社会、科技等有计划、可持续、稳定和协调地发展，就必须及时了解国际、国内的基本情况，而这些基本情况主要是以总量指标的形式加以反映的。

市场经济的主体要了解市场、适应市场、不断提高经营管理的效果。要达到目的，就必须灵敏地掌握市场信息和熟知自身情况，而这些市场信息和自身情况也主要是以总量指标的形式出现的，若无了解，实施有效地经营管理也将无从

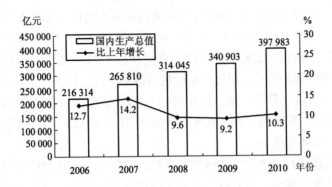

图 4-1　2006—2010 年国内生产总值及其增长速度

谈起。

3. 总量指标是计算相对指标和平均指标的基础

总量指标是统计整理汇总后，得到的能说明具体社会经济总量的综合性数字，是最基本的统计指标。相对指标和平均指标一般都是由两个有联系的总量指标相对比而计算出来的，它们是总量指标的派生指标。总量指标计算是否科学、合理、准确，将会直接影响相对指标和平均指标的准确性。

二、总量指标的类型

（一）按其反映现象总体内容的不同，分为总体单位总量和总体标志总量，简称为单位总量和标志总量

总体单位总量是用来反映统计总体内包含总体单位个数多少的总量指标。它用来表明统计总体的容量大小。例如，研究我国的人口状况时，统计总体是全国所有公民，总体单位是每一位公民，那么我国的人口数表明总体单位的个数，是总体单位总量。再如，研究某市的工业发展状况，统计总体是全市的所有工业企业，若该市现有工业企业 2 350 家，则 2 350 家即为总体单位总量。

总体标志总量是统计总体各单位某一方面数量标志值的总和。仍举上例，该市的每个工业企业是总体单位，每一工业企业的工业职工人数是该工业企业的一个数量标志，则该市全部工业职工人数就是总体标志总量。另外该市的年工业增加值、工业总产值、工业利税总额等指标也都是总体标志总量。一个已经确定的统计总体，其总体单位总量是唯一确定的，而总体标志总量却不止一个。

表 4-1 资料中企业单位总数 485 是总体单位总量，工人总人数 225 370 人、总产值 603 443 万元、实现利税总额 18 600 万元、年末固定资产原值 67 309 万元均为总体标志总量。

表4-1　　　　　　　　　某地区工业企业生产经营情况统计资料

经济类型	企业数/个	工人数/人	总产值/万元	实现利税/万元	年末固定资产原值/万元
国有企业	164	73 900	204 510	6 385	22 375
民营企业	160	75 800	197 585	5 978	22 398
其　他	161	75 670	201 348	6 237	22 536
合　计	485	225 370	603 443	18 600	67 309

　　总体单位总量和总体标志总量并不是固定不变的，而是随着研究目的的不同而变化的。例如，要考察某地区企业生产经营情况时，全部工业企业就构成了一个统计总体，其中每一个企业为总体单位，全部企业数则构成了总体单位，用以反映总体规模的大小，而其他如工人数、总产值、实现利税、年末固定资产原值等，则构成标志总量指标，用以全面分析该地区工业企业的状况。

　　当研究目的是考察该地区工业企业全体工人的状况时，总体就是全体工人，总体单位为每一位工人，全体工人总数构成总体单位总量指标，而每一个工人的劳动报酬、总产量和劳动生产率等就是标志总量指标。

（二）按其反映现象总体时间性质的不同，分为时期指标和时点指标，简称为时期数和时点数

　　1. 时期指标

　　时期指标是反映社会经济现象在一段时间内发展变化结果的总量。例如我国某年实现国内生产总值95 533亿元，是指在该年这一年的时间内，我国国民经济各行业每天所创增加值的总和。再如产品产量、社会零售商品销售额等都是时期指标。

　　2. 时点指标

　　时点指标是反映社会经济现象在某一时刻或某一时点上的状况的总量。如我国首次基本单位普查显示某年底我国共有各类法人单位440.2万个，有产业活动单位635.1万个，这仅能说明我国该年12月31日这一天的基本单位的数量情况，再如人口数、商品库存额、外汇储备额等也都是时点指标。

　　时点指标是现象在某一时刻上的数量，但现实中不可能对每一瞬间上的数量都进行调查登记，因此习惯以"天"作为瞬间单位。

　　时点数列有连续时点数列和间隔时点数列之分。前者，指时点现象按天天提供的指标值所编制成的动态数列，无疑这种数列不存在时间间隔；后者，指时点现象按一定的时间间隔提供的指标值所编成的动态数列。这种数列中的指标值一般是时点现象期末的数字，如年末、季末、月末的职工人数是年、季、月最后一天的职工人数。

　　3. 时期指标和时点指标各有不同的特点

　　第一，时期指标的数值可以连续计数，它的每一个数据都可以说明社会经济现象在这一时期内发生发展的总量，例如。某医院某月内收治的病人总数是该月每一天收治病人数的累计。而时点指标则只能间断计数，它的每个数据都表明社会经济现象总体发生发展到某一时点上所达的水平。例如，企业月末的水平库存量是上个月末水平库存量经过一个月的存取过程后，到该月末所达到的实有的水平库存量。

第二，作为时期指标，各个时期的数值是可以累计相加的，累加的结果可以说明更长一段时间内社会经济现象总体所发生的总量。例如，把某工厂某年每个月的产量相加，得到的数值就是该年度该厂所生产的产品总量。而时点指标的数值直接相加在一般的情况下没有实际意义。

第三，一般地说，时期指标的大小直接受社会经济现象总体活动过程时间长短的制约，其数值大小与时间长短成正比。例如，一个企业月生产产品数量总是大于该月内每天生产的产品数量，年生产产品数量又总是大于月生产产品数量。而时点指标的指标数值大小与时点的间隔长短没有直接关系。时点之间间隔越长，社会经济现象总体水平却不一定越大。例如，某市人口年初为100万人，经过半年后可能为110万，也可能为99万。

三、总量指标的计量单位

总量指标的计量单位有三种，可分为实物单位、货币单位和劳动单位。

（一）实物单位

实物单位是根据事物的自然属性和特点采用的计量单位，按实物单位计算的总量指标称为实物指标。实物单位分为自然单位、度量衡单位和标准实物单位三种。

1. 自然单位

自然单位是按照现象的自然状况来计量其数量的一种计量单位。如人口以人为单位，企业以个为单位，汽车以辆为单位等。

2. 度量衡单位

度量衡单位是按照统一的度量衡制度的规定来计量客观事物数量的一种计量单位。如粮食、钢铁、煤炭等用吨或千克为计量单位，铁路、公路用公里为计量单位，天然气、木材以立方米为计量单位等。采用度量衡单位的原因，主要是由于有些现象无法采用自然单位表明其数量，如钢铁、粮食等；有些现象虽然也可以用自然单位计量，如鸡蛋、活鸡等，但不如用度量衡单位准确。统一度量衡制度是准确地反映事物数量的前提。

3. 标准实物单位

标准实物单位是按照统一折算的标准来度量被研究现象数量的一种计量单位。例如，一包香烟20支为统一的折算标准。

总量指标的计量单位可以单独使用，也可以结合使用。两种单位并列结合使用时，称为复合计量单位。如货物运输量用"吨公里"为计量单位，发电量用"千瓦时"为计量单位，参观展览用"人次"表示其数量等。两种单位上下结合使用时，称为双重计量单位，如电动机用台/千瓦表示，蒸汽机用台/马力表示。

按实物单位计算的总量指标，优点是它能够直接反映产品的使用价值或现象的具体内容，因而能够具体地表明事物的规模和水平。在了解国民经济的基本情况、研究各种物资的消耗和库存、分析各种商品对生产和生活的满足程度等，都广泛应用以实物单位计算的总量指标。但以实物单位计算的总量指标在应用中也有缺点，就是它不能进行综合。不同的实物，内容性质不同，计量单位不同，无法进行汇总，因而不能用以反映现象的总规模、总水平等。例如企业生产不同产品的产量，基建不同项目的总工作量，不同商品的总销售量等，都不能用一项以实物单位计算的总量指标来反映，必须借助以货币单位计算的总量指标才能反映。

（二）货币单位

货币单位是用货币"元"来度量社会劳动成果或劳动消耗的计量单位，如国内生产总值、社会商品零售额、产品成本等，都是以"元"或"万元"、"亿元"来计量的。

价值指标从本质上说应是反映商品价值量的指标，而实际上是货币量指标。因为价值量不能计算，只能通过价格来体现，而价格围绕价值波动并不等于价值，价格只是价值的一种货币表现。因此，价值指标又称货币指标，用货币计算其价值量的具体数值。

价值指标具有广泛的综合性和概括性。它能将不能直接相加的产品数量过渡到能够相加，用以综合说明具有不同使用价值的产品总量或商品销售量等的总规模或总水平。价值指标广泛应用于统计研究、计划管理和经济核算之中，但价值指标也有其局限性，综合的价值量容易掩盖具体的物质内容，比较抽象。因此，在实际工作中，应注意把价值指标与实物指标结合起来使用，以便全面认识客观事物。

按货币单位计算的总量指标，以货币单位所起的作用不同，可以分为按现行价格计算的价值指标和按固定价格计算的价值指标两类。

按现行价格计算的价值指标，就是按各经济部门实际价格计算的价值指标。例如按实际出厂价格计算的产值，按实际零售价格计算的商品零售额以及实际开支的工资、商品流通费用、缴纳的税金等。现行价格的价值指标和各种经济部门的实际收支相适应，能反映现象的实际水平。利用现行价格计算的价值指标，可以研究国民经济的价值运动过程以及生产和建设、消费和积累等国民经济的重要的比例关系。

按固定价格计算的价值指标，又叫按不变价格计算的价值指标。所谓不变价格就是把历史上某一时期或某一时点上的产品或商品的价格，作为某一段时期内固定不变的计算价格。采用不变价格计算的价值指标，可以消除由于采用现行价格计算产品总值受价格变动影响的不可比性。可见按不变价格计算的价值指标是综合地反映产品数量水平的变动，而不是综合地反映产品价值水平的变动。利用按不变价格计算的价值指标，有利于研究产量的动态变化，也便于检查产量计划的完成情况。

（三）劳动量单位

劳动量单位是用劳动时间表示的计量单位，如"工日"、"工时"等。工时是指一个职工做一个小时的工作，工日通常指一个职工做八小时的工作。借助劳动量单位计算的劳动消耗量指标来确定劳动规模，并作为评价劳动时间利用程度和计算劳动生产率的依据。这种统计指标虽然不多，但常遇到。如工厂考核职工出勤情况，每天要登记出勤人数，把一个月的出勤人数汇总就不能用"人"来计量而应用"工日"来计算。又如工厂实行计件工资制，要对每个零部件在每道工序上都规定劳动定额，假设某零件规定1小时生产60件，则每一件就是一个定额工分，某工人一天生产600件，即生产的产品为600定额工分，即10个定额工时。由于各企业的定额水平不同，劳动量指标不适宜在各企业间进行汇总，往往只限于企业内部的业务核算。

四、总量指标的统计原则

1. 明确规定每项指标的含义和范围

正确统计总量指标的首要问题，就是要明确规定每项总量指标的含义和范围。例如要计算国内生产总值、工业增加值等总量指标，首先应清楚这些指标含义、性质，才能据以确定统计范围和统计方法。要解决好这个问题，必须正确理解被研究现象的性质、含义，同时还要熟悉国家政策和统计制度的有关规定，这样才能统一计算口径，正确计算出它们的总量数值。

2. 注意现象的同质性

在计算实物指标的总量时，只有同质现象才能计算。同质性是由事物的性质或用途决定的。例如我们可以把各种煤炭（无烟煤、烟煤、褐煤等）看做一类产品来计算它们的总量，但不能把煤炭、粮食与钢铁等混合起来进行计算。否则，即使能得出汇总结果，也无任何意义。

同时，在实际工作中，我们也不能片面地要求现象的同质性，有些现象如计算运输部门的货物工作总量时，因为只统计所运货物的数量和距离，至于所运为何物，并不影响承运部门的工作成果等。

3. 正确确定总量指标的计量单位

具体核算总量指标时，究竟采用哪一种计量单位，要根据被研究对象的性质、特点以及统计研究的目的而定。同时还要注意与国家统计规定的计量单位一致，以便于汇总，保证统计资料的准确性。

第二节　统计相对指标

总量指标虽然可以综合表明社会经济现象的总体规模、水平或工作总量，但它只是提供最基本的统计数字，还属于感性认识。在统计工作中计算总量指标不能说明事物之间的相互联系，也不能说明事物的发展变化情况。因此，要想充分认识社会经济现象，必须在占有大量总量指标的基础上运用各种统计方法，从社会经济现象的相互联系和发展变化等各个方面进一步研究现象的性质、特征及规律性，使感性认识上升到理性认识，才能对客观事物做出较全面的判断和评价。这就需要对总体的组成和其各部分之间的数量关系进行分析、比较，通过计算分析相对指标才能实现目的。

一、相对指标的概念

相对指标又称"相对数"，是两个有联系的指标对比的比值，用来反映社会经济现象数量特征和数量关系的综合指标。如人口的性别比例和年龄构成、人口的出生率、死亡率和自然增长率等。相对指标把两个具体数值抽象化，使人们对现象之间所存在的固有联系有较为深刻的认识。借助相对指标对现象进行对比分析，是统计分析的重要内容。

二、相对指标的作用

（一）反映社会经济现象之间的相对水平和联系程度

运用相对指标可以观察某一经济总体的计划任务完成程度、内部的结构状况、指标之间的比例关系、一事物在另一事物中的普遍程度、强度和密度，从而有利于分析同类现象在不同空间上的联系与区别，为揭示现象的本质和特点提供依据。例如人们常用计划完成相对指标分析一个企业计划任务的完成情况，用人均国民收入衡量一个国家的经济实力，用耐用消费品的平均拥有量评估一个地方的生活状况，虽不是唯一的评判标准，但能充分表明现象的特征与特点。

表 4 − 2 资料反映了我国对主要国家和地区货物进出口额及其增长速度情况，反映了我国和这些国家与地区之间的贸易关系。

表 4 − 2　　　**2010 年对主要国家和地区货物进出口额及其增长速度**　单位：亿美元

国家和地区	出口额	比上年增长%	进口额	比上年增长%
欧盟	3 112	31.8	1 685	31.9
美国	2 833	28.3	1 020	31.7
中国香港	2 183	31.3	123	40.9

续表

国家和地区	出口额	比上年增长%	进口额	比上年增长%
东盟	1 382	30.1	1 546	44.8
日本	1 211	23.7	1 767	35.0
韩国	688	28.1	1 384	35.0
印度	409	38.0	208	51.8
中国台湾	297	44.8	1 157	35.0
俄罗斯	296	69.0	258	21.7

（二）相对指标为人们深入认识事物发展的质量与状况提供客观依据，可以弥补总量指标的不足

社会经济现象总是相互联系、相互制约的。要分析一种社会经济现象，仅仅利用某一项指标，而不把有关指标联系起来进行比较分析，就难以对事物发展规模的大小，变化速度的快慢，各种比例协调与否等有深刻全面的认识。

表 4-3 表明，我国 2010 年末全部金融机构本外币各项存款余额 73.33 万亿元，全部金融机构本外币各项贷款余额 50.92 万亿元。仅仅凭借这些指标难以对金融机构的发展作出分析和评价，如果我们把它同 2009 年的同期数字进行对比，计算动态相对指标（发展速度），就会清楚地认识到我国金融机构本外币存贷款规模的扩大速度的加快、结构相对稳定并进一步发展的基本情况。

表 4-3 　　　　　　2010 年全部金融机构本外币存贷款及其增长速度 　　　　单位：亿元

指　　标	年末数	比上年末增长%
各项存款余额	733 382	19.8
其中：企业存款	252 960	12.7
城乡居民储蓄存款	307 166	16.0
其中：人民币	303 302	16.3
各项贷款余额	509 226	19.7
其中：短期贷款	171 236	13.1
中长期贷款	305 127	29.5

（三）相对指标将现象的绝对差异抽象化，使原来不能直接相比的总量指标可以进行比较

相对指标把总量指标之间的具体差异抽象化，从而使不可比的现象转化为可以对比的现象。例如要比较两个企业的流通费用额的节约情况，如果仅仅以其流通费用额的绝对值进行比较，就难以说明问题。因为它们所完成的商品销售额可能是不同的，而费用额的多少直接受商品销售额大小的影响。如果采用相对指标——流通费用率，来分析流通费用的节约情况，则可做出正确的判断。因为流通费用率表明的是单位商品销售额所支付的费用额，排除了销售额大小的影响，这样两个企业以致多个企业就有了共同对比的基础。

三、相对指标的数值表现形式

相对指标的数值有两种表现形式：有名数和无名数。

（一）无名数

无名数是一种抽象化的数值，当相对指标中相互比较的分子分母的统计指标的计量单位相同时，即可用无名数表示。多用倍数、系数、成数、百分数和千分数表示。

1. 倍数和系数

倍数和系数是将对比的基数抽象化为 1 计算出来的相对指标。当两个指标数值对比，当分子与分母接近或分子较小时采用系数。如后面各章中所涉及的标准差系数、相关系数等。当分子大于分母并差别很大时，常用倍数表示。例如，20世纪初地球上的人口数为 12 亿人，21 世纪初地球上的人口数达到 60 亿人，则21 世纪初的人口数是上世纪初的 5 倍。

2. 成数

成数是将对比的基数抽象为 10 计算出来的相对指标。如某地某年的小麦产量比上年增长 1 成，即增产 10%。

3. 百分数和千分数

百分数是将对比的基数抽象化为 100 而计算出来的相对指标，符号用% 表示。百分数是相对数中最常用的一种形式，如计划完成程度相对数、结构相对数、各种统计指数等都多用百分数表示。一般来讲，如相对指标分子分母相差不大时，采用百分数比较合适；如果分子分母相差较大，则采用千分数形式。如果分子分母相差特别大时，还可以采用万分数的形式。

百分点是百分数的一种表述形式，百分点相当于百分数的单位，一个百分点就是 1%。例如，某百分数为 20%，则这个百分数中就有 20 个百分点。它在两个百分数相减的情况下应用，例如原来银行活期储蓄利率为 2.1%，现下调一个百分点，说明现在银行活期储蓄利率为 1.1%。

千分数是将对比的基数抽象化为 1 000，而计算出来的相对指标，符号用‰表示。例如，人口出生率、死亡率、自然增长率等都用千分数表示。

千分点是千分数的一种表述形式，它是千分数中相当于 1‰的单位。例如某千分数为 20‰，则这个千分数中就是有 20 个千分点。

（二）有名数

如果相当指标中相互对比的两个统计指标计量单位不同，就需要将其分子和分母指标的计量单位结合使用，作为相对指标的计量单位。通常反映现象的强度、密度和普遍程度的强度相对指标，用有名数表示较为常见。例如人口密度用"人/平方公里表示"、人均粮食产量用"公斤/人"表示，劳动生产率用"件/人"表示等。

第三节　统计相对指标的计算及应用

相对指标根据统计研究的任务目的的不同，对比基数的不同，计算方法的不同可分为计划完成程度相对指标、结构相对指标、比例相对指标、比较相对指标、强度相对指标和动态相对指标六类，前五类属于静态分析。

一、结构相对指标

研究社会经济现象总体时，不仅要掌握其总体总量的规模水平，而且要揭示总体内部组成的数量表现，即要对总体内部的结构进行数量分析，这就需要计算结构相对指标。

1. 结构相对指标的定义和公式

结构相对指标就是在分组的基础上，以各组（或部分）的单位数与总体单位总数对比，或以各组（或部分）的标志总量与总体的标志总量对比求得的比重，借以反映总体内部结构的一种综合指标。一般用百分数表示，也叫比重指标。可以用公式表述如下：

$$结构相对指标 = \frac{总体部分数值}{总体全部数值}$$

2. 结构相对数的特点

运用结构相对指标时，要以统计分组为前提。只有在将总体区分为不同性质的各个部分，才能计算结构相对指标，求出各自在总体总量中所占的比重，反映出总体的构成。由于结构相对指标是总体的部分数值与全部数值之比，因此各部分所占比重之和必须等于100%或1。如果不等应，将其中的最大值或最小值进行修正，使之等于1或100%。

3. 应用

结构相对指标在统计研究中的应用十分广泛，常用来反映现象的内部结构及其发展变化规律，统计分析中常用的指标，其作用表现在三个方面。

（1）利用结构相对指标可以根据现象的内部构成说明事物的性质和特征。

表4-4反映了我国2010年的人口结构。包括人口的区域结构、年龄结构、性别结构。由于人口结构是一种可以量化的形式关系，因此可以从宏观上对人口结构进行研究，可以定量地透析由它所形成的基本情况，并预测未来发展趋势，从而对经济建设有着指导作用。

表 4 - 4	2010 年我国人口数及其构成	单位：万人
指　标	年末数	比重%
全国总人口	133 972	100.0
其中：城镇	66 557	49.68
乡村	67 414	50.32
其中：男性	68 685	51.27
女性	65 287	48.73
其中：0～14 岁	22 245	16.60
15～59 岁	93 961	70.14
60 岁及以上	17 764	13.26
65 岁及以上	11 883	8.87

　　城镇人口占总人口的比重是衡量一个国家现代化水平高低的重要指标。世界上越是发达的国家，越具有较高的城镇化水平。中国人口城市化水平目前已达到49.68%，说明我国城市发展的进程。同时根据联合国对人口年龄结构类型的定义，即 65 岁以上老人比例大于 7% 的人口为老年型人口，4%～7% 为中年型人口，低于 4% 的为年轻型人口。2010 年我国 65 岁及以上人口总数已占到 8.5%，说明我国已进入或正在进入老年型社会。

　　（2）将不同时期的结构相对指标连续观察，可以反映事物内部构成的变化过程和发展趋势。

　　表 4 - 5 表明，我国 2000—2010 年第一产业创造的国内生产总值比重不断下降，而第二、第三产业创造的国内生产总值比重则不断上升的趋势，说明我国正向发达的以工业、服务业为主额标准靠近，同时说明我国经济发展结构正朝良性方向发展，基本顺应我国经济发展向工业化阶段发展的趋势。

表 4 - 5		2000—2010 年中国三大产业增加值及比重					
年份	国内生产总值/亿元	产业增加值/亿元			三大产业比重/%		
		第一产业	第二产业	第三产业	第一产业	第二产业	第三产业
2000	99 215	14 945	45 556	38 714	15.06	45.92	39.02
2001	109 655	15 781	49 512	44 362	14.39	45.15	40.46
2002	120 333	16 537	53 897	49 899	13.74	44.79	41.47
2003	135 823	17 382	62 436	56 005	12.80	45.97	41.23
2004	159 878	21 413	73 904	64 561	13.39	46.23	40.38
2005	184 937	22 420	87 598	74 919	12.12	47.37	40.51
2006	216 314	24 040	103 720	88 555	11.11	47.95	40.94

续表

年份	国内生产总值/亿元	产业增加值/亿元			三大产业比重/%		
		第一产业	第二产业	第三产业	第一产业	第二产业	第三产业
2007	265 810	28 627	125 831	111 352	10.77	47.34	41.89
2008	314 045	33 702	149 003	131 340	10.73	47.45	41.82
2009	340 903	35 226	157 639	148 038	10.33	46.24	43.43
2010	397 983	40 497	186 481	171 005	10.18	46.86	42.97

（3）根据各构成部分所占比重大小，可以反映所研究现象总体的质量以及人力、物力和财力的利用程度。例如，文盲率、入学率、青年受高等教育人口比率等可从文化教育方面表明人口的质量；产品的合格率、优质品率、高新技术品率、商品损耗率等可表明企业的工作质量；出勤或缺勤率、设备利用率等，则可反映企业的人、财、物的利用状况。

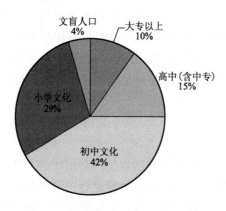

图4-2　我国2010年人口受教育程度

图4-2反映了我国2010年的人口受教育程度。大陆31个省、自治区、直辖市和现役军人的人口中，具有大学（指大专以上）文化程度的人口为119 636 790人，占人口总数的10%；具有高中（含中专）文化程度的人口为187 985 979人，占人口总数的15%；具有初中文化程度的人口为519 656 445人，占人口总数的42%；具有小学文化程度的人口为358 764 003人，占人口总数的29%。同2000年第五次全国人口普查相比，文盲人口减少30 413 094人，文盲率由6.72%下降为4.08%，下降2.64个百分点。

二、比例相对指标

1. 比例相对指标的定义和公式

比例相对指标是反映总体中各个组成部分之间的比例关系和均衡状况的综合指标。它是同一总体中某一部分数值与另一部分数值静态对比的结果，一般用倍数或系数表示，也可以用百分数表示，计算公式为：

$$比例相对数 = \frac{总体中某一部分数值}{总体中另一部分数值} \times 100\%$$

比例相对指标一般是无名数，通常用系数或倍数形式来表示，也可以用百分数表示。它可以在两个组成部分之间对比，也可以在多个组成部分之间进行连比，但连比数不宜太多。进行连比时，一般选用较小的数值为基础，将它抽象为"1"或"100"，这样便于计算，也便于观察。

如表 4-4 所示，我国 2010 年年末总人口为 133 972 万人，其中男性人口为 68 685 万人，女性人口为 65 287 万人，则全国总人口中男性与女性的性别比例为 105.20%（68 685/65 287）或 1.052 0∶1。按国际标准衡量，属于正常的性别关系。

2. 应用

（1）比例相对指标常用来研究现象之间的比例关系，如积累与消费的比例关系、农轻重的比例关系、进口与出口的比例关系、生产人员与管理人员的比例关系等。在统计分析中，有时要求用 $1∶m∶n$ 的连比形式反映总体中若干组之间的数量联系，如积累基金分配中农、轻、重比例关系，生产成本中的料、工、费比例关系等均可按上述方法计算其比值。

（2）比例相对指标一般以总量指标进行对比。根据分析任务和统计资料的情况不同，也可应用现象总体各部分的相对指标或平均指标对比。

例如，2010 年中国农村居民人均纯收入 5 919 元，比上年增长 14.9%，扣除价格因素实际增长 10.9%；中国城镇居民全年人均可支配收入 19 109 元，增长 11.3%，实际增长 7.8%。这是 1998 年以来农村居民收入实际增速第一次超过城镇。城乡居民收入比从上年的 3.33∶1 缩小为 3.23∶1（19 109/5 919）。

（3）比例相对指标同结构相对指标有着密切的联系，比例相对指标也是一种结构性比例，但两者对比的方法不同。结构相对指标表现为一种包含关系，分子是分母的一部分，比例相对指标的分子和分母是一种并列关系，因而分子、分母可以互换。在实际工作中往往把结构相对指标和比例相对指标结合起来应用，既可以分析总体各部分构成比例的协调程度，也可以研究总体的结构是否合理。

根据统计资料，计算各种比例相对指标，反映有关事物之间的实际比例关系，有助于我们认识客观事物是否符合按比例协调发展的要求，参照有关标准，可以判断比例关系是否合理。在宏观经济管理中，这对于研究分析整个国民经济和社会发展是否协调均衡具有重要的意义。

三、比较相对指标

1. 比较相对指标的定义和公式

又称"比较相对数"或"同类相对数"，就是将不同地区、单位或企业之间的同类指标数值作静态对比而得出的综合指标，表明同类事物在不同空间条件下的差异程度或相对状态。比较相对指标可以用百分数、倍数和系数表示。计算公式如下：

$$比较相对指标 = \frac{甲国（地区、单位）某一现象的指标数值}{乙国（地区、单位）同一现象的指标数值}$$

式中分子、分母现象所属统计指标的含义、口径、计算方法和计量单位等必须一致。在经济管理工作中，广泛应用比较相对指标，例如用各种质量指标在企业之间、车间或班组之间进行对比，把各项技术经济指标与国家规定的标准条件对比，与同类企业的先进水平或世界先进水平对比，从中观察"多快好省"和"少慢差费"，借以找差距，挖潜力，定措施，为提高企业的经营管理水平提供依据。比较相对指标可以用来反映大到不同国家、地区，小到不同单位之间同一时间、同类现象的差异程度。

2. 应用

（1）比较相对指标的分子分母可以互换。某年甲市工业总产值为 708.97 亿元，乙市为 1 515.35 亿元，丙市为 635.22 亿元，则乙市工业总产值为甲市的 2.14 倍（1 515.35/708.97），而甲市工业总产值又为丙市的 1.12 倍（708.97/635.22）。

（2）比较相对指标所对比的指标可以是总量指标，也可以是相对指标或平均指标。用来对比的两个性质相同的指标数值，其表现形式不一定仅限于绝对指标，也可以是其他的相对指标或平均指标。

例如，2009 年资料显示东部地区人均国内生产总值为 3 451 元，西部地区人均国内生产总值为 1 400 元，则

$$东部地区与西部地区的比较相对数 = \frac{3\ 451}{1\ 400} = 2.46\ 倍$$

$$西部地区与东部地区的比较相对数 = \frac{1\ 400}{3\ 451} \times 100\% = 40.57\%$$

计算结果表明：2009 年东部地区的人均国内生产总值为西部地区的 2.46 倍；或者说 2009 年西部地区的人均国内生产总值只有东部地区的 40.57%。

（3）比较相对指标和比例相对指标之间也存在着一定的区别，比例相对指标反映的比例关系，有时是客观标准，违背这个标准，就会造成比例关系失调。而比较相对指标反映的就是事物之间的对比关系，一般不存在比例失常或失调的问题。

四、动态相对指标

1. 动态相对指标的定义和公式

动态相对指标，就是指同类现象的指标数值在不同时间上的数量对比关系。用以反映现象在时间上发展和变化的程度。通常把用来作为比较基础的时期称为"基期"，把用来与基期对比的时期称为"报告期"或"计算期"。动态相对指标通常用百分数表示。

$$动态相对数 = \frac{报告期指标数值}{基期指标数值} \times 100\%$$

表 4-6 是根据我国各种运输方式完成旅客运输量计算的动态相对指标，表明各种运输量比上年增长的情况。

表4-6　　　　　2010年我国各种运输方式完成旅客运输量及其增长速度

指标	单位	绝对数	比上年增长%
旅客运输总量	亿人	328.0	10.2
铁路	亿人	16.8	9.9
公路	亿人	306.3	10.2
水运	亿人	2.2	-0.7
民航	亿人	2.7	15.8
旅客运输周转量	亿人公里	27 779.2	11.9
铁路	亿人公里	8 762.2	11.2
公路	亿人公里	14 913.9	10.4
水运	亿人公里	71.5	3.1
民航	亿人公里	4 031.6	19.4

2. 应用

动态相对指标主要说明现象在时间上的发展变化情况，动态分析法非常重要，我们将在后面"动态数列"中进行研究。

五、强度相对指标

社会经济现象之间的数量对比关系，不仅出现在某一总体的组成部分之间，还出现在有联系的不同事物之间，分析不同事物之间的数量对比关系，就需要计算强度相对指标。

1. 强度相对指标的定义和公式

强度相对指标是两个性质不同但有联系的总体总量指标之间的对比，用来说明现象的强度、密度和普遍程度的综合指标。其计算公式为：

$$强度相对数 = \frac{某一总量指标数值}{另一个有联系而性质不同的总量指标数值}$$

例如，以人口数与土地面积对比得到的人口密度指标，以主要产品产量与人口数对比得到的每人平均产量，以铁路（公路）长度与土地面积对比得到的铁路（公路）密度。工农业生产中生产条件相互对比，计算各种装备程度指标，把生产成果与生产条件对比，计算各种效率指标等均为强度相对指标。

由于强度相对指标是两个性质不同但有联系的总量指标数值之比，所以在多数情况下，是由分子与分母原有单位组成的复合单位表示的，如人口密度用人/平方公里，人均钢产量用吨/人等，但有少数的强度相对指标因其分子与分母的计量单位相同，可以用千分数或百分数表示其指标数值，如人口的出生率、死亡率和自然增长率。

2. 应用

（1）反映一个国家或地区的经济发展水平的高低和经济实力的强弱程度。经常用来反映国家经济实力的强度相对指标，一般是按人口分摊的主要产品产量或国内总产值等经济水平指标，它反映某些经济指标与人口之间的关系。例如，按全国人口数计算的人均钢产量、人均粮食产量等，这种强度相对指标的数值越大，表示一个国家的经济发展程度越高，经济实力越强。

$$人均某产品产量 = \frac{某年某国某产品产量}{该年该国全国人口数}$$

一个国家或一个地区的经济实力受该国家或地区人口多少的影响非常大，所以只用总量指标来直接对比是片面的，需要采用强度相对指标进行计算和分析。

例如，2010 年我国粮食总产量为 54 641 万吨，年末全国总人口 134 100 万人。计算强度相对指标。

$$2010 年我国人均粮食产量 = \frac{119\ 282\ 000\ 万斤}{133\ 972\ 万人} = 890.35\ 斤/人$$

计算结果表明 2010 年我国人均粮食产量达到 890.35 斤/人。人均粮食占有量已超过世界平均指标。

（2）强度相对指标还可以反映现象的密度和普遍程度，如人口密度、商业网点密度等。老百姓的生活是否舒适、便利，生活水平是否有所提高，与有关事物的密度和普遍程度密切相关，例如商业网密度说明商业网点发展的普及程度，医疗网密度说明医院的服务范围，电话普及率说明电话的普及程度，人口密度说明某一国家或地区人口分布的稠密状况。

【例 4－1】2010 年第五次人口普查，中国内地 31 个省、自治区、直辖市（不包括福建省的金门等岛屿）和现役军人的人口为 133 972 万人，国土面积为 960 万平方公里，求强度相对指标。

$$2010 年我国人口密度 = \frac{133\ 972\ 万人}{960\ 万平方公里} = 140\ 人/平方公里$$

（3）由于强度相对指标反映的是性质不同而又有联系的总量指标的数值对比关系，某些具体指标的子项和母项可以互相转换，因而产生的强度相对指标就有正指标和负指标之分。正指标是指强度相对指标的数值大小与现象的发展程度或密度呈正方向变化。负指标是指强度相对指标的数值大小与现象的发展程度或密度呈反方向变化。

$$百名居民配置的医院数 = \frac{现有医院数}{居民总人数}（正指标）$$

$$每个病院服务的居民数 = \frac{居民总人数}{现有医院数}（负指标）$$

平均每百名居民配置的医院数多，或平均每家医院服务的居民的人数少，都表明居民看病求医方便，卫生医疗事业兴旺。

（4）强度相对指标还用于反映企业的经济效益的好坏，考核企业的经济效益情况。如企业的流通费用率（每百元销售额中的费用）、资金利税率、资金产值率等，这些指标说明企业投入流通费、周转资金等获取的产值、利税等收益的程度，从而反映企业经济效益的好坏高低。

$$流通费用率 = \frac{商品流通费用总额}{年销售收入} \times 100\%$$

$$产值利润率 = \frac{企业实际利润总额}{企业实际产值总额} \times 100\%$$

计算应用强度相对指标必须注意社会经济现象之间的内在本质联系，要从社会经济现象的本质方面去把握它们的内在联系。这样两个总量指标的对比才会有现实的经济意义。如人口数与土地面积相比，能够说明人口的密度，但若用钢产量和土地面积相比，就没有意义了。从强度相对指标数值的表现形式上看，带有"平均"的意义，例如，按人口计算的主要产品产量指标用吨（千克）/人表示；按全国人口分摊的每人平均国民收入用元/人表示。但究其实质，强度相对指标与统计平均指标有根本的区别。平均指标是同一总体中的标志总量与单位总量之比，是将总体的某一数量标志的各个变量值加以平均。如前所述，强度相对指标是两个性质不同而有联系的总量指标数值之比，它表明两个不同总体之间的数量对比关系。

六、计划完成程度相对指标

1. 计划完成程度相对指标的定义和公式

计划完成程度相对指标简称计划完成相对数、计划完成百分比，以在某一段时间内的实际完成指标与计划任务指标对比，借以观察计划完成程度的相对指标。用来检查、监督计划执行情况。

计划完成程度相对指标用来监督和检查国民经济计划的执行情况，分析计划完成或未完成的原因，抓住薄弱环节，进一步挖掘潜力，为组织国民经济新的平衡和促进经济建设事业的发展提供依据。计算公式如下：

$$计划完成程度相对指标 = \frac{实际完成数}{计划任务数} \times 100\%$$

【例4-2】某食品加工厂某年食品销售额计划指标为 2 000 万元，当年该厂的实际食品销售额为 2 200 万元，其计划完成程度为：

$$计划完成程度 = \frac{实际完成数}{计划完成数} = \frac{2\,200}{2\,000} \times 100\% = 110\%$$

计算结果表明，该厂超计划 10% 完成了当年的销售计划。

对于计划完成情况相对指标好坏的评价，要以计划指标的性质和要求为标准，有的计划任务指标是以最低限度提出的，执行的结果越多越好，也就是我们常说的产出性质的指标，如商品销售额、粮食产量、国民生产总值、财政收入等，其计划完成程度以等于或大于 100% 为好，超过 100% 的部分，表示超额完成计划，不足 100% 的部分，表示未完成计划的差距；另一种性质的计划指标，是以最高限度提出的，执行结果越少越好（投入性质的经济指标）。如，商品流通费用、单位产品原材料消耗量、产品成本等，其计划完成以小于或等于100%为好，超过100%的部分表示未完成计划的差距，而不足100%部分，则表示超额完成计划的程度。

2. 计划完成程度相对指标的计算

在制定计划时，由于具体情况与计算要求不同，计划任务的表现形式有绝对指标、相对指标、平均指标三种。所以，计划完成程度在计算形式上也有所不同，但计算方法仍采用上述的计划完成相对指标的基本公式。

需要注意的是以相对指标形式规定的计划指标，它一般是以前一期的实际数值为基础，规定计划比基数提高或降低的百分比。计算计划完成程度相对指标时，应注意先将增减率变为完成率后再进行计算。其计算公式有如下两种：

$$计划完成程度\% = \frac{1 \pm 实际提高（降低）百分数}{1 \pm 计划提高（降低）百分数} \times 100\%$$

【例4-3】2010年某电视机厂计划规定劳动生产率提高5%，实际劳动生产率却降低了2%。求该电视机厂劳动生产率提高计划完成情况。

$$电视机劳动生产率计划完成程度 = \frac{1 - 2\%}{1 + 5\%} \times 100\% = 93.33\%$$

计算结果表明该电视机厂差6.67%没有完成劳动生产率提高计划。

3. 计划执行进度情况检查

经济计划按计划期时间长短不同，可分为长期和短期计划，长期计划一般是五年计划和十年计划。短期计划一般是以一年为一期。故称为年度计划。年度计划是长期计划的分年实施计划，又是实现长期计划的保证。无论是长期计划或是短期计划，都要进行计划完成情况检查，计划完成情况检查分为计划执行结果检查和计划执行进度检查。

计划执行进度的检查就是逐日、逐月、逐季地检查计划执行的进度情况，以保证期末顺利完成计划任务。其计算公式为

$$计划执行进度检查 = \frac{计划期期初至某时间止累计完成数}{全期计划任务数}$$

公式中的累计完成数，是指期初至计算日止逐日、逐月或逐季实际完成的累计数，本期计划数是指检查期的全部计划数，现以年度计划为例，说明其计算方法。

【例4-4】某粮食加工厂计划2010年实现利润5 400万元，上半年累计完成3 600万元，求该企业上半年计划执行进度情况

$$粮食加工厂完成计划进度情况 = \frac{3\ 600}{5\ 400} \times 100\% = 66.67\%$$

计算结果表明，截至上半年，累计完成计划66.67%，时间过半，完成数也过半，有望完成全年任务。

4. 长期计划执行情况的检查

长期计划如五年计划，计划任务的规定有不同的性质。有的任务是按全期应完成的总数来规定的，有的任务则是规定计划期末所应达到的水平，如我国"九五"计划规定，2000 年粮食产量应达到 46 500 万吨，因而有两种不同的长期计划检查的方法。

（1）累计法。凡是计划指标是按计划期间内每年的总和规定任务时，或者说，是按计划全期（如五年）提出累计完成任务时，就要求按累计法计算，如基本建设投资额、新增生产能力、造林面积指标等。

累计法就是整个计划期间实际完成的累计数与同期计划数相比较，来确定计划完成程度。计算公式如下：

$$计划完成程度相对指标 = \frac{中长期计划末期实际累计完成量}{中长期计划末期计划累计量} \times 100\%$$

【例 4 – 5】某地区"十一五"期间计划五年教育资金投资总额 310 亿元，实际各年投资情况如表 4 – 7 所示。

表 4 – 7　　　　　某地区"十一五"期间基本建设投资完成情况　　　单位：亿元

年　份	2006	2007	2008	2009	2010
基本建设投资额	69.4	72.6	79.1	88.9	100

则该地区"十一五"期间固定资产投资的计划完成程度相对指标为：

$$计划完成情况 = \frac{69.4 + 72.6 + 79.1 + 88.9 + 100}{310} = 132.26\%$$

计算结果表明，该地区超额 32.26% 完成"十一五"基本建设投资计划。

按累计法检查计划完成情况，将计划全部时间减自计划执行之日起至累计实际数量已达到计划任务时间，即为提前完成计划的时间。如表 4 – 7 某地区"十一五"期间基本建设投资总额规定为 310 亿元，该地区到 2009 年实际完成投资额累计已达到 310 亿元，即提前一年完成投资计划。

（2）水平法。制定长期计划时，有些计划指标是以计划期末应达到的水平下达的，这样检查其计划完成情况就要用另一种方法——水平法来检查，如各种产品的产量计划、各部门的产值计划等。主要用于检查生产能力的经济指标的计划完成程度，如钢产量、煤产量、发电量、设备的生产能力等。用水平法检查五年计划完成情况的公式为：

$$计划完成程度相对指标 = \frac{中长期计划末期实际达到的水平}{中长期计划末期计划达到的水平} \times 100\%$$

【例 4 – 6】某企业按五年计划规定的最后一年的产量应达到 445 万件，实际执行情况如表 4 – 8 所示。

表 4 - 8　　　　　　　　　**某企业"十五"期间计划完成情况**　　　　　　　单位：万件

时间	2001	2002	2003		2004				2005			
			上半年	下半年	一季度	二季度	三季度	四季度	一季度	二季度	三季度	四季度
产量	130	132	117	119	110	110	111	112	112	117	121	119

则该企业产量五年计划完成程度相对指标为：

$$计划完成程度相对数 = \frac{112 + 117 + 121 + 119}{445} = 105.39\%$$

计算结果表明，该企业超额 5.39% 完成产量五年计划。

另：在计划期内，只要有一个连续年度的实际完成数达到规定的水平，剩余的时间就是提前完成计划的时间。观察上述表格，从第四年第二季度起到第五年第一季度止，在这连续的 4 个季度中（一年时间）时间刚好完成计划规定的产量数 445 万件，剩余的三个季度为提前完成计划的时间，即企业提前三个季度完成"十五"期间的产量计划。

七、相对指标的应用

统计相对指标是一种抽象化的指标数值，是对现象进行对比分析的重要手段，要使这种对比分析准确地深刻地反映现象之间的联系，充分发挥统计相对指标的作用，在计算和应用时，必须注意以下几个主要问题。

（一）注意指标的可比性

相对指标是两个相互联系指标的比率。可比性原则是指对比的两个指标应有相互对比的共同基础，要比得合理，符合研究对象的客观规律。比的结果要有明确的含义，并恰当反映出现象的数量关系。指标是否可比，主要在于对比基数的选择和指标总体范围的界定及计算方法是否可比。

1. 对比基数的选择

基数是相对数用来对比的依据和标准，选择不当就失去其对比的作用，甚至会歪曲事实真相。因此，正确选择基数是保证指标可比的前提。在实际工作中，一个指标究竟应该和哪些指标对比，选择什么样的基数完全取决于研究目的和研究对象的特征。

2. 总体范围可比

总体范围可比是指相对指标的分子、分母指标涵盖的总体范围要完全相同或者相适应。例如，要分析四川省改革开放以来人口变化情况，用 2006 年末总人口数除以 1996 年末总人口数计算一个动态相对指标，这时要注意资料总体范围的可比性，1996 年四川省包括重庆市。所以正确的做法是 1996 年底的四川省总人口数应该扣除今天重庆市当时的人口数，再进行对比。

3. 计算方法可比

相对指标的两个对比指标的计算方法应具有可比性。特别是同类指标在不同空间或者在不同时间进行对比时，更要注意将指标的计算内容、计算方法认真加以分析，进行必要的调整，以保证资料的可比性。例如，我国失业率指标只计算城镇失业人口，而国外则计算农村和城镇的失业人口，这样不同国家的失业率就不具有可比性。

（二）相对指标与绝对指标结合运用

无论哪一种统计指标，都有它自身的优势，也有其局限性。总量指标能够反映事物发展的总规模和总水平，却不易看清事物差别的程度；相对指标反映了现象之间的数量对比关系和差异程度，却又将现象的具体规模和水平抽象化了。例如，我国 2005 年的人口自然增长率为 5.89‰，这与澳大利亚的人口自然增长率 11.8‰相比，并不算高，但是我国 2004 年的人口数为 129 988 万人，增长 5.89‰，就是增加 768 万人，而澳大利亚 2004 年人口数约为 2 009 万人，增长 11.8‰，仅增加 24 万人。因此在统计分析中要注意总量指标和相对指标结合运用的原则。

（三）多种相对指标结合运用

不同的相对指标有不同的作用，可从不同的角度来说明问题。在对较复杂现象进行分析时，只运用某种相对指标还不能满足要求，应根据研究的目的及分析现象的特点综合运用各种相对指标。这样才有助于合理深入地分析问题和认识问题，从而得出正确的结论。比如，以某企业某个时期劳动生产率为研究对象，将其与上期同期水平对比，可以反映发展速度；将其与计划水平对比，可以检查计划执行情况；将其与同行业的平均水平或先进水平对比，则可以反映差距。

（四）相对指标不能简单相加

因为计算相对指标的基础不同，把它们简单地直接相加在一起，没有任何的实际意义。有一点特殊的就是：结构相对指标，由于计算的基础相同（即分母相同）可以直接相加。各组（部分）的结构相对指标相加总和等于 100%，然而不同时期、不同总体的结构相对指标仍不能直接相加。

第五章

平均指标与标志变异指标

学习目标

通过本章的学习，正确理解平均指标和标志变异指标的内涵、类型和作用，学会计算算术平均数、调和平均数、几何平均数、平均差、标准差以及变异系数等平均指标和变异指标，并能应用平均指标和变异指标描述社会经济现象的数量特征，分析现象的一般水平和分布趋势。

重点难点

本章的重点是算术平均数的概念、特点及计算方法，调和平均数的意义和计算方法，标志变异指标与平均指标的关系，标准差的意义、计算方法及其应用，标准差系数的计算及其应用。难点是加权算术平均数、调和平均数和几何平均数的计算方法及其应用，众数和中位数的确定方法，标准差的计算，平均指标和标志变异指标的关系及其应用。

平均数是统计分析和一般经济分析中广泛运用的指标形式，在统计学中占有重要的地位。统计平均数的作用主要表现在它可以概括地表征各种统计数列的基本数值特征，借以显示数列的一般水平或分布的集中趋势，进行各种对比分析。

与平均指标一样，变异指标也是统计分析和一般经济分析中广泛运用的指标形式，但两者的分析作用却互不相同。

从统计分布数值特征的角度来说，平均指标旨在反映总体的一般水平或分布的集中趋势，为了做到这一点，它必须将总体的个别差异抽象化。然而，总体内部各单位之间的差异或变异毕竟是客观存在的，它们构成了总体或分布的另一方面的重要特征，这种特征在统计研究中是不容忽视的。

第一节 平均指标的意义和作用

统计数列是由一系列标志值或指标值所组成的数列。从性质上讲，统计数列主要有两类：一类是反映总体各单位分布状况的分布数列（频数分布或频率分布）以及其他反映总体内部结构状况的数列；另一类是反映现象在不同时间上的变化过程或轨迹的时间数列。相对而言，前一类统计数列是"静态数列"，而后一类统计数列则是"动态数列"。由于这些数列中的各项水平存在差异，为了说明整个数列的一般水平，就需要对其计算平均数。从这个意义上说，只要是有统计数列的地方，就必然会有相应的统计平均数。

一、平均指标的概述

(一) 平均指标的概念

平均指标也称平均数，是社会经济统计中广泛应用的一种综合指标，它表明同类现象在一定时间、地点、条件下所达到的一般水平，是总体内各单位参差不齐的标志值的代表值。平均指标具有如下两个特点：首先，平均指标是一个抽象化的数值。平均指标把总体各单位之间数量上的差异抽象化了，这个抽象化的数值实际上并不一定存在，它只说明了总体各单位的某一标志值以平均指标为中心上下波动；其次，平均指标是一个代表值，它代表的不是某一单位的具体水平，而是总体各单位的一般水平。

(二) 平均指标的种类

对于不同的统计数列，当我们从不同的角度考察其一般水平时，往往需要运用不同形式的平均数。依据各种统计平均数的具体代表意义和计算方式的不同，有"数值平均数"和"位置平均数"两大类。

1. 数值平均数

所谓数值平均数，简单说，就是根据统计数列的所有各项数据计算得到的平均数。因此，它能概括反映整个数列所有各项的平均水平。统计数列中任何一项数据的变动，或大或小，最终都将在一定程度上影响到数值平均数的计算结果。常用的数值平均数有算术平均数、调和平均数以及几何平均数。

2. 位置平均数

与"数值平均数"不同，位置平均数通常不是对统计数列的所有各项数据进行计算的结果，而是根据总体中处于特殊位置上的个别单位或部分单位的标志值来确定的代表值。因此，统计总体或统计数列中某些数据的变动，不一定会影响到位置平均数的水平。常用的位置平均数有众数和中位数。

二、平均指标的作用

在社会经济现象总体中各单位某一标志在数量上的变化是有差异的，变量从小至大形成一定的分布。通常，标志值很大或很小的单位数都比较少，而逐渐靠近平均数的单位数逐渐增加，标志值围绕在平均数周围的单位数占最大比重。平均数反映了标志值的集中趋势。

平均指标的特点在于它把总体各单位标志值的差异抽象化了，它可能与各单位所有标志值都不相同，但又作为代表值来反映这些单位标志的一般水平。平均指标在社会经济统计中有广泛的作用。

1. 平均指标具有比较分析的作用

平均指标作为一个代表数值，不仅个别总体单位的离差相互抵消，而且不受总体单位多少的影响，所以最便于用来对总体进行比较。例如，规模不同的两个企业的工资总额是不能比的，但是，两个企业职工的平均工资则是可比的，因为平均指标消除了职工人数多少的影响。平均指标的这种比较作用包括两种情况：

第一，相同总体在不同空间的对比，包括不同地区、不同部分和不同单位之间的比较。例如，城乡居民的居住水平，若用全部总的居住面积进行比较，由于人口规模不同，难以说明城乡居民的居住水平，用人均居住面积对比，就可以反映城乡居民居住水平的差异。

第二，同一总体在不同时间上的比较，以反映总体一般水平的发展变化及其规律性。例如，从每年职工人均年收入的不同数值，可以看出其发展规模。

2. 平均指标可以作为评价事物的一种数量标准或参考依据，用来说明生产水平、经济效益或工作质量的差距

例如，评价不同工业企业或乡村的生产情况，不宜用工业总产值或总收获量指标进行对比，因为受到企业或乡村生产规模大小不同的影响。若用平均指标，如劳动生产率或单位面积产量来进行比较，就可以较好地评价它们的生产情况，反映其工作成绩和存在的问题。对于开展竞赛、竞争、找差距、挖掘潜力都有重要的作用。

根据同样的道理，平均指标可用作同一单位不同时期的比较，说明生产水平、经济效益或工作质量的发展动态和趋势。

3. 分析现象之间的依存关系

分析现象之间的依存关系，必须借助于平均指标，我们在阐述分组法的作用时，已经强调过。例如，将耕地按地形条件或施肥等标志进行分组，在此基础上计算各组的平均收获量，这样就可以反映出地形好坏或施肥多少与收获量之间存在有依存关系。

第二节　平均数的计算和应用

常用的统计平均指标有算术平均数、调和平均数、几何平均数、众数和中位数。它们的计算方法不同，指标的含义、应用场合各不相同。

一、数值平均数的计算

（一）算术平均数

1. 算术平均数的基本公式

算术平均数是最常用的平均指标，是将总体各单位某一数量标志值的总和除以总体单位总数计算的，其基本公式为：

$$算术平均数 = \frac{总体标志总量}{总体单位总数}$$

在掌握了总体标志总量（或各组的标志总量）及总体单位总数这两个总量指标时，可直接采用此公式计算算术平均数。计算时要注意分子和分母在总体范围上要具有可比性，两者必须是属于同一总体，且标志总量依附于总体单位总数，即各标志值与各单位之间是一一对应的关系，否则，计算出来的就不是平均指标而是强度相对指标了，这是强度相对指标与平均指标的重要区别。强度相对指标虽然也是两个总量指标之比，但是，它是两个性质不同而又有联系的总量指标之比。强度相对指标的分子与分母是两个不同总体现象的总量，不存在各标志值与各总体单位之间的对应问题。例如，某年某地平均人口数为 2 726.5 万人，国内生产总值（按当年价格计算）为 1 886.3 亿元，则人均国内生产总值约为 6 918 元/人。这里，分子与分母虽有密切联系，但并不反映该地区每个人都具有国内生产总值这一标志值，所以人均国民生产总值是一个强度相对指标而非平均指标。

在统计实务中，由于所掌握的统计资料不同，算术平均数的计算方法又可分为简单算术平均法和加权算术平均法。这两种不同的算术平均法都来源于基本公式，都是标志总量与单位总量之比，两者的主要区别在于计算总体标志总量的方法不同。

2. 简单算术平均数

简单算术平均数是根据总体各单位标志值的原始资料，通过直接加总的方式计算总体标志总量，进而计算算术平均数的方法。简单算术平均数主要适用于未分组资料。其计算公式为：

$$\bar{x} = \frac{x_1 + x_2 + x_3 + \cdots + x_n}{n} = \frac{\sum x}{n}$$

式中：$\bar{x}$ 代表算术平均数；x_1，x_2，$\cdots$，x_n 代表各单位标志值；n 代表总体单位数。

【例 5-1】某工厂某生产班组有 11 名工人，某日日产量分别为 15、17、19、20、22、22、23、23、25、26、30 件，求该班组工人当日平均日产量。

平均日产量为：

$$\bar{x} = \frac{\sum x}{n} = \frac{15 + 17 + 19 + 20 + 22 + 22 + 23 + 23 + 25 + 26 + 30}{11} = \frac{242}{11} = 22(件)$$

计算结果表明，简单算术平均数的大小只受各单位标志值的大小一个因素的影响。

3. 加权算术平均数

加权算术平均数是在总体经过分组形成变量数列（包括单项数列和组距数列），有变量值和次数的情况下，将各组变量值分别与其次数相乘后加总求得标志总量，再除以总体单位数（即次数总和）而求得的数值。其计算公式为：

$$\bar{x} = \frac{x_1 f_1 + x_2 f_2 + \cdots + x_{n-1} f_{n-1} + x_n f_n}{f_1 + f_2 + \cdots + f_{n-1} + f_n} = \frac{\sum xf}{\sum f}$$

式中：x_1，x_2，$\cdots$，x_n 代表各组变量值；f_1，f_2，$\cdots$，f_n 代表各组总体单位数（次数或频数）。

（1）根据单项式变量数列计算加权算术平均数。

【例 5-2】某建筑工地共有十台起重机，其起重量和台数分布资料如表 5-1 所示，求平均起重量。

表 5-1	某工地起重机起重量分布情况表	
起重量/吨 x	台数/台 f	起重总量/吨 xf
5	4	20
10	3	30
25	2	50
40	1	40
合　计	10	140

$$平均起重量\ \bar{x} = \frac{\sum xf}{\sum f} = \frac{140}{10} = 14（吨）$$

加权算术平均数与简单算术平均数的区别在于：简单算术平均数只反映一个因素，即变量值的影响，而加权算术平均数的大小，不仅取决于研究对象的变量值，而且受各变量值重复出现的频数（f）或频率（$f/\sum f$）大小的影响，如果某一组的频数或频率较大，说明该组的数据较多，那么该组数据的大小对算术平均数的影响就大，反之则小。可见各组频数的多少（或频率的高低）对平均的结果起着一种权衡轻重的作用，因而这一衡量变量值相对重要性的数值称为权数。这里所谓权数的大小，并不是以权数本身绝对值的大小而言的，而是指各组单位数占总体单位数的比重，即权数系数（$f/\sum f$）。权数系数亦称为频率，是一种结构相对数。相对数权数是根据绝对数权数计算出来的，反映权数在各个变量值之间的分配比例，能更好地体现权数的实质。以相对数权数计算平均指标的公式为：

$$\bar{x} = \sum x \cdot \frac{f}{\sum f}$$

式中：x 代表各组变量值；$\dfrac{f}{\sum f}$ 代表各组单位数在总体单位总数中所占比重。

【例 5-3】仍以表 5-1 的资料为例，计算其平均数的过程如下：

$$平均起重量\ \bar{x} = \sum x \cdot \frac{f}{\sum f} = 14（吨）$$

表 5 - 2 的计算结果与表 5 - 1 相比，各组权数的形势发生了变化，但算术平均数没有变。由此可见权数形式的变动并不改变权数的实质。权数具有权衡平均数大小的作用，是因为各组的权数不等，若各组的权数相等，权数就失去了权衡轻重的作用。这种情况下加权算术平均数就转化为相应的简单算术平均数了。这就说明了这两种平均数的主要区别在于权数的作用是否存在。简单算术平均数实际上是加权算术平均数的一种特例，也就是说当各组权数相等时，加权算术平均数的形式就是简单算术平均数。用公式表示为：

表 5 - 2　　　　　　某工地起重机起重量和台数构成情况计算表

起重量/吨 x	台数构成/% $\frac{f}{\sum f}$	$x \cdot \frac{f}{\sum f}$
5	40	2
10	30	3
25	20	5
40	10	4
合计	100	14

若 $f_1 = f_2 = \cdots = f_n$

则 $\bar{x} = \dfrac{\sum xf}{\sum f} = \dfrac{f \sum x}{nf} = \dfrac{\sum x}{n}$

（2）根据组距式变量数列计算加权算术平均数。对于组距式数列而言，由于各组可以有多个变量值，而且各个变量值在分组过程中就已经被抽象掉了，所以，各组标志总量就不能准确计算，这时可以用组中值代替各组变量值计算平均数。

【例 5 - 4】某企业销售部门共有 25 名推销员，某月推销额如表 5 - 3 所示，求该月推销员的平均推销额。

表 5 - 3　　　　　　某销售部门推销人员平均推销额计算表

推销额/万元	组中值 x	推销员人数/人 f	推销总额/万元 xf
20 ~ 30	25	2	50
30 ~ 40	35	8	280
40 ~ 50	45	10	450
50 ~ 60	55	4	220
60 ~ 70	65	1	65
合计	—	25	1 065

$$该销售部门推销员平均推销额 \bar{x} = \frac{\sum xf}{\sum f} = \frac{1\ 065}{25} = 42.6(万元)$$

当然，利用组中值作为本组平均值计算算术平均数，是在各组内的标志值分布均匀、组平均数正好等于组中值的假定下，这种情况是非常少见的，所以利用组中值计算算术平均数，其计算结果与未分组数列的相应结果可能会有一些偏差，根据组距数列计算的算术平均数只是近似值，应用时应予以注意。在统计分析过程中，如果搜集到的是经过初步整理的次级数据，或数据要求不很精确的原始数据资料可用此法计算均值。如果要求结果十分精确，那么需用原始数据的全部实际信息，如果计算量很大，可借助计算机的统计功能。

计算加权算术平均数时还会遇到权数选择的问题，如果被平均的标志值本身是绝对数，那么在计算时一般来说各组次数就是权数。如果被平均的对象是相对数或者是平均数，次数就不一定适合作权数，此时，必须寻找有意义的权数，使各组标志值与权数相乘有经济意义，符合所求的相对数本身的公式，将分子视为总体标志总量，分母视为总体单位总量，然后再来计算平均数。

【例5-5】某管理局所属20家企业某年产值计划完成程度资料如表5-4所示，计算平均产值计划完成程度。

表5-4　　　　　　　　某管理局所属企业产值完成情况表

产值计划完成程度/%	组中值/% x	企业数/家	计划产值/万元 f	实际产值/万元 xf
80~90	85	2	800	680
90~100	95	5	4 000	3 800
100~110	105	10	15 000	15 750
110~120	115	3	6 000	6 900
合　计	—	20	25 800	27 130

$$平均计划产值完成程度 \bar{x} = \frac{\sum xf}{\sum f} = \frac{27\ 130}{25\ 800} = 105.16\%$$

本例中，由于该管理局所属20家企业的计划完成程度各不相同，产值的多少也有区别，因此不能用简单算术平均数的形式计算平均计划完成程度，必须用加权算术平均数形式。此时，虽然企业数为总体单位在各组分布的次数，但它并不适合做权数，因为计划完成数与企业数相乘没有任何经济意义。正确计算产值的计划完成程度，需要用计划产值来加权，计划产值与计划完成程度相乘正好等于实际产值，即相对指标计划完成程度的分子，这样才符合这一指标的性质。

4. 算术平均数的数学性质

掌握算术平均数的一些重要的数学性质，有助于我们正确运用平均数，简化计算过程，还可以为以后有关标志变异指标、时间数列、相关回归、抽样等内容的学习提供便利。

（1）算术平均数与总体单位数的乘积等于各变量值的总和。

对于未分组资料，这个数学性质可写成：

$$n \cdot \bar{x} = \sum x$$

证明：$\because \bar{x} = \dfrac{\sum x}{n} \qquad \therefore n \cdot \bar{x} = \sum x$

对于分组资料，这个数学性质可写成：

$$\sum f \cdot \bar{x} = \sum xf$$

这个性质说明，平均数是所有变量值的代表数值，并且根据平均数与次数，可以推算出总体标志总量。

（2）各变量值与其算术平均数的离差之和等于零。即

未分组资料：$\sum (x - \bar{x}) = 0$

证明：$\sum (x - \bar{x}) = \sum x - n\bar{x} = \sum x - n\dfrac{\sum x}{n} = \sum x - \sum x = 0$

分组资料：$\sum (x - \bar{x})f = 0$

证明：$\sum (x - \bar{x})f = \sum xf - \bar{x}\sum f = \sum xf - \dfrac{\sum xf}{\sum f}\sum f = \sum xf - \sum xf = 0$

这个性质说明，不论总体单位标志值之间有无离差，也不论差异有多大，各变量值与平均数的正、负离差可以相互抵消，离差之和为零。

（3）各变量值与其算术平均数的离差平方之和为最小值。即

未分组资料：$\sum (x - \bar{x})^2 = \min$

分组资料：$\sum (x - \bar{x})^2 f = \min$

证明：设 x_0 为任意数，$c = \bar{x} - x_0$，则 $x_0 = \bar{x} - c$

以 x_0 为中心的离差平方之和为：

$$\sum (x - x_0)^2 = \sum [x - (\bar{x} - c)]^2 = \sum [(x - \bar{x}) + c]^2$$
$$= \sum (x - \bar{x})^2 + 2c\sum (x - \bar{x}) + nc^2 = \sum (x - \bar{x})^2 + nc^2$$

$\because nc^2 \geqslant 0, \therefore \sum (x - x_0)^2 \geqslant \sum (x - \bar{x})^2, \therefore \sum (x - \bar{x})^2 = \min$

同理，有 $\sum (x - \bar{x})^2 f = \min$

（4）如果每个变量值都增加或减少任意常数 c，则平均数也要增减这个数 c。

未分组资料：$\dfrac{\sum (x \pm c)}{n} = \dfrac{\sum x \pm nc}{n} = \bar{x} \pm c$

分组资料：$\dfrac{\sum (x \pm c)f}{\sum f} = \dfrac{\sum xf \pm c\sum f}{\sum f} = \bar{x} \pm c$

（5）如果每一个变量值都乘以或者除以任意常数 c，则平均数也要乘以或者除以这个常数 c。

乘以 c 时，未分组资料：$\dfrac{\sum cx}{n} = \dfrac{c\sum x}{n} = c\bar{x}$

分组资料：$\dfrac{\sum cxf}{\sum f} = \dfrac{c\sum xf}{\sum f} = c\bar{x}$

除以 c（$c \neq 0$）时，未分组资料：$\dfrac{\sum \frac{x}{c}}{n} = \dfrac{\frac{1}{c}\sum x}{n} = \dfrac{\bar{x}}{c}$

分组资料：$\dfrac{\sum \frac{x}{c}f}{\sum f} = \dfrac{\frac{1}{c}\sum xf}{\sum f} = \dfrac{\bar{x}}{c}$

（二）调和平均数

调和平均数是指各个标志值的倒数的算术平均数的倒数，所以又称倒数平均数。记作 H，根据所掌握的资料是否分组，调和平均数分为简单调和平均数与加权调和平均数两种计算形式。

1. 简单调和平均数

如果掌握的资料是为未分组的总体各单位的标志值和单位总量，则用简单调和平均法计算平均指标。其算式为：

$$H = \dfrac{1 + 1 + \cdots + 1}{\dfrac{1}{x_1} + \dfrac{1}{x_2} + \cdots + \dfrac{1}{x_n}} = \dfrac{n}{\sum \frac{1}{x}}$$

式中：H 代表调和平均数；x 代表各变量值；n 代表总体单位数。

2. 加权调和平均数

如果掌握的资料是各组的标志值和标志总量，而未掌握各组单位数，则用加权调和平均法计算平均指标。其算式为：

$$H = \dfrac{m_1 + m_2 + \cdots + m_n}{\dfrac{m_1}{x_1} + \dfrac{m_2}{x_2} + \cdots + \dfrac{m_n}{x_n}} = \dfrac{\sum m}{\sum \frac{m}{x}}$$

式中：m 代表各组标志总量。

在我们的生活中，直接用调和平均数的地方很少遇到，而在社会经济统计当中经常用到的仅是一种特定权数的加权调和平均数，一般是把它作为算术平均数的变形来使用的，而且两者的计算结果是一样的，仅仅计算过程不同而已。即有如下数学关系式成立：

$$H = \frac{\sum m}{\sum \frac{m}{x}} = \frac{\sum xf}{\sum \frac{xf}{x}} = \frac{\sum xf}{\sum f} = \bar{x}(式中\ m = xf)$$

【例 5-6】某企业采购部门，本月购进三批同种产品，每批价格及采购金额如表 5-5 所示，求三批产品的平均价格。

表 5-5　　　　　　　　　　　某企业产品采购情况表

产品批次	单价/元/公斤 x	采购金额/元 m	采购量/公斤 m/x
第一批	50	11 000	220
第二批	55	27 500	500
第三批	60	18 000	300
合　计	—	56 500	1 020

三批产品的平均价格为：$H = \dfrac{\sum m}{\sum \frac{m}{x}} = \dfrac{56\ 500}{1\ 020} = 55.39(元)$

在统计工作中，有时需要根据相对数和平均数来计算其平均数，若已知分母资料，缺分子资料时，可采用加权算术平均法求平均数；若只有分子资料而无分母资料时，就应采用加权调和平均数法计算。

（1）由相对数计算平均数。

【例 5-7】某管理局所属企业某季度产值计划完成情况资料如表 5-6 所示，求该管理局所属企业产值平均计划完成程度。

表 5-6　　　　　　某管理局所属企业某季度产值计划完成情况表

计划完成程度/% x	组中值/% x	企业数/家	实际完成数/万元 m	计划产量/件 m/x
90~100	95	5	95	100
100~110	105	8	840	800
110~120	115	2	115	100
合　计	—	15	1 050	1 000

该管理局所属企业产值的平均计划完成程度为：

$$H = \frac{\sum m}{\sum \frac{m}{x}} \times 100\% = \frac{1\ 050}{1\ 000} \times 100\% = 105\%$$

（2）由平均数计算平均数。

【例 5 – 8】某车间三个班组工人的劳动生产率和实际产量如表 5 – 7 所示，计算车间平均劳动生产率。

表 5 – 7　　　　　　　　　　　某车间工人劳动生产率情况表

班　组	平均劳动生产率/元·人 x	实际产值/元 m	人数 m/x
甲	10	4 000	400
乙	11	2 200	200
丙	12	2 400	200
合　计	—	8 600	800

该车间的平均劳动生产率为：$H = \dfrac{\sum m}{\sum \dfrac{m}{x}} = \dfrac{8\,600}{800} = 10.75(元／人)$

调和平均数作为算术平均数的变形使用。从以上计算平均数的例子来看，当掌握的资料是变量值（x）和总体的标志总量（m）时，则权数就是标志总量，这时就采用加权调和平均数公式计算平均数。反之，如果已掌握变量值（x）及其相应的总体单位数（f），则权数就是总体单位数，就可以直接采用加权算术平均数法计算平均数。

（三）几何平均数

几何平均数，不同于算术平均数和调和平均数，它是变量连乘积的 n 次方根。它是一种具有特殊意义的平均指标，适用于计算具有环比现象的平均比率和平均速度。根据掌握的数据资料的不同，几何平均数可分为简单几何平均数与加权几何平均数两种。

1. 简单几何平均数

当我们所掌握的资料是未分组资料时，计算其几何平均数时采用简单几何平均数的方法，计算公式如下：

$$G = \sqrt[n]{\prod x}$$

式中：G 代表几何平均数；x 代表各变量值；n 代表变量值个数；$\prod$ 代表连乘符号。

【例 5 – 9】某流水线有前后衔接的五道工序，某日各工序产品的合格率分别为 95%，92%，90%，85%，80%，求整个流水生产线产品的平均合格率。

$$平均合格率\ G = \sqrt[n]{\prod x} = \sqrt[5]{95\% \times 92\% \times 90\% \times 85\% \times 80\%} = 88.24\%$$

由于后一车间的产品合格率是在前一车间全部合格产品的基础上计算的，企业产品的总合格率并不等于各车间产品合格率的总和，而是等于各车间产品合格率的连乘积，因此全厂的平均产品合格率不能用算术平均数或调和平均数计算，而必须采用几何平均数计算。

2. 加权几何平均数

当掌握的数据为分组资料，且各个变量值出现的次数不相同时，要采用加权方法计算几何平均数。加权几何平均数的公式为：

$$G = \sqrt[\Sigma f]{\prod x^f}$$

式中：x 代表各组变量值；f 代表各组变量值的次数。

【例 5 – 10】某企业向银行申请一笔贷款，期限八年，以复利计息。8 年的利率分配是：第一年为 2%，第二年至第三年为 3%，第四年至第六年为 4.5%，第七年至第八年为 6%，求平均年利率。

银行的利息是以复利计算的，每年的利息是在上一年的贷款额（本金加利息）基础上计算的，因此必须先将各年利率转化成各年本利率，即（1 + 年利率）。再以各年本利率相乘得到 8 年的总本利率，就可以采用加权几何平均数计算年平均本利率，而年平均本利率减 1 就是平均年利率。计算过程如下：

$$年均本利率\ G = \sqrt[\Sigma f]{\prod x^f} = \sqrt[8]{102\%^1 \times 103\%^2 \times 104.5\%^3 \times 106\%^2} = 104.18\%$$

则平均年利率 = 104.18% – 100% = 4.18%。

应用几何平均法计算平均数时，应注意各变量值中不能有零值或负数出现。

二、位置平均数的计算

算术平均数、调和平均数和几何平均数都是根据总体中各单位变量值计算的数值平均数，其数值的大小容易受到极端标志值的影响。因此，当总体中出现极端标志值时，平均数的代表性就会受到影响。而众数和中位数是位置平均数，是根据标志值在次数分布数列中所处的特殊位置来确定的，不需要根据总体中所有变量值来计算，因而不受极端数值的影响，在这种情况下，众数和中位数对总体一般水平的代表性要更高，所以，众数和中位数是算术平均数的重要补充。

（一）众数

1. 众数的意义

众数，是总体中出现次数最多的那个变量值，也就是总体中最常见的、带有普遍意义的标志值，用 M_0 表示。在实际工作中可以利用众数代替算术平均数来说明社会经济现象的一般水平。如集贸市场上，为了掌握某种商品的价格水平，可采用该商品成交数量最多的那个价格水平，即众数作为代表值，反映该商品价格的一般水平。又如，像服装、鞋帽类的商品销售量最多的型号、尺寸就是该商品销售的众数，厂家可以此安排生产，商家可以据此组织订货或进货。

如果在一个总体中，标志值的分布没有明显的集中趋势而趋于均匀分布时，那就没有众数，这是众数与其他平均数及中位数的不同点。如果在一个总体中，两个变量值出现的次数都最多，就称为复众数。

2. 众数的确定与计算

根据所掌握的资料的不同，确定众数可采用不同的方法。

（1）根据未分组资料确定众数。

【例5-11】某大学新生班学生年龄分别为：17岁、17岁、18岁、18岁、18岁、19岁、19岁、19岁、19岁、19岁、19岁、19岁、19岁、19岁、19岁、20岁、20岁、20岁、21岁、21岁，则出现次数最多的变量值19岁为众数。

（2）根据单项式数列确定众数。

【例5-12】某村农民家庭按儿童人数分组资料如表5-8所示，试确定众数。

表5-8　　　　　　　　　　　某村农民家庭儿童人数情况表

儿童数/个/户	家庭数/户
0	20
1	60
2	150
3	90
4	40
合　计	360

上面数列中儿童数最大的一组是第三组，此组即为众数所在组，这一组的儿童数是2人，则众数 $M_0 = 2$ 人。

（3）根据组距式数列确定众数。对组距式数列求众数，需采用公式计算。因为众数所在组的变量不是一个确定的值，而是一个数值区间，众数则是众数所在组某一点的值，要找出众数点的标志值，就需借助众数计算公式来进行。确定众数的一般步骤是：

①确定众数所在组；

②假定组内单位均匀分布，利用比例推算法确定众数的近似值。

众数的计算公式有以下两种：用众数所在组的上限为起点值的计算公式，称为上限公式，用众数所在组下限为起点值的计算公式称为下限公式。

下限公式：

$$M_0 = L + \frac{\Delta_1}{\Delta_1 + \Delta_2} \times d$$

上限公式：

$$M_0 = U - \frac{\Delta_2}{\Delta_1 + \Delta_2} \times d$$

式中：M_0 代表众数；U 代表众数所在组上限；L 代表众数所在组下限；Δ_1 代表众数所在组与上一组次数之差；Δ_2 代表众数所在组与下一组次数之差；d 代

表众数所在组组距。

【例5 – 13】某大型企业职工某月工资资料如表5 – 9所示，试计算众数。

表 5 – 9　　　　　　　　　　某大型企业职工某月工资情况表

月工资额/元	职工人数/人
1 000 ~ 1 200	240
1 200 ~ 1 400	480
1 400 ~ 1 600	1 050
1 600 ~ 1 800	600
1 800 ~ 2 000	270
2 000 ~ 2 200	210
2 200 ~ 2 400	120
2 400 ~ 2 600	30
合　　计	3 000

由表5 – 9可知，月工资额为1 400 ~ 1 600元的工人数为1 050，次数最多，故该组为众数所在组，所以 $L = 1\,400$ ，$U = 1\,600$ ，$\Delta_1 = 1\,050 - 480 = 570$ ，$\Delta_2 = 1\,050 - 600 = 450$ ，$d = 1\,600 - 1\,400 = 200$ 。

下限公式：$M_0 = L + \dfrac{\Delta_1}{\Delta_1 + \Delta_2} \times d = 1\,400 + \dfrac{570}{570 + 450} = 1\,511.8(元)$

上限公式：$M_0 = U - \dfrac{\Delta_2}{\Delta_1 + \Delta_2} \times d = 1\,600 - \dfrac{450}{570 + 450} = 1\,511.8(元)$

计算结果表明，两种计算方法的众数其计算结果是完全一致的。在实际工作中可根据情况选择一种方法计算。

在组距数列中，众数受其与邻组次数差即 Δ_1 和 Δ_2 大小的影响。当 Δ_1 大于 Δ_2 时，众数靠近众数所在组的上限；当 Δ_1 小于 Δ_2 时，众数靠近众数所在组的下限；当 $\Delta_1 = \Delta_2$ 时，则众数就是该组的组中值。

众数只受出现次数最多的变量值影响，而不受其他变量值的影响。因此当数列中出现极端数值时，不会对众数产生影响，从而使众数作为总体各单位某一标志一般水平的代表性增强。需要说明的是，这样计算的结果确定了众数的具体数值，可以代表总体的一般水平，但在实际工作中，用一段区间（即组距式表示）来说明问题更加有效。如本例中，该企业较多工人工资额在1 400 ~ 1 600，这种说法较为容易被人接受，如果说该厂比较多的工人工资额为1 511.8元，反倒令人不易理解。

（二）中位数

1. 中位数的意义

将总体中各单位的标志值按大小顺序排列，位于中间位置的标志值就是中位数，用 M_e 表示。它与众数一样，也是位置平均数，同样不受数列中极端变量值的影响，在变量数列中，有一半单位的标志值小于中位数，另一半单位的标志值大于中位数，因而中位数也叫分割值。由于中位数的数值不大也不小，因而，在许多场合它能够作为总体或变量数列的代表，反映现象的一般水平。

例如，现行我国住户调查公布的人均可支配收入采用算术平均数。但是，由于居民收入分布是偏态分布，分布曲线偏向于高收入，使得平均数偏离中位数与众数，随着收入差距的扩大，偏离程度也越来越大，收入水平达不到平均数的家庭比例不断上升，在这种情况下，需要计算中位数，来弥补算术平均数的不足。

再比如，在人口统计中，如果计算人口的平均年龄的话，会导致老年人口数量虽少，但其年龄数值很高，计算的平均年龄就会偏向老年一方，因此，用算术平均数来代表人口的平均年龄就不太恰当，故而各国的人口统计资料中，平均年龄的计算一般采用中位数。

2. 中位数的确定与计算

（1）根据未分组资料确定中位数。

根据未分组的资料确定中位数，先把各单位的标志值按大小顺序排列，然后根据公式确定中点位置，其计算公式为：

$$中点位置 = \frac{n+1}{2}$$

当变量值的个数为奇数时，中点位置所对应的变量值即为中位数；当变量值的个数为偶数时，则中点位置的前后两个变量值的简单算术平均数即为中位数。

【例5-14】某车间甲乙两班组工人数分别为11人和12人，每人日产零件数情况如下，试计算这两组工人日产量的中位数。

甲班组：15，17，19，20，22，22，23，23，25，26，30

乙班组：15，16，17，17，19，20，22，22，23，25，26，28

甲班组工人日产量中位数位次为：$\frac{11+1}{2}=6$，中位数即为第6项数值，即 $M_e=22$（件）

乙班组工人日产量中位数位次为：$\frac{12+1}{2}=6.5$，中位数即为第6、7项数值的算术平均数，即 $M_e=\frac{20+22}{2}=21$（件）

（2）根据分组资料确定中位数。

①单项式数列确定中位数。在单项数列情况下，先顺序计算各组的累计次数，计算 $\frac{\sum f}{2}$ 确定中位数的位次，然后根据中位数的位次将累计次数刚超过中位

数位次的组确定为中位数所在组，该组的标志值就是中位数。

【例5-15】某企业职工家庭按人口数的分组资料如表5-10所示，试计算中位数。

表5-10 　　　　　　　　　　　　**某企业职工家庭人口数情况表**

家庭人口数/人 x	家庭数/户 f	累计次数/$\sum f$	
		向上累计	向下累计
1	18	18	360
2	90	108	342
3	180	288	252
4	72	360	72
合　计	360	—	—

中间位置为：$\dfrac{\sum f}{2} = \dfrac{360}{2} = 180$

即中位数就是第180户家庭的人口数，根据向上累计次数可知，第二组的向上累计次数为108，小于180，而第三组的向上累计次数为288，大于180，说明中位数位于第三组，该组对应的人口数为3人，因此可确定中位数为3人，即 $M_e = 3$（人）。利用向下累计次数同理也可得到同样的结论。

②组距式数列确定中位数。组距式分组资料确定中位数与单项式分组资料类似，先计算各组次数的累计数，再用公式 $\dfrac{\sum f}{2}$ 确定中位数的位次，并确定中位数所在组。不同的是由于组距式数列各组变量值的表现为一个数值区间，在确定中位数组后，无法直接得到中位数的准确数值，而要用公式求出中位数的近似值。其计算公式如下：

下限公式：$M_e = L + \dfrac{\dfrac{\sum f}{2} - S_{m-1}}{f_m} \times d$

上限公式：$M_e = U - \dfrac{\dfrac{\sum f}{2} - S_{m+1}}{f_m} \times d$

式中：M_e 代表中位数；L 代表中位数所在组下限；U 代表中位数所在组上限；$\sum f$ 代表总次数；S_{m-1} 代表中位数所在组以前一组的向上累计次数；S_{m+1} 代表中位数所在组以后一组的向下累计次数；f_m 代表中位数所在组的次数；d 代表中位数所在组的组距。

【例5-16】某企业职工某月奖金资料如表5-11所示，试计算中位数。

表5-11   某企业职工某月奖金情况表

月奖金额/元	职工人数/人 f	累计次数/∑f	
		向上累计	向下累计
500元以下	40	40	500
500~800	90	130	460
800~1 100	110	240	370
1 100~1 400	105	345	260
1 400~1 700	70	415	155
1 700~2 000	50	465	85
2 000元以上	35	500	35
合　计	500	—	—

首先确定中位数所在组，中位数位次公式 $\frac{\sum f}{2} = \frac{500}{2} = 250$，由向上（或向下）累计次数可判断中位数在1 100~1 400这一组，该组即为中位数所在组。$L = 1\ 100, U = 1\ 400$，$\sum f = 500$，$S_{m-1} = 240$，$S_{m+1} = 155$，$f_m = 105$，$d = 300$，则

$$下限公式：M_e = L + \frac{\frac{\sum f}{2} - S_{m-1}}{f_m} \times d$$

$$= 1\ 100 + \frac{\frac{500}{2} - 240}{105} \times 300 = 1\ 128.57（元）$$

$$上限公式：M_e = U - \frac{\frac{\sum f}{2} - S_{m+1}}{f_m} \times d$$

$$= 1\ 400 - \frac{\frac{500}{2} - 155}{105} \times 300 = 1\ 128.57（元）$$

计算结果表明，用上限公式或下限公式确定中位数，其结果是一样的，实际工作可根据情况选择一种方法计算。

在组距数列中，中位数受其邻组累计次数即 S_{m-1} 和 S_{m+1} 大小的影响。S_{m-1} 比 S_{m+1} 大，则中位数靠近所在组下限；S_{m-1} 比 S_{m+1} 小，则中位数靠近所在组上限；$S_{m-1} = S_{m+1}$ 时，则中位数就是所在组的组中值。

三、计算和应用平均数的原则

平均指标是应用科学抽象的方法，用一个指标来代表总体各单位标志值的一般水平。在实际统计工作中，应用平均指标来反映现象总体的数量特征，进行统计分析，是非常常用的方法。在计算和运用平均指标时，为使其能正确反映客观

社会经济现象的本质和规律性，应该遵循以下原则。

1. 必须注意所研究社会经济现象的同质性

平均数的分子、分母是属于一个总体的，这是平均指标计算的一个重要原则。平均指标所处理的是同质的大量现象，只有在同质总体中，总体各单位才具有共同的特征，从而才能计算它们的平均数来反映现象的一般水平，否则，计算的平均数就会把现象的本质掩盖起来，不能起到说明事物性质及其规律性的作用。所谓同质性，就是社会经济现象的各个单位在被平均的标志上具有同类性，各单位之间的差别，仅仅表现在数量上，被平均的只是量的平均。如果各单位在类型上是异质的，这样的平均数不仅不能说明事物的本质和规律性，反而会歪曲事实，掩盖真相，抹杀现象之间的本质差别，它只能是虚构的"平均数"。

2. 必须注意用组平均数补充说明总平均数

许多平均指标的计算，是在科学分组基础上进行的，我们应该重视影响总平均数的各个有关因素的作用，通过计算组平均数对总平均数作补充说明，来揭示现象内部结构组成的影响，从而克服认识上的片面性。根据同质总体计算的平均数是总平均数，它说明总体的一般水平，在统计分析中有重要作用。但是，总平均数还不能全面说明总体特征，因为总体单位之间还存在其他一些性质上的差别，有时被总平均数所掩盖。为了揭示这些重要差别，还必须注意各单位在性质上的差别对总平均数的影响，这就需要进行统计分组，计算组平均数以补充说明总平均数。

【例 5 – 17】某地甲乙两村粮食产量情况如表 5 – 12 所示，试比较说明两村的生产情况。

表 5 – 12　　　　　　　　　　粮食产量情况表

自然条件	甲　　村				乙　　村			
	播种面积/亩	比重/%	总产量/吨	每亩产量/公斤	播种面积/亩	比重/%	总产量/吨	每亩产量/公斤
山地	200	10	16	80	1 800	45	216	120
丘陵	1 000	50	200	200	1 200	30	300	250
平原	800	40	400	500	1 000	25	600	600
合计	2 000	100	616	308	4 000	100	1 116	279

从表 5 – 12 中总平均数看：甲村粮食每亩产量为 308 公斤，乙村 279 公斤，甲村高于乙村，能否断定甲村粮食生产好于乙村呢？从组平均数看，无论山地、丘陵、平原的每亩产量甲村都低于乙村，这表明在同样的自然条件下乙村产量高于甲村。那为什么总平均数每亩产量甲村高于乙村呢？原因在于甲村自然条件

好，90%是平原和丘陵，其中平原占40%；相反乙村平原仅占四分之一，近一半的土地是山地，总平均数把不同自然条件下播种面积结构上的差异给掩盖了，可见总平均数具有明显的抽象性。为了全面而科学地分析比较甲乙两村的生产情况，就要分别计算山地、丘陵和平原每亩产量，即组平均数，以补充说明它们的总平均亩产，即总平均数指标。

3. 必须注意用分配数列补充说明平均数

大家知道，平均数的重要特征是把总体各单位之间的数量差异抽象化了，从而掩盖了各单位的数量差别及分配状况。因此，在应用平均指标说明社会经济现象的特征时，还要具体的分析研究总体单位的分配情况，用分配数列来补充说明总平均数。

【例5－18】某重型机械厂的零件加工车间有120名工人，第三季度人均日产量44.75件，在第四季度，企业积极开展生产责任制，加强了管理，人均日产量达到45件，试比较该车间两个季度生产情况的变化（表5－13）。

表5－13　　　　　　　　　　工人日产量情况表

日产量/件	各组工人人数/人	
	第三季度	第四季度
40	15	5
42	25	10
44	30	20
46	20	25
48	15	30
50	10	20
52	5	10
合　计	120	120

单纯比较总平均指标，可能会觉得该车间两个季度相差不大，但如果结合分配数列，则有助于更好地去分析这个变化。从上表资料可以看出，从第三季度到第四季度，不仅工人的人均日产量，即总平均数，发生了变化，而且分配数列结构也发生了很大变化。第三季度整个分布偏低，低于平均水平的有70人，占一半以上。到了第四季度，整个分布偏高了，低于平均水平的仅剩35人，大部分超过平均水平，占一半以上。这个结构的变化，反映了事物总体内部质的变化，看到这点可以使分析研究更具体直观透彻。

4. 要与总量指标、相对指标结合运用

总量指标、相对指标和平均指标的性质各不相同，从不同的角度说明现象的数量表现。因此在进行统计分析时，必须把三者结合起来运用，充分发挥各自的作用，以达到全面、深入地分析问题的目的。

例如，在评价某企业生产经营状况时，不仅要看其劳动生产率、平均单位产品成本的高低，而且要看其产品产量、产值的多少，同时还要看其生产计划完成程度、生产增长速度、产品质量及资金利用、上缴利税等情况，只有把它们联系起来，才能对企业的生产经营情况作出全面正确的判断。

第三节　标志变异指标

平均指标是一个代表性数值，它将总体各单位标志值之间的差异程度抽象化，以反映总体各单位某一数量标志值的一般水平或次数分布的集中趋势。但仅用平均指标还不能全面描述总体标志值分布的特征，因为总体各单位之间的差异是客观存在的，这种差异也是统计总体的重要特征之一，即所谓离散趋势。离散趋势是指各变量值远离其中心值的趋势，也称离散程度。总体次数分布的离散趋势利用平均指标是反映不出来的，需要用这节将要介绍的标志变异指标来进行测度。

一、标志变异指标的概念和作用

（一）标志变异指标的概念

所谓标志变异指标，就是反映总体各单位标志值差异程度或离散趋势的综合指标，也称标志变动度。标志变异指标与平均指标分别从两个侧面描述了总体分布的特征，是人们了解和掌握总体分布性质的基本着眼点。

（二）标志变异指标的作用

1. 标志变异指标可以用来衡量平均数代表性的大小

平均指标作为总体某一数量标志的代表值，其代表性取决于总体各单位数量标志值的差异程度。总体各单位数量标志值的差异大，说明该总体的平均数的代表性差；总体各单位数量标志值的差异小，则说明该总体平均数的代表性好。

例如，某车间两个小组工人的月工资资料如下（单位：元）：

甲组：800　900　1 000　1 100　1 200

乙组：900　950　1 000　1 050　1 100

这两个小组工人的月平均工资都是1 000元，但各组工人工资的差异程度不同：甲组工人工资每人相差100元，乙组只相差50元。因而，这两个小组工人工资所具有的代表性也不同，甲组各工人工资额的差异较大，其平均数的代表性就差；乙组各工人工资额的差异较小，其平均数的代表性就强。

2. 标志变异指标可以反映事物发展的均衡性和稳定性

标志变异指标越小，说明事物的稳定性和均衡性越好；标志变异指标越大，说明事物的稳定性和均衡性越差。因此，运用标志变异指标可以分析考察经济发展的稳定性、生产的均衡性等。如物资供应是否按时按量等有节奏地进行；产品质量是否稳定在允许范围之内；商品销售计划执行情况是否均衡等均可通过计算标志变异指标来进行反映。

3. 标志变异指标可以衡量估计误差的大小

估计误差包括以样本值估计总体数值的误差和与测试与实际值的误差，估计误差的大小分析，就是用标志变异指标来分析衡量的。

二、标志变异指标的计算

常用的标志变异指标有全距、平均差、方差和标准差、离散系数等，其中标准差和方差的应用最为广泛。

（一）全距（极差）

1. 全距的概念

全距是指总体各单位标志值中最大标志值与最小标志值之差，用 R 表示。由于全距是两个极端数值之差，所以又称极差。它表明总体各单位标志值变动的范围，R 越大，表明标志值变动的范围越大，即各单位标志值的差异就越大。全距的计算公式为：

$$R = x_{max} - x_{min}$$

式中：R 代表全距；x_{max} 代表最大变量值；x_{min} 代表最小变量值。

【例 5 - 19】某车间两个小组工人的月工资资料如下（单位：元）：

甲组：800　900　1 000　1 100　1 200

乙组：900　950　1 000　1 050　1 100

试分别计算两组工人的全距并利用全距比较两组工人平均工资的代表性。

$$\overline{x_甙} = \overline{x_乙} = 1\ 000(元)$$

$$R_甙 = x_{max} - x_{min} = 1\ 200 - 800 = 400(元)$$

$$R_乙 = x_{max} - x_{min} = 1\ 100 - 900 = 200(元)$$

通过以上计算可知，虽然甲、乙两组工人的平均工资都是 1 000 元，但甲组工人的全距比乙组工人的全距大，所以甲组工人平均工资的代表性要小于乙组。

对于组距式数列，由于分布中的实际最大值和最小值已经难以确知，这时可以用最大组的上限减最小组的下限求得全距的近似值，它比实际的全距要大一些。用公式表示为：

$$R = U_{max} - L_{min}$$

由于全距是根据一组数据的两个极值来进行描述的，所以全距表明了总体标志值的变动范围和幅度。全距越小，说明标志变异程度越小，总体变量值分布越集中；全距越大，说明标志变异程度越大，总体变量值分布越分散。

2. 全距的特点和应用

（1）全距是描述数据离散程度的最简单的测度方法，计算简单，容易理解。

（2）全距只考虑了总体单位标志值的最大和最小两端的数值，不反映中间变量值的差异，易受极端数值的影响，因而不能准确描述出数据的离中趋势，即不能全面反映总体各单位标志值的差异程度。在企业的质量控制中，极差又称为"公差"，它是对产品质量制定的一个容许变化的界限。在正常生产条件下，极差在一定范围内波动，若极差超过给定的范围就说明有异常情况出现。因此，利用级差有助于及时发现问题，以便采取措施，保证产品质量。

（二）平均差

1. 平均差的概念

平均差是总体各单位的标志值与其平均数的离差绝对值的算术平均数，常用 *A. D.* 表示。由于总体中各单位的标志值与其算术平均数的离差之和恒等于零，即 $\sum (x - \bar{x}) = 0$，故对离差取绝对值计算。平均差能够综合反映总体中各单位标志值的差异程度。平均差越大，表示总体各单位之间的差异越大，则平均数的代表性越小；反之，平均差越小，表示总体各单位之间的差异越小，则平均数的代表性越大。它是以各标志值与算术平均数的离差为衡量标志变异程度的依据的。若以算术平均数为中心，离差可以解释为离中差，恰当的体现出离散的分布状况。

2. 平均差的计算

平均差的计算步骤如下：

第一步：求总体各单位标志值的算术平均数；

第二步：求总体各单位标志值与其算术平均数的离差；

第三步：求离差的绝对值；

第四步：将离差绝对值的总和除以项数 n 或者总次数 $\sum f$，即为平均差。

由于掌握资料的不同，平均差的计算分为两种情况。

（1）简单平均法。在资料未分组的条件下，可采用简单平均法计算平均差。其计算公式为：

$$A. D. = \frac{\sum |x - \bar{x}|}{n}$$

式中：*A. D.* 代表平均差；x 代表总体各单位标志值；$\bar{x}$ 代表总体各单位标志值的算术平均数；n 代表标志值的项数。

【例 5 - 20】现以【例 5 - 19】中两组工人工资为例计算两组工人工资的平均差（表 5 - 14）。

$$\overline{x_甲} = \overline{x_乙} = \frac{\sum x}{n} = \frac{5\,000}{5} = 1\,000（元）$$

$$A. D._甲 = \frac{\sum |x - \bar{x}|}{n} = \frac{600}{5} = 120（元）$$

$$A. D._乙 = \frac{\sum |x - \bar{x}|}{n} = \frac{300}{5} = 60（元）$$

表 5 – 14　　　　　　　　　　　　工人工资平均差计算表

甲　组			乙　组		
工资/元 x	离差 $x-\bar{x}$	离差绝对值 $|x-\bar{x}|$	工资/元 x	离差 $x-\bar{x}$	离差绝对值 $|x-\bar{x}|$
800	−200	200	900	−100	100
900	−100	100	950	−50	50
1 000	0	0	1 000	0	0
1 100	100	100	1 050	50	50
1 200	200	200	1 100	100	100
合计	−	600	−	−	300

上例计算说明，在两组工人平均工资相等的条件下，甲组平均差大于乙组，因而其平均数的代表性比乙组小。

（2）加权平均法。在资料分组的条件下，可用加权平均法计算平均差。其计算公式为：

$$A. D. = \frac{\sum |x-\bar{x}| f}{\sum f}$$

式中：f 代表各组总体单位数，其他符号意义同前。

【例 5 – 21】已知某企业职工月奖金资料如表 5 – 15 所示，试计算该企业职工月奖金额的平均差。

$$工人平均月奖金 \bar{x} = \frac{\sum xf}{\sum f} = \frac{532\ 500}{600} = 887.5(元)$$

$$工人月奖金额的平均差 A. D. = \frac{\sum |x-\bar{x}| f}{\sum f} = \frac{69\ 750}{600} = 116.25(元)$$

表 5 – 15　　　　　　　　　某企业工人奖金加权平均差计算表

月奖金额/元	x	f	xf	$x-\bar{x}$	$|x-\bar{x}|$	$|x-\bar{x}|f$
400 ~ 550	475	20	9 500	−412. 5	412. 5	8 250
550 ~ 700	625	50	31 250	−262. 5	262. 5	13 125
700 ~ 850	775	120	93 000	−112. 5	112. 5	13 500
850 ~ 1 000	925	280	259 000	37. 5	37. 5	10 500
1 000 以上	1 075	130	139 750	187. 5	187. 5	24 375
合计	—	600	532 500	—	—	69 750

3. 平均差的特点

（1）平均差是根据总体内全部标志值计算的，考虑了各个标志值的差异，具有较为充分的代表性，弥补了全距的不足。

（2）平均差是采用加绝对值的形式来消除离差的正负号，不便于做数学处理和参与统计分析运算，所以在实际应用中受到很大限制。

（三）标准差

1. 标准差的概念

标准差是总体各单位标志值与其平均数离差平方的算数平均数的平方根，是测定标志变异程度最常用、最主要的指标。标准差的意义与平均差基本相同，但标准差采用了平方的方法来消除正、负离差的影响，考虑了总体中各单位标志值的变动影响，更符合数学的运算要求。所以说标准差不仅具有平均差的优点，而且还弥补了平均差的不足，它是综合反映标志变动度最合理的指标，在实际工作中得到了极为广泛的应用。标准差一般用 σ 表示。标准差的平方称为方差，用 σ^2 表示。其计量单位与标准差相同。

2. 标准差的计算

标准差计算的一般步骤为：

第一步：求总体标志值的平均数；

第二步：求总体各标志值与其算术平均数的离差；

第三步：求离差的平方；

第四步：求各项离差平方和的算术平均数；

第五步：对离差平方和的算术平均数开平方，即得出标准差。

依据所掌握资料的不同，标准差的计算分为简单式和加权式两种情况。

（1）简单平均法。在资料未分组的条件下，可采用简单平均法计算标准差。其计算公式为：

$$\sigma = \sqrt{\frac{\sum (x - \bar{x})^2}{n}}$$

【例 5 – 22】现以例【5 – 19】中两组工人工资为例来计算两组工人工资的标准差（表 5 – 16）。

表 5 –16　　　　　　　　　工人工资标准差计算表

甲　　组			乙　　组		
工资/元 x	离差 $x - \bar{x}$	离差平方 $(x - \bar{x})^2$	工资/元 x	离差 $x - \bar{x}$	离差平方 $(x - \bar{x})^2$
800	− 200	40 000	900	− 100	10 000
900	− 100	10 000	950	− 50	2 500
1 000	0	0	1 000	0	0
1 100	100	10 000	1 050	50	2 500
1 200	200	40 000	1 100	100	10 000
合　计	−	100 000	−	−	25 000

$$\bar{x}_{甲} = \bar{x}_{乙} = \frac{\sum x}{n} = \frac{5\,000}{5} = 1\,000(元)$$

$$\sigma_{甲} = \sqrt{\frac{\sum(x - \bar{x})^2}{n}} = \sqrt{\frac{100\,000}{5}} = 141.42(元)$$

$$\sigma_{乙} = \sqrt{\frac{\sum(x - \bar{x})^2}{n}} = \sqrt{\frac{25\,000}{5}} = 70.71(元)$$

通过以上计算可知,在平均工资相等的条件下,甲组工人工资的标准差大于乙组,所以其平均数的代表性小于乙组。

(2)加权平均法。在分组的条件下,可采用加权平均法计算标准差。其计算公式为:

$$\sigma = \sqrt{\frac{\sum(x - \bar{x})^2 f}{\sum f}}$$

【例5-23】现以【例5-21】中的某企业工人月奖金资料为例,来计算该企业职工月奖金额的标准差(表5-17)。

表5-17　　　　　　　　某企业工人月奖金额加权标准差计算表

月奖金额/元	x	f	xf	$x - \bar{x}$	$(x - \bar{x})^2$	$(x - \bar{x})^2 f$
400~550	475	20	9 500	-412.5	170 156.25	3 403 125.0
550~700	625	50	31 250	-262.5	68 906.25	3 445 312.5
700~850	775	120	93 000	-112.5	12 656.25	1 518 750.0
850~1 000	925	280	259 000	37.5	1 406.25	393 750.0
1 000 以上	1 075	130	139 750	187.5	35 156.25	4 570 312.5
合　计	-	600	532 500	-	-	13 331 250.0

$$工人平均奖金\ \bar{x} = \frac{\sum xf}{\sum f} = \frac{532\,500}{600} = 887.5(元)$$

$$工人月奖金额的标准差\ \sigma = \sqrt{\frac{\sum(x - \bar{x})^2 f}{\sum f}} = \sqrt{\frac{13\,331\,250}{600}} = 149.06(元)$$

3. 标准差的特点

(1)是应用最广泛的标志变异指标。

(2)用平方的方法消除各标志值与算术平均数离差的正负值问题,可方便地用于数学处理和统计分析运算。

(四)离散系数

标准差与全距、平均差一样,都是对分布离散趋势进行的绝对测定,是标志变异程度的绝对数分析指标。只有在同类现象且平均数相等的条件下,才能运用上述三种绝对数分析指标直接进行比较。而它们在实际应用中,对不同的现象由于标志变异指标的计量单位不同，不能直接对比；即使是同类现象，在平均指标不相等的条件下，由于其值受自身平均水平高低的影响，也不能直接对比。为解决以上问题，就需要计算标志变异指标的相对指标，标志变异指标的相对数指标主要包括全距系数、平均差系数和标准差系数，这里重点要求大家掌握标准差系数的计算。

标准差系数是离散系数的一种重要的计算形式，它是标准差与其相应的平均数对比，用来对比分析不同数列、不同平均水平标志变异程度的相对数分析指标，标准差系数大的，说明该组数据离散程度就大，标准差系数小，说明该组数据离散程度也小。标准差系数一般用 V_σ 表示，标准差系数的计算公式为：

$$V_\sigma = \frac{\sigma}{\bar{x}} \times 100\%$$

【例 5 - 24】仍用上例中表 5 - 17 的数据，我们把该企业称为甲企业，如果还有乙企业，工人的月平均奖金是 1000 元，标准差为 160 元，试比较甲、乙两个企业工人平均月奖金额的代表性。

因为两企业工人月平均奖金额不等，故不能用标准差直接比较，必须用标准差系数才能做出比较，其计算结果为：

甲企业：

$$V_{\sigma甲} = \frac{\sigma}{\bar{x}} \times 100\% = \frac{149.06}{887.5} \times 100\% = 16.80\%$$

乙企业：

$$V_{\sigma乙} = \frac{\sigma}{\bar{x}} \times 100\% = \frac{160}{1\,000} \times 100\% = 16\%$$

计算结果表明，甲企业的标准差系数大于乙企业的标准差系数，所以甲企业的平均数代表性小于乙企业。

（五）交替标志的平均数与标准差

在统计研究中，我们有时可以根据研究目的把全部总体单位划分为具有某一标志特征的单位和不具有某一标志特征的单位两组。比如企业经济类型分为国有与非国有，产品质量分为合格与不合格，学习成绩分为及格与不及格等。像这种用"是"与"非"或"有"与"无"来表示的标志，叫做交替标志，也称为是非标志。交替标志平均数与标准差的测定，其原理与前述内容一致，但在计算的表现形式上有所区别。

交替标志的平均数和标准差在计算时，首先要将交替标志的具体表现数量化，即将具有某种属性的单位的标志值用"1"表示，将不具有某种属性的单位的标志值用"0"表示，然后，计算其平均数和标准差。

设总体单位总数为 N，具有某种属性的单位数为 N_1，其比重（也称为成数）为 $N_1 / N = p$；不具有该属性的单位数为 N_2，其比重（也称为成数）为 $N_2 / N = q$，则显而易见 $p + q = 1$，据此计算如表 5 - 18 所示。

表 5－18 　　　　　　　　　　　　交替标志平均数和标准差计算表

标志值 x	单位数 f	xf	$x - \bar{x}$	$(x - \bar{x})^2$	$(x - \bar{x})^2 f$
1	N_1	N_1	$1 - p$	$(1 - p)^2$	$(1 - p)^2 \cdot N_1$
0	N_2	0	$0 - p$	$(0 - p)^2$	$(0 - p)^2 \cdot N_2$
合计	N	N_1	—	—	$(1 - p)^2 \cdot N_1 + p^2 N_2$

交替标志的平均数：

$$\bar{x} = \frac{\sum xf}{\sum f} = \frac{N_1}{N} = p$$

交替标志的标准差：

$$\sigma = \sqrt{\frac{\sum (x - \bar{x})^2 f}{\sum f}} = \sqrt{\frac{(1 - p)^2 \cdot N_1 + p^2 N_2}{N}}$$

$$= \sqrt{q^2 p + p^2 q} = \sqrt{pq} \text{ 或 } \sqrt{p(1 - p)}$$

从上面的计算可知，是非标志的标准差就是具有某一标志的单位在总体中的成数和不具有某一标志的单位在总体中成数乘积的平方根，也就是以这两个成数为变量值的几何平均数。

【例 5－25】某机械厂铸造车间生产一批铸件，从中抽取 600 吨铸件进行质量检验，合格品 540 吨，不合格品 60 吨，试计算这批铸件的平均合格率和标准差。

该批铸件平均合格率为：

$$\bar{x} = p = \frac{540}{600} \times 100\% = 90\%$$

该批铸件的标准差为：

$$\sigma = \sqrt{p(1 - p)} = \sqrt{90\% \times (1 - 90\%)} = 30\%$$

第六章

抽样推断

教学目标

抽样推断是统计研究中一种重要的分析方法，通过学习，要求掌握利用样本统计资料推断总体数量特征的原理及方法，深刻理解抽样推断的概念及特点，了解抽样误差产生的原因，并对抽样误差、抽样平均误差、抽样极限误差加以区别，掌握点估计和区间估计的方法以及必要样本单位数的确定方法。

重点难点

抽样方法、抽样误差的形成、抽样平均误差的计算方法、抽样推断方法和样本容量的确定等是本章的重点；样本容量与样本可能数量的区别、抽样平均误差的计算方法、概率与概率度、区间估计的方法是本章的难点。

第一节　抽样推断的作用

社会经济统计的认识对象是现象总体的数量方面。通过搜集现象总体的全面资料，再依据统计目的研究其总体的数量特征，从而获得总体本质及其规律性的认识。但在实际工作中，由于受客观条件或环境的限制，往往不可能或没必要搜集总体的全面资料，只可能或只需要利用部分资料推断总体的数量特征或推算总体的总量指标。这样，既可以提高工作效率，也可以节约工作成本和费用。

抽样推断始于1891年挪威的人口调查。社会学中首先采用严格控制抽样方法的是英国统计学家 A·L·鲍利于第一次世界大战前在英格兰和威尔士所做的五城镇调查。第二次世界大战后，抽样调查获得了迅速推广，已成为世界各国普遍使用的主流的统计调查方式。广泛应用于社会、经济、科技、自然等各个领域，成为统计学中发展最快、最活跃的分支。

一、抽样推断的概念

抽样推断是科学的非全面调查方法，它是按照随机原则，从调查对象（总体）中抽取一部分单位进行调查，用调查所得指标数值对调查对象相应指标数值做出具有一定可靠性的估计和推断的一种统计调查方法。

所谓随机原则，就是在抽选样本时，排除主观因素，随机抽选调查单位，使总体中每个单位都有相等的机会被抽中，即每个单位被抽中的概率是相同的。"随机"并不是"随便"，带有一定的人为或主观因素，但随机原则一般要求总体中每个单位被抽中的概率相同。

日常生活和工作中，人们经常自觉和不自觉地在应用抽样方法，我们到市场上去买花生、瓜子总要抓几粒看看是否饱满；在家里做菜，做好后往往要取一点菜，尝尝菜的咸淡；生病了去医院看病时，医生要抽一些血来化验；工厂在生产过程中以及商家在进货验收过程中常常抽取一定数量的产品，检验其质量并以此确定整批产品质量的优劣；商家抽取一部分消费者，了解其消费需求及爱好等都是采用了抽样推断的方法。

二、抽样推断的特点

1. 按随机原则抽取样本

遵守随机原则，是抽样调查的基本要求，也是抽样推断的基础。坚持随机原则是因为，如果总体中每一个单位都有相等的机会被抽中，那么就有较大的可能性使所抽选的样本保持与总体有相类似的结构特征，这样的样本就会增强其代表性，抽样误差相对减小。而且，也只有在遵守随机原则的条件下，抽样误差的范围才可能事先加以计算和控制。随机原则一旦遭到破坏，样本单位的代表性也随之遭到破坏。不过坚持随机原则也并不意味着完全不发挥人的主观作用。根据对客观现象已有的认识，确定合适的抽样组织形式可以提高样本的代表性，减少误差。

2. 以部分单位的指标值去推断总体的指标值

抽样推断一方面是非全面调查，另一方面又要达到对总体数量特征的认识，这一特点使它不同于全面调查，也与其他非全面调查有着显著的区别。抽样推断方法，能充分体现样本指标与相应的总体参数之间存在着的内在联系，两者的误差分布也是有规律可循的。并提供一套利用部分信息来推断总体数量特征的方法，这就大大提高了调查分析的认识能力，为信息的采集和利用开辟了新的途径。

3. 抽样推断是运用概率估计的方法

抽样推断利用样本指标来估计总体参数的区间，在数学上运用不确定的概率估计法，而不是确定的函数计算的方法，因为样本数据和总体参数之间并不存在严格对应的自变量和因变量的关系，它不能利用一定的函数关系来推算总体参数，而是用样本指标值来估计相应的总体指标值，并指出其可靠程度的大小，这就是概率估计。

4. 抽样过程中抽样误差可以事先计算，并且可以控制

抽样推断是用样本的数量特征去估计与推断总体的数量特征，由于样本单位的分布不能完全接近总体单位的分布。因此，在抽样推断过程中会产生一定的由随机因素引起的代表性误差，即抽样误差。

抽样误差是不能避免的，但事先可以通过一定的统计方法计算和估计，并且能通过各种有效的办法把抽样误差控制在一定的范围内，抽样推断的科学性，也正体现在对抽样估计和推断的结论，能够提出客观的可以控制的精确度和可靠程度。

三、抽样推断的作用

随着抽样推断和技术的不断发展，抽样推断发挥着日益重要的作用，具体表现在以下几个方面：

1. 抽样推断可以节省人力、物力、财力、费用和时间，方法灵活

抽样推断的调查单位比全面调查少，参加调查的工作人员能多快好省地完成调查任务，取得事半功倍的效果。可用于采集灵敏度高、时间要求紧迫的信息资料。如市场信息的及时采集、生产线上的质量信息的采集等。

2. 在一定的条件下，抽样推断的结果比全面调查的结果更准确

全面调查涉及的调查人员和调查单位多，工作量大，汇总层次也多，因而，发生登记误差的可能性就大。所以，在实际工作中常常出现全面调查中产生的登记误差，大于抽样推断中产生的两种误差之和。因此，在特定条件下，抽样推断的结果比全面调查的结果更准确。因此，当某项任务可以同时选用上面两种调查方式来完成时，与其采用全面调查，不如采用抽样推断。

3. 利用抽样推断的结果，可以验证或修正全面调查的统计资料

一般来说，全面调查取得的统计资料是比较准确的，也很可靠，但我国幅员广大，经济欠发达，有些地方交通很不方便，所以，进行各种普查都会存在较大误差。为此，对全面调查的统计资料，可以通过抽样推断进行补充和修正。在某种全面调查完成之后往往还要进行抽样复查，根据复查结果计算差错率，并以此为依据检查和修改全面调查结果，从而提高全面调查的质量。

4. 用于无限总体和某些有限总体数量特征的认识

对于无限总体不可能进行全面调查，只能进行抽样推断，如大气或海洋被污染情况的调查、宇宙探测等。同时，对调查单位太多、调查范围太大的有限总体，如城市居民经济状况调查、森林木材蓄积量调查等，也只能通过抽样技术的方法取得有关数据。

5. 用于认识不适宜进行全面调查，但又必须了解总体数据的事物

当产品质量检验具有破坏性和杀伤力，只能进行抽样调查，如灯泡、电子元件、轮胎等产品的耐用时间的检测等。

四、抽样推断中的几个基本概念

学习和掌握抽样推断的方法，首先要明确抽样推断过程中常用的几个基本概念，这是抽样推断的基础，主要包括全及总体与抽样总体和全及指标与抽样指标。

(一) 全及总体和抽样总体

依据分析的对象不同，在抽样推断中有两种不同的总体，即全及总体和抽样总体：

(1) 全及总体。是指调查对象的全部单位，由具有共同性质的许多单位组成的，简称总体或母体。

例如要研究某乡粮食产量，则该乡的全部粮食播种面积就是一个全及总体。再如，研究某校学生的学习情况，则该校的所有学生即构成全及总体。

全及总体既是我们所要研究的对象，又是样本赖以抽取的母体。组成全及总体单位称为总体单位，其全及总体单位数通常用 N 表示。

(2) 抽样总体。简称样本或子样，是指在全及总体中按随机原则抽取的那一部分单位所组成的集合体。例如从全市少年儿童中抽取 100 人进行健康状况调查，这 100 人即构成了一个抽样总体。

组成抽样总体的单位为样本单位。样本单位数也称样本容量，通常用 n 表示，样本单位数总是大于 1 而小于总体单位数 (N) 的，即

$$(1 < n < N)$$

样本单位数 (n) 相对于全及总体单位数 (N) 要小得多，统计把 $\dfrac{n}{N}$ 称为抽样比例。一般来说，样本单位达到或超过 30 个 $(n \geqslant 30)$，称为大样本，而在 30 以下 $(n < 30)$，则称为小样本。

社会经济现象的抽样调查多取大样本，而自然实验观察则多取小样本。以小样本来推断大总体，这是抽样推断的重要特点。

(二) 全及指标和抽样指标

1. 全及指标

全及指标是根据全及总体各单位标志值计算的，反映总体某种属性或特征的综合指标，也称总体指标和总体参数。由于全及总体是唯一确定的，所以根据总体计算的全及指标也是唯一确定的，它反映总体的某种属性或特点，也称为总体参数。常见的全及指标有：总体平均数、总体成数、总体标准差和总体方差。

(1) 总体平均数。总体平均数，称为总体平均数或全及总体平均数，是全及总体各单位标志值的平均数，代表全及总体单位数量标志值的一般水平，它表明变量变动的集中趋势。通常用 $\overline{X}$ 表示总体平均数，公式为：

$$\overline{X} = \frac{\sum X}{N}$$

（2）总体成数。总体成数，又称全及成数，它是指当全及总体可以按交替标志划分为两个组成部分时，具有某一种相同标志表现的总体单位数在全及总体单位数目的比重，简称成数，用 P 表示；不具有某一标志的总体单位数在总体中所占的比重，用 Q 表示。设在总体中，若有 N_1 个单位具有某种属性，N_0 个单位不具有某种属性，N 为总体单位数，P、Q 为成数。

$$P = \frac{N_1}{N}$$

$$Q = \frac{N_0}{N}$$

$$N_1 + N_0 = N,\ P + Q = (N_1 + N_0)/N \qquad Q = 1 - P$$

【例 6 – 1】某灯泡厂生产的 10 000 只灯泡中，在抽样调查时抽取的样本中，有 450 只为不合格品，求其合格率和不合格率。

解：灯泡不合格率（P）

$$P = \frac{N_1}{N} = \frac{450}{10\ 000} = 4.5\%$$

灯泡合格率

$$Q = 1 - P = 1 - 4.5 = 95.5\%$$

（3）总体标准差及方差。反映全及总体各单位标志值之间变异程度的指标叫总体标准差，用 σ 表示，公式：

$$\sigma = \sqrt{\frac{\sum (X - \overline{X})^2}{N}}$$

总体标准差的平方称为总体方差，用 σ^2 表示，其计算公式为：

$$\sigma^2 = \frac{\sum (X - \overline{X})^2}{N}$$

2. 抽样指标

抽样指标是指根据抽样总体各单位标志值计算的综合指标，又称样本指标。常用的抽样指标有：抽样平均数、抽样成数、抽样总体标准差和抽样总体方差。

（1）抽样平均数。抽样平均数是根据样本总体单位的标志值计算的，是代表样本各单位数量标志一般水平的指标，用 $\bar{x}$ 表示，公式：

$$\bar{x} = \frac{\sum x}{n}$$

（2）抽样成数。抽样成数也称样本成数，当抽样总体可以按交替标志分为两部分时，其中，具有某一个标志的单位数在样本总体中所占的比重，即为抽样成数，用 p 表示；而不具有某一标志的单位数在样本总体中所占的比重，也称为抽样成数，用 q 表示。

设在抽样总体中,有 n_1 个单位具有某种属性,n_0 个单位不具有某种属性,n 为样本总体单位数,p、q 为样本成数。

$$p = \frac{n_1}{n},$$

$$q = \frac{n_0}{n}$$

$$n_1 + n_0 = n, \ p + q = (n_1 + n_0)/n \quad q = 1 - p$$

【例 6-2】某玻璃仪器厂对其产品进行质量检测,在抽取的 100 件产品中,有 3 只为不合格品,求其合格率和不合格率。

解:产品不合格率(p)

$$p = \frac{n_1}{n} = \frac{3}{100} = 3\%$$

产品的合格率(q) $= 1 - p = 1 - 3\% = 97\%$

(3)样本总体标准差和样本总体方差。反映样本总体各单位标志值之间变异程度的指标叫样本总体标准差,用 S 表示,其计算公式为:

$$S = \sqrt{\frac{\sum (x - \bar{x})^2}{n}}$$

样本总体标准差的平方称为样本总体方差,简称样本方差,用 S^2。其计算公式为:

$$S^2 = \frac{\sum (x - \bar{x})^2}{n}$$

样本统计量的计算方法是确定的,但由于一个全及总体可以抽取许多个样本,样本不同,因而计算出来的抽样样本指标的数值也各不相同,是随着不同的样本变化的。可见,抽样指标的数值不是唯一确定的,因此抽样指标是样本变量的函数,是随机变量。

五、抽样推断的理论依据

抽样推断的理论依据主要有两个:一类是研究概率接近于 0 或 1 的随机现象的统计规律,即大数定律;另一类是研究由许多彼此不相干的随机因素共同作用,而各个随机因素影响又很小的随机现象的统计规律,即中心极限定理。

(一)大数定律

大数定律又称作大数法则。人们在观察个别事物时,是连同一切个别的特性来观察的。个别现象受偶然因素影响,有各自不同的表现。但是,对总体的大量观察后进行平均,就能使偶然因素的影响相互抵消,消除由个别偶然因素引起的极端性影响,从而使总体平均数稳定下来,反映出事物变化的一般规律,这就是大数定理的意义。

大数定理:独立同分布的随机变量 $X_1, X_2, \cdots, X_n, \cdots$,设它们的平均数为 μ,方差为 σ^2。则对任意的正数 ε,有:

$$\lim_{n \to \infty} p \left\{ \left| \frac{1}{n} \sum_{i=1}^{n} X_i - \mu \right| < \varepsilon \right\} = 1$$

该定理说明,当 n 充分大时,独立同分布的一系列随机变量,其平均数与它们共同的期望值之间的偏差,可以有很大的把握被控制在任意给定的范围之内。由于从总体中抽出的样本是独立且与总体同分布的,因此,当样本容量 n 充分大时,样本平均与总体平均之间的误差可以有很大的把握被控制在任意给定的要求之内,这就是人们用样本平均估计总体平均的理论根据。

由于成数指标是一个特殊的平均数,大数定理对成数指标自然也成立:设 m 是 n 次试验中事件 A 发生的次数,p 是事件 A 发生的概率,则对于任意小的正数 ε,有:

$$\lim_{n \to \infty} p \left\{ \left| \frac{m}{n} - p \right| < \varepsilon \right\} = 1$$

即当 n 充分大时,事件 A 发生的频率接近(依概率收敛于)事件 A 发生的概率,反映了频率在大量重复试验过程中的稳定性。该定理称为贝努里大数定理,它提供了用频率代替概率的理论根据。

(二) 中心极限定理

概率论中的中心极限定理,论证了对任意分布总体随着抽样单位数的增加,抽样平均数的分布便趋于正态分布,这一结论,也是抽样推断的重要理论依据。

1. 正态分布的再生定理

相互独立的两个正态随机变量相加之和仍服从正态分布,这就是正态分布的再生性。因此,从服从正态分布的总体中抽出一个容量是 n 的样本,则样本平均数 $\overline{X}$ 也服从正态分布。如果总体的平均是 μ,标准差是 $\sigma(X)$,则样本平均数所服从的正态分布的中心仍是 μ,标准差是抽样平均误差 $\mu_{\bar{x}}$。

2. 中心极限定理

从正态分布的再生定理,可推出的样本平均数 $\overline{X}$ 服从正态分布 $N(\mu, \mu_{\bar{x}}^2)$,前提条件是总体服从正态分布。在客观实际中,总体服从正态分布的条件不会总是成立的。在非正态总体的场合,样本平均数服从什么分布,我们只有了解了中心极限定理后,才能明确。

中心极限定理:随机变量 $X_1, X_2 \cdots, X_n, \cdots$ 相互独立,且服从同一分布,该分布存在有限的期望和方差:$E(X_i) = \mu, \sigma^2(X_i) = \sigma^2, (i = 1, 2, \cdots)$。则当 n 趋于无穷大时,算术平均数 $\bar{x} = \dfrac{\sum\limits_{i=1}^{n} X_i}{n}$,近似服从正态分布,即 $\overline{X} \sim N\left(\mu, \dfrac{\sigma^2}{n}\right)$。

从上述定理可以得出结论:无论总体服从何种分布,只要它的期望值与方差存在,我们就可以通过增大样本容量 n 的方式,保证样本平均数 $\overline{X}$ 近似服从正态分布。也就是说,大样本的平均数近似服从正态分布。

对于成数指标,我们设总体成数是 p,样本成数是 P,则当样本容量充分大时,P 近似服从 $N(p, \sigma_p^2)$。

第二节　抽样方法和样本可能数目

在抽样调查中,我们要了解样本是怎样从总体中抽选的,有多少不同的样本可以抽取,这有助于理解抽样的原理。随机抽样过程实质上是一个随机试验过程,通常是将总体各单位编号后,采用抽签方法或者利用随机数表来实现的。对于固定的样本容量 n,进行 n 次随机抽样称为一轮试验,每一轮试验得到一个随机样本。显然,进行若干轮试验,就可以得到若干个随机样本。

样本可能抽取的数目是与抽样的方式相联系的。抽样的方式根据抽取时每个单位是否允许重复抽取可以分为重复抽样或不重复抽样。所谓的重复抽样是抽取一个单位后,抽选下一个单位时,仍把前一个已抽中的单位放回总体中再进行抽取,因此一个单位有重复抽中的可能性,也叫做重置抽样。而不重复抽样,则是将已抽中的单位不再放回总体,因而每个单位最多只能抽中一次,也叫做非重置抽样。这两种抽样的方法对可能抽选样本的数目是不同的。

从对样本的要求不同则又可以分为考虑顺序和不考虑顺序两种情况等。所谓考虑顺序,是指若先抽中单位 A,再抽中单位 B,其样本为 AB;若先抽中单位 B,后抽中单位 A,其样本为 BA,则应计算为两个不同的样本,但若不考虑顺序,则可把 AB 和 BA 看做是同一个样本,把抽选方式和是否考虑顺序结合起来共有四种情况。

图 6-1 中①重复抽样同时考虑顺序;②不重复抽样也不考虑顺序;③重复抽样、不考虑顺序;④不重复抽样、考虑顺序。

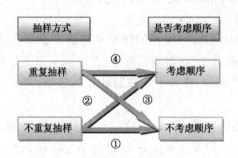

图 6-1　抽样方法和样本数量示意图

在抽样调查的实践中,通常只讨论前面两种情况下的可能样本数目,即在重复抽样时也考虑单位的顺序,而不重复抽样时则不考虑单位的顺序。在这两种情况下具体样本的数目还与总体单位数和样本容量有关。

一、重复抽样考虑顺序

所谓重复有序抽样，是指事件 A 在第一次和第二次取样中都发生，组成一个样本 {A，A}。有次序是指在抽样过程中要辨别每一事件出现的顺序。

要从总体 N 个单位中随机抽取一个容量为 n 的样本，每次从总体中抽取一个单位，并把它看做一次试验，把结果登记下来，又重新放回，参加下一次抽选，连续进行 n 次试验构成一个样本。因而重复抽样的样本是由 n 次相互独立的连续试验构成的，每次试验都在完全相同的条件下进行，每个单位中选的机会在各次都完全相等。

一般来说，从总体 N 个单位中，重复有序地随机抽取容量为 n 的样本，全部可能的样本个数为 N^n。

例如，总体有 A、B、C、D 四个单位，要从中以重复抽样的方法抽取 2 个单位构成样本。全部可能抽取的样本数目为 $N^n = 4^2 = 4 \times 4 = 16$ 个，它们是：

AA、AB、AC、AD

BA、BB、BC、BD

CA、CB、CC、CD

DA、DB、DC、DD

二、不重复抽样不考虑顺序

所谓无序，是指无须辨明事件出现的顺序，即把样本 {A，B} 和 {B，A} 作为等价的随机事件。不重复抽样又称不回置抽样。不重复抽样是这样操作的：要从总体 N 个单位中抽取一个容量为 n 的样本，每次从总体中抽取一个单位，但每次抽出一个单位就不再放回参加下一次的抽选，连续进行 n 次抽取构成一个样本。因而不重复抽样有这样的特点：样本由 n 次连续抽取的结果构成，实质上等于一次同时从总体中抽 n 个样本单位，连续 n 次抽选的结果不是相互独立的，每次抽取的结果都影响下一次抽取，每抽一次总体单位数就少一个，因而每个单位的中选机会在各次是不相同的。

从总体 N 个单位中，用不重复抽样的方法，抽取 n 个单位样本，全部可能抽取的样本数目为 $N(N-1)(N-2)\cdots(N-n+1)$ 个。

例如从 A、B、C、D 四个单位中取 2 个单位构成样本，第一次抽取 1 个，共有 4 种取法，第二次再从留下的 3 个单位中取 1 个，共有 3 种取法，前后两个构成一个样本，全部可能抽取的样本数目为 $4 \times 3 = 12$ 个，它们是：

AB、AC、AD

BA、BC、BD

CA、CB、CD

DA、DB、DC

由此可见，在相同的样本容量的要求下，重复抽样的样本个数总是大于不重复抽样的样本个数。

一般来说，从总体 N 个单位中，重复无序地随机抽取容量为 n 的样本，全部可能的样本个数为 $p = c_N^n = N \times (N-1) \times \cdots \times (N-n+1)/n!$

第三节　抽样误差

在抽样调查过程中，用抽样指标来推断总体指标进行必要的推算，必然会产生误差问题。抽样指标由于种种原因，不会与总体指标完全一致，它们两者之间往往不完全相等，即抽样平均数或抽样成数与总体平均数或总体成数之间往往会产生一定的差距。抽样误差大小表明了抽样效果的好坏，因此抽样误差的计算、分析和控制，是抽样推断的核心问题，有必要加以专门的研究。

一、抽样误差的概念

抽样误差是指样本的估计值和所要估计的总体指标之间的数量上的差距。由于抽样调查是一种非全面调查，样本不是总体，样本统计值也不是总体参数值，所以即使严格遵守随机原则，抽样误差也是不可避免的。由于造成抽样误差的原因不同，所以统计调查的误差也分为不同的类型。

在说明抽样误差之前我们先介绍统计误差。

（一）统计误差的概念和种类

统计误差是指在统计调查中，调查资料与实际情况间的偏差。即抽样估计值与被估计的未知总体参数之差。例如，样本平均数与总体平均数之差；样本成数与总体成数之差等。在统计推断中，误差的来源是多方面的，统计误差按产生的来源分类，有登记性误差和代表性误差。

1. 登记性误差

登记性误差是指统计调查时，由于各种主、客观原因在登记、汇总、计算、过录中所产生的误差。登记性误差不论全面调查或非全面调查都可能产生。也称为调查误差或工作误差。在一切调查（全面调查和非全面调查）中都会产生登记性误差。调查的范围越广泛、规模越大、内容越复杂，参加调查的人员越多，发生登记性误差的可能性就越大；反之可能性就越小。

登记性误差可以通过提高调查人员的思想和业务水平，改进调查方法和组织工作，建立严格的工作责任制加以避免，使这类误差降低到最低的限度。

2. 代表性误差

代表性误差是指用部分来代表总体，推算全体时所产生的误差。只有在抽取部分单位来代表总体，推算全体时，才会产生这种误差。代表性误差又可分为两种：系统性误差和随机误差。

（1）系统性误差又称偏差。是指在抽样调查的过程中，由于没有严格遵循随机原则而产生的系统性偏差。例如，在抽调查单位时，调查者有意识地挑选较好的或较差的单位进行观察。据此计算的样本指标，必然要比全及指标数值偏高或偏低，从而影响了调查的质量。因此，在抽样调查中应尽可能避免偏差的出现。只要遵循随机原则就可以避免。

（2）随机误差（抽样误差）。又称偶然的代表性误差，是指在抽样调查中，没有登记性误差的前提下，又遵循了随机原则所产生的误差。随机误差是抽样调查固有的误差。

（二）抽样误差

抽样误差是指样本的估计值和所要估计的总体指标之间数量上的差异。这里不考虑登记误差，只考虑代表性误差，即随机误差。因为样本的估计值是随着抽到的样本不同而变化的，即使调查完全正确，它和总体指标之间也往往存在着差异。这个差异纯粹是抽样引起的，故称抽样误差。现结合一个简单的实例加以说明，假设有五块棉花试验田，这五块试验田的亩产量分别为 40，50，60，70 和 80 千克，总体的平均亩产量为 60 千克，随机抽取 2 块作样本，若抽中第 1 块和第 4 块，它们的亩产量分别为 40 和 70 千克，平均为 55 千克，与总体平均数的真值相差 5 千克，这就是抽样误差。如果抽到的是第 4 块和第 5 块，那么样本的平均亩产量为 75 千克，用来估计总体均值时，抽样误差是 15 千克，但是在抽样调查时，总体平均数的真值不知道，所以才要进行抽样推断。正是由于这样，每一次抽样的结果其确切的抽样误差我们也无法知道。

抽样推断的目的就是要对总体的指标作出估计，而抽样推断能得到的是样本估计值，只有知道抽样误差之后，才能对总体指标的真值作出估计推断，因此就陷入了矛盾中。根据抽样的理论，如果总体的方差已知，在样本容量和抽样方式确定以后，所有可能样本的抽样误差的平均离差大小是可以计算出来的。

二、抽样平均误差的计算

由于样本是按随机原则抽取的，故在同一总体中，按相同的抽样数目，可以抽出许多相同和不同的样本，而每次抽出的样本都可以计算出相应的抽样平均数、抽样成数和抽样误差，即从理论上计算出很多个抽样误差，它们带有偶然性，有的可能是正误差，有的可能是负误差，有的可能大一些，有的可能小一些。为了用样本指标去推算总体指标，就需要计算这些抽样误差的平均数，这就是抽样平均误差，用以反映抽样误差的一般水平。

（一）抽样平均误差的概念

抽样平均误差是所有可能出现的抽样指标和全及指标之间的平均离差，也就是指所有可能出现的样本指标的标准差，它概括地反映全部样本总体所有可能结果的平均误差。

  抽样整体是从全及总体中随机抽取出一部分单位所组成的整体，按照组合的原理，一个全及整体可以形成很多个可能的抽样总体，而我们在抽样推断时，一般只是抽取其中一个抽样总体，究竟哪一个样本总体可能被抽到，事先是无法确定的，而且，由于全及指标是一个未知的数值，所以，某一个可能抽样总体的实际抽样误差究竟有多大，也是不可能知道的，那么应该用什么样的误差来衡量某个可能抽样总体误差呢？科学的方法就是从整个抽样出发，把所有可能出现的抽样总体都考虑进去，即把全部可能出现的抽样指标（抽样平均数或成数）作为随机变量，求这些随机变量的标准差。这个全部可能出现的抽样指标的标准差就是抽样平均误差。

  正因为抽样平均误差概括了所有抽样的误差，因而可用它作为一个尺度来衡量抽样指标的代表性大小和误差的可能范围。某一次抽样所得的抽样指标与全及指标的离差，可能大一些、可能小一些，但用抽样平均误差来衡量就比较恰当。抽样平均误差的意思是：不论抽取哪个样本，平均来说会有这么大的误差。

（二）抽样平均误差的计算

  抽样平均误差是指每一个可能样本的估计值与总体指标真值之间离差的平均数。这些离差有正有负，在相加时其总和为零，因而采用离差的平方和求均值，再予以开方。用 $\mu_{\bar{x}}$ 表示抽样平均指标的抽样平均误差；按照抽样平均误差的概念，它的计算公式如下：

$$\mu_{\bar{x}} = \sqrt{\frac{\sum \left[\bar{x} - E(\bar{x}) \right]^2}{样本个数}}$$

【例 6－3】仍以前面 5 块棉花试验田的抽样为例来说明抽样平均误差的计算，现把五块试验田地作为一个总体，按不重复无序的抽样方法，从中随机抽出两块试验田作为样本，计算抽样平均误差（表 6－1）。

表 6－1   某村的五块棉花试验田及亩产量

亩产量/千克	40	50	60	70	80
地块编号	(1)	(2)	(3)	(4)	(5)

  解：全及总体平均指标

$$\bar{x} = \frac{\sum x}{n} = \frac{40 + 50 + 60 + 70 + 80}{5} = 60(千克)$$

我们如果从中随机抽取两个地块作为一个抽样总体，根据组合数公式和不考虑顺序的不重复抽样：

$$c_N^n = C_5^2 = \frac{N(N-1)(N-2)\cdots(N-n+1)}{n!} = \frac{5 \times 4}{2 \times 1} = 10$$

则有 10 个可能出现的抽样总体。

根据表 6－1 计算，从五块棉花地块中随机抽取两个地块，可能得到的抽样总体及其相应的抽样指标如表 6 – 2 所示。

表 6 – 2 抽样总体及其相应的样本指标

抽样总体	$\bar{x}$	$(\bar{x} - \overline{X})$	$(\bar{x} - \overline{X})^2$
40，50	45	− 15	225
40，60	50	− 10	100
40，70	55	− 5	25
40，80	60	0	0
50，60	55	− 5	25
50，70	60	0	0
50，80	65	5	25
60，70	65	5	25
60，80	70	10	100
70，80	75	15	225
$\Sigma = 10$	—	—	750

$$\mu_{\bar{x}} = \sqrt{\frac{\sum \left[\bar{x} - E(\bar{x})\right]^2}{样本个数}} = \sqrt{\frac{750}{10}} = 8.66(千克)$$

计算表明，8.66 千克是 10 个可能配合的样本平均数的标准差，也就是平均误差，通过这个例子，我们可以说明抽样误差的实质。但是，实际计算中不能直接采用这个公式计算。首先，在实际工作中，从全及总体中一般只抽取一个样本总体，不可能抽取所有可能的抽样总体，并计算它们的抽样平均数；其次，在进行抽样调查的全过程中，全及平均数 $\bar{x}$ 是未知的。因而，上述抽样平均误差的公式也无从算起。这个计算公式只是为了说明抽样平均误差的实质。那么，抽样平均误差究竟根据什么来计算呢？

根据数理统计理论，在重复抽样的条件下，抽样误差与全及总体标准差成正比；与抽样总体单位数的平方根成反比，从而可以计算抽样平均误差的转化公式。

1. 在重复抽样下抽样平均误差

$$\mu_{\bar{x}} = \frac{\sigma}{\sqrt{n}}$$

式中：σ 代表总体标准差，n 代表样本单位数，在总体标准差 σ 未知，且样本单位数较大时，可以用样本标准差代替。

2. 在不重复抽样下抽样平均误差

如果采用不重复抽样，根据概率论推导证明，计算抽样误差的公式要乘一个修正系数$\left(\dfrac{N-n}{N-1}\right)$，即不重复抽样下抽样平均误差：

$$\mu_{\bar{x}} = \sqrt{\frac{\sigma^2}{n}\left(\frac{N-n}{N-1}\right)}$$

式中：σ代表总体标准差，n代表样本单位数，N代表总体单位数。

注：抽样调查时，总体的单位数往往很多，$(N-1)$与N相差极小，为了简化计算，可以用N代替$(N-1)$，这样上述公式可简化为：

$$\mu_{\bar{x}} = \sqrt{\frac{\sigma^2}{n}\left(1-\frac{n}{N}\right)}$$

式中：N代表总体单位数，其余符号同重复抽样的计算公式。$\left(1-\dfrac{n}{N}\right)$叫做修正系数。由于$n$的数目总是大于1，所以$\left(1-\dfrac{n}{N}\right)$的数目总是小于1，用小于1的分数取修正$\dfrac{\sigma^2}{n}$，当然要比原来的数字小。可知不重复抽样的抽样误差是小于重复抽样的抽样误差的，因而，用不重复抽样法得到的样本，其代表性高于采用重复抽样方法得到的样本。

在实际工作中，通常都采用不重复抽样方法。但在计算抽样误差时，我们为计算简便起见，有时可以应用重复采用的计算公式，因为$\dfrac{n}{N}$通常是一个很小的数值，对计算的结果影响不大。因此，$\sqrt{\dfrac{\sigma^2}{n}\left(1-\dfrac{n}{N}\right)}$与$\sqrt{\dfrac{\sigma^2}{n}}$的数值是接近的，在实际工作中，在没有掌握总体单位数的情况下，或者总体单位数N很大时，一般均用重复抽样平均误差公式来计算不重复抽样的平均误差。

现在仍用上述假设的某村的五个棉花地块的收获量资料为例，运用转化公式计算不重复抽样的平均误差：

$$\text{总体方差：} \sigma^2 = \frac{\sum(x-\bar{x})}{N} = \frac{(60-40)^2+(60-50)^2+\cdots}{5} = \frac{1\,000}{5} = 200$$

代入不重复抽样的平均误差公式为：

$$\mu_{\bar{x}} = \sqrt{\frac{\sigma^2}{n}\left(\frac{N-n}{N-1}\right)} = \sqrt{\frac{200}{2}\left(\frac{5-2}{5-1}\right)} = 8.66(\text{千克})$$

计算结果说明，抽样平均误差按转化公式与按前述定义公式计算，所得的结果一致。

另外，使用上述公式计算抽样误差，还有一个重要的问题必须明确，总体方差（σ^2）或总体标准差（σ）的资料通常是没有的，如何解决？实际计算过程中，主要解决的方法有两种：

第一种方法，用样本方差的资料代替总体方差，即用S^2代替σ^2，概率论证明：样本方差非常接近于总体方差，用它来代表总体方差是可行的，这是实际工作中最常用的一种方法。

第二种方法，用过去调查所得的资料，既可以用全面调查资料，也可以用抽样调查资料，如果有几个不同的总体方差资料，则应选用其中数值较大的。

（三）抽样成数的抽样平均误差

总体成数是总体中具有某种属性的单位占所有单位的比重，用 P 表示，不具有某种属性的比重用 Q 表示；样本中具有某种属性用 p 表示，不具有某种属性用 q 表示。

可以证明：总体平均数 $= P$

总体标准差 $\sigma_P = \sqrt{P(1-P)}$

样本标准差 $\sigma_p = \sqrt{p(1-p)}$

表 6－3　　　　　　　　　成数指标计算表

标志值（变量值） x	单位数（成数） f	变量值×权数 $x \cdot f$	离差 $x-\bar{x}$	离差平方 $(x-\bar{x})^2$	离差平方×权数 $(x-\bar{x})^2 \times f$
1	p	p	$1-p$	$(1-p)^2$	$(1-p)^2 \times p$
0	q	0	$0-p$	$(0-p)^2$	$(0-p)^2 \times q$
合计	1	p	—		$(1-p)^2 \times p + (0-p)^2 \times q$

根据表 6－3 计算：

成数的平均数为：

$$\bar{x} = \frac{\sum xf}{\sum f} = \frac{p}{1} = p$$

成数的标准差为：

$$\sigma = \sqrt{\frac{\sum (x-\bar{x})^2 \times f}{\sum f}} = \sqrt{\frac{(1-p)^2 p + (0-p)^2 q}{p+q}} = \sqrt{\frac{q^2 p + p^2 q}{1}} = \sqrt{pq(p+q)p^2}$$

$$= \sqrt{pq} = \sqrt{p(1-p)}$$

在掌握平均数的平均误差公式的基础上，再来探求成数的平均误差公式是比较简单的，只需要将全及成数的标准差平方代替公式中的全及平均数的标准差平方，就可以得到抽样成数的平均误差公式。

1. 重复抽样计算的公式

$$\mu_p = \sqrt{\frac{p(1-p)}{n}}$$

2. 不重复抽样计算公式

$$\mu_p = \sqrt{\frac{p(1-p)}{n}\left(1 - \frac{n}{N}\right)}$$

如同计算平均指标的抽样误差一样，成数的抽样误差也受总体标志变动度和抽取样本单位数多少的影响。公式本身表明，不重复抽样的误差，要小于重复抽样的误差。

成数总体方差 $p(1-p)$ 在抽样调查时也是没有的，同样需要用样本方差或同类调查的总体方差来代替，在选用方差时，应选用最大值。成数方差的最大值是 $0.5 \times 0.5 = 0.25$。

【例6-4】为了估计一分钟一次广告的平均费用，从300个电视台中随机抽取了15个电视台的样本。样本额均值为2 400元，标准差为800元，求电视台一分钟广告平均费用的抽样平均误差。（保留2位小数）

解：已知：$N = 300 \quad n = 15 \quad \sigma = 800$ 元

重复抽样条件下：

$$\mu_{\bar{x}} = \frac{\sigma}{\sqrt{n}} = \frac{800}{\sqrt{15}} = 206.56(元)$$

不重复抽样条件下：

$$\mu_{\bar{x}} = \sqrt{\frac{\sigma^2}{n}\left(1 - \frac{n}{N}\right)} = \sqrt{\frac{800^2}{15}\left(1 - \frac{15}{300}\right)} = 201.33(元)$$

计算结果表明：电视台一分钟广告费用的抽样误差在重复抽样的条件下是206.56元、在不重复抽样的条件下是201.33元。

【例6-5】要估计某地区10 000名适龄儿童的入学率，随机从这一地区抽取400名儿童，检查有320名儿童入学，求抽样入学率的平均误差。

已知：$N = 10\ 000 \quad n = 400$

合格率：$p = \frac{320}{400} = 80\%$

在重复抽样条件下：

$$\mu_p = \sqrt{\frac{p(1-p)}{n}} = \sqrt{\frac{0.8 \times 0.2}{400}} = 2\%$$

在不重复抽样条件下

$$\mu_p = \sqrt{\frac{p(1-p)}{n}\left(1 - \frac{n}{N}\right)} = \sqrt{\frac{0.8 \times 0.2}{400}\left(1 - \frac{400}{10\ 000}\right)} = 1.96\%$$

计算结果表明：该地区适龄儿童入学率的抽样误差，在重复抽样的条件下是2%，在不重复抽样的条件下是1.96%。

（四）影响抽样平均误差的因素

从以上抽样平均误差公式可以看出，由于总体中各观察对象之间存在着个体变异，导致在抽样研究中产生的样本统计量与相应的总体参数间的差异。影响抽样误差大小的因素很多，主要有以下三种。

1. 全及总体研究标志的变异程度

在其他条件不变的情况下，全及总体研究标志的变异程度越大，抽样误差也越大；反之，全及总体被研究标志的变异程度越小，抽样误差也越大。这是因为总体标志变异程度小，表示总体各单位标志值之间的差异小，则抽样指标与总体指标之间的差异可能也小。如果总体各单位标志值相等，即标志变动度等于零，这时，抽样指标就完全等于总体指标。抽样误差也就不存在了。所以，抽样误差的大小是同全及总体被研究标志的变异程度成正比的。

2. 抽样样本容量的多少

在其他条件不变的情况下，抽样的样本容量越大，抽样平均误差越小；反之，样本容量越小，抽样平均误差越大。这是因为，样本单位数越大，样本结构越能反映总体的结构，样本指标就越能代表总体相应的数量特征。当抽样总体大到等于全及总体时，则抽样调查就成为全面调查，抽样误差也就不存在了，所以，抽样误差的大小是和抽样单位数目的平方根成反比的。

3. 抽样的方法和组织形式不同

从总体中抽选样本单位有两种不同的方法，即重复抽样和不重复抽样。抽样的方法不同，抽样误差的大小也不同，一般来说，不重复抽样的抽样误差小于重复抽样的抽样误差。

采用不同的组织形式，也会有不同的抽样误差。通常情况下，按照等距抽样和类型抽样方式组织抽样调查，由于经过了排队和分类，可以缩小标志差异程度。因而，抽取相同数目的调查单位，其抽样误差会小于简单随机抽样法的误差。

第四节　抽样推断

抽样推断是建立在抽样调查基础上的一种科学的估计推算方法，在市场经济条件下的应用非常广泛。抽样推断是指对总体平均数和总体成数的推断估计。抽样调查的直接目的，就是为了推断总体平均数和总体成数，然后，再结合总体单位数去推算总体的有关标志总量。总体指标的推断有点估计和区间估计两种方法。

一、抽样推断与估计量的优良标准

抽样推断的目的是为了用样本数据去推断总体数据。但样本是随机抽取的，具有不确定性，抽样必然存在误差，推断不可能精确无误，可见抽样推断实质上是一种对全及总体相关数据有科学依据的估计方法。

（一）抽样推断

抽样推断就是根据抽样平均数或成数估计总体平均数或成数。这种用样本统计量估计总体参数的方法，通常称为抽样推断，在一般统计理论中最常见的推断方法有两种，即点估计和区间估计。

（二）抽样估计的优良标准

在对总体参数进行抽样推断的时候，我们总是希望推断是合理的或者是优良的。那么，什么是优良估计的标准呢？

从直观上看，样本的分布结构和总体的分布结构相一致，但是，抽样指标作为统计量，是随机变量，因此要判断一种估计量的好坏，仅从某一次试验结果来衡量是不可靠的，而应从多次重复试验中，看这种估计量是否在某种意义上最接近参数的真值，一般来说，用抽样指标估计应该满足三个条件。

1. 无偏性

即从抽样指标估计总体要求抽样指标的平均数等于被估计的总体指标。就是说，虽然每一次的抽样指标和总体指标都可能有误差，但在多次反复的估计中，各个抽样指标的平均数应该等于总体指标，即抽样指标的估计，平均说来是没有偏误的。抽样平均数的平均数等于总体平均数，抽样成数的平均数等于总体成数，即：

$$E(\bar{x}) = \bar{X}, E(\bar{p}) = \bar{P}$$

2. 一致性

以抽样指标估计总体指标要求当样本的单位数充分大时，抽样指标也充分靠近总体指标。就是说，随着样本单位数的无限增加，抽样指标和未知的总体指标之差的绝对值小于任意小的数，它的可能性近于必然性，即实际上几乎是肯定的。

抽样平均数和抽样成数作为总体平均数和总体成数的估计量是符合一致性原则的。用公式表示为：

$$\lim_{n \to \infty} P(|\bar{x} - \bar{X}| < \varepsilon) = 0 \quad 或 \quad \lim_{n \to \infty} P(|\bar{p} - \bar{P}| < \varepsilon) = 1$$

（ε 是任意小的数）

3. 有效性

以抽样指标估计总体指标要求用为优良估计量的方差应该比其他估计量的方差小。例如用抽样平均数（$\bar{x}$）或总体某一变量来估计总体平均数，虽然两者都是无偏的，而且在每次估计中，两种估计量和总体平均数都可能有误差，但样本平均数更靠近在总体平均数的周围，一般说来其离差较小，所以说，抽样平均数（$\bar{x}$）是更为有效的估计量，用公式表示为：

$$D(\bar{x}) < D(m) （\bar{x}、m 都是总体平均数的无偏估计量）$$

二、点估计

点估计又称定值估计。它是用样本数据的某个具体观察值直接去代替总体相应的估计值的方法。即全及平均数的点估计值就是样本平均数，全及成数的点估计值就是样本成数，全及方差的点估计值就是样本方差等。

【例6-6】对一批某种型号的电子元件 10 000 只进行耐用时间检查，随机抽取 100 只，测试的平均耐用时间为 1 055 小时，合格率为 91%，我们推断说 10 000 只电子元件的平均耐用时间为 1 055 小时，全部电子元件的合格率也是

91%。点估计方法简单，但不很实用。因为，抽样估计中抽样指标完全等于全及指标的可能性极小。

三、区间估计

总体参数的点估计事实上几乎不可能做到完全准确，更谈不上有多大的把握程度。如果换一种思路，估计总体参数落在某一区间内，这就有把握多了。因此，我们不能只研究抽样平均误差，还必须研究某一次具体抽样的抽样误差可能范围。

（一）区间估计的概念

所谓区间估计是在一定的概率保证下，用样本指标和抽样误差去推断总体指标的可能范围的一种估计方法。区间估计是总体指标估计的主要方法，区间估计与点估计相比，具有以下特点：第一，区间估计确定的总体指标不是一个定值，而是一个区间范围；第二，区间估计所表明的区间范围必须是在一定概率保证前提下的区间范围，不同的概率所估计的总体指标的区间范围不同；第三，区间估计所表明的是一个可能范围，而不是一个绝对可靠的范围。这是因为样本指标是随机变量，不是确定的值。

总体参数区间估计的基本特点是根据给定的概率保证程度的要求，利用实际抽样资料，指出总体估计值的上限和下限，即指出总体参数可能存在的区间范围，而不是直接给出总体参数的估计值。

$$\bar{x} - \mu_{\bar{x}} \leq \bar{X} \leq \bar{x} + \mu_{\bar{x}} \quad 或(\bar{x} \pm \mu_{\bar{x}})$$

$$p - \mu_p \leq p \leq p + \mu_p \quad 或(p \pm \mu_p)$$

这种估计方法有一个高限和一个低限，低限和高限构成了一个区间，估计的总体指标可能就在这个区间范围之内，所以叫做区间估计，这个区间称为置信区间。低限和高限称为置信界限。

（二）概率度和允许误差

总体参数的区间估计必须同时具备三个要素，即样本指标值、抽样误差范围和概率保证程度（即概率度）。抽样误差范围决定估计的准确性，而概率保证程度则决定估计的可靠性。对于一个样本，提高了估计的准确性要求，相应的必然降低了估计的可靠性。同样，提高了估计可靠性的要求，也必然降低了估计的准确性。因此在抽样估计的时候，只能对其中的一个提出要求，而推求另一个要素的变动情况。

1. 概率度

是指区间估计的概率把握程度，也称为置信度，它用样本指标正态分布中积分面积的大小来表示，说明用随机变化的样本指标把固定的总体指标覆盖住的可能性有多大。给定的置信概率的大小，反映区间估计的把握程度的大小，概率越大，估计的可靠性也越大，相反可靠性就小。

概率论和数理统计可以证明，所估计的总体指标在样本指标加减一个抽样平均误差的区间范围内的可能性为68.27%，还有31.73%的概率不在此区间内。

例如，从10 000只灯泡中随机抽取100个组成样本，则全部不重复的可能样本共有$c_{10\,000}^{100}$个，如果包括重复的样本就更多，达到$1\,000^{100}$个。把这全部可能的样本平均数编制成变量数列，再绘成图，即可得到一个钟型图的平滑曲线，趋近于正态分布（图6-2）。

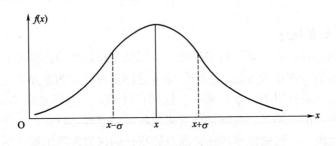

图6-2　正态分布图

从理论上已经证明，在样本单位数足够多（$n \geqslant 30$）的条件下，抽样平均数的分布接近于正态分布。这一分布的特点是抽样平均数以总体平均数为中心，两边完全对称分布，即抽样平均数的正误差和负误差的可能性是完全相等的。而且，抽样平均数越接近总体平均数，则出现的可能性越大，概率就越大；反之，抽样平均数越离开总体平均数，出现的可能性越小，概率越小，逐渐趋于零。

根据数学证明，在$(\bar{x} \pm \mu_{\bar{x}})$的区间之内，这一部分曲线下的面积，占曲线下全部面积的68.27%；在$(\bar{x} \pm 2\mu_{\bar{x}})$的区间之内，这一部分曲线下的面积，占曲线下全部面积的95.45%；在$(\bar{x} \pm 3\mu_{\bar{x}})$的区间之内，这一部分曲线下的面积，占曲线下全部面积的99.73%（图6-3）。

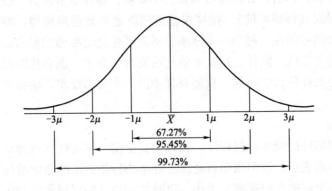

图6-3　样本指标置信度图

换句话说,若全部可能的样本是 10 000 个,在 $(\bar{x} \pm \mu_{\bar{x}})$ 区间内有 6 827 个样本;在 $(\bar{x} \pm 2\mu_{\bar{x}})$ 区间内有 9 545 个样本;在 $(\bar{x} \pm 3\mu_{\bar{x}})$ 区间内有 9 973 个样本。

这里的 68.27%、95.45% 和 99.73% 叫样本在 $(\bar{x} \pm \mu_{\bar{x}})$、$(\bar{x} \pm 2\mu_{\bar{x}})$ 和 $(\bar{x} \pm 3\mu_{\bar{x}})$ 区间内出现的概率,也叫样本指标在该区间内的可靠程度,或称保证程度,也称为置信度。抽样估计的置信度,就是表明样本指标和总体指标的误差不超过一定范围的概率有多大,即概率保证程度。

概率论和数理统计还证明,抽样误差的范围的变化和把握程度之间有下面的数量关系如表 6 - 4 所示。

表 6 - 4　　　　　　　　　　正态分布概率表

抽样误差范围 (概率度) t	把握程度 (概率) $p = F(t)$	抽样误差范围 (概率度) t	把握程度 (概率) $p = F(t)$
0.5μ	0.382 9	1.96μ	0.950 0
1.0μ	0.682 7	2.00μ	0.954 5
1.50μ	0.866 4	3.00μ	0.997 3

确定上述把握程度的数学根据,就是概率论中的正态分布理论,扩大或缩小抽样误差范围的倍数,叫做概率度,用符号 t 表示,$(t = 1,2,3\cdots,n)$,概率度和把握程度(概率)之间保持一定的函数关系,概率分布是 t 的函数。为了计算方便,按不同的 t 值和相应的概率编制专门的概率表,供实际工作使用。

同时,抽样估计的置信度为 $F(t)$,称 $\alpha = 1 - F(t)$ 为显著水平,即总体指标不落在上述区间内的概率,显著水平是失败风险的概率。如已知样本粮食亩产量 $\bar{x}$ 为 400 千克,又知抽样误差为 6 千克,以 90.51% 的概率保证,则置信区间为:

$$400 - 6 \times 1.67 \leqslant \bar{x} \leqslant 400 + 6 \times 1.67$$

即 $390 \leqslant \bar{x} \leqslant 410$

即以 90.51% 的概率保证,总体平均亩产 $\bar{x}$ 为 390 ~ 400 千克。估计置信度 $F(t) = 90.51\%$,显著性水平 $\alpha = 1 - F(t) = 1 - 90.51\% = 9.49\%$,它表明总体平均亩产落在 390 ~ 410 的概率为 90.51%,而不落在这个区间内的概率有 9.49%,因此,做出上述区间估计就必须冒不超过 9.49% 概率的失败风险。如果不愿冒这样大的风险,可以缩小显著性水平,扩大置信区间,就将降低估计的准确性。

2. 允许误差

区间估计可以通过扩大或缩小抽样误差的范围,来提高或降低推断的把握程度。实际估计时既希望估计的准确性高,又希望可靠性大,但两者是矛盾的,是此升彼降的关系。

因此,在抽样估计时,只能对其中的一个要素提出要求,而推求另一个要素的变动情况，如果所推求的另一个要素不能满足实际工作需要，就应该增加样本单位数，改善抽样组织，重新组织抽样，直到符合要求为止，所以，扩大或缩小了的抽样误差范围，叫做允许误差，又称为极限抽样误差，它是以一定的可靠程度来保证抽样误差不超过某一给定的范围。

允许误差是概率度和抽样误差的乘积，它是确定区间估计可能范围的重要依据。

允许误差 = 概率度 × 抽样误差

允许误差用符号 Δ 表示

则 $\Delta = t\mu$

所以，在计算抽样平均误差时，$\mu_{\bar{x}}$ 表示平均数的抽样平均误差，当它用于区间估计时，作为误差范围的尺度，它前面要乘上一个系数(t)，这个系数可以是1，也可以大于1或小于1，即概率度。

由于，抽样误差有平均数抽样误差与成数抽样误差之分，既有重复抽样的，也有不重复抽样的。因此，有以下几种不同的极限误差的计算公式。

（1）平均指标的极限误差公式。

①重复抽样　　　　$\Delta_{\bar{x}} = t\mu_{\bar{x}} = t\sqrt{\dfrac{\sigma^2}{n}}$

②不重复抽样　　　$\Delta_{\bar{x}} = t\mu_{\bar{x}} = t\sqrt{\dfrac{\sigma^2}{n}\left(1 - \dfrac{n}{N}\right)}$

（2）成数指标的极限误差公式。

①重复抽样　　　　$\Delta_p = t\mu_p = t\sqrt{\dfrac{p(1-p)}{n}}$

②不重复抽样　　　$\Delta_p = t\mu_p = t\sqrt{\dfrac{p(1-p)}{n}\left(1 - \dfrac{n}{N}\right)}$

【例6-7】机械加工厂对零件的质量检验，零件的合格率为0.955，抽样误差为0.02，要求有90%的把握程度，求合格率的允许误差是多少？

查正态分布概率表，概率90%相应的概率度 $t = 1.645$，所以合格率的允许误差为

$\Delta_p = t\mu_p = 1.645 \times 0.02 = 3.29\%$

（三）置信区间的计算

区间估计的区间称之为置信区间，置信区间的计算，就是要根据给定的概率保证程度或允许误差，计算区间的高限和低限，也就是要计算总体指标的可能范围。

1. 平均数的置信区间

置信区间的低限　　$\bar{x} - \Delta_{\bar{x}}$　　即　　$\bar{x} - t\mu_{\bar{x}}$

置信区间的高限　　$\bar{x} + \Delta_{\bar{x}}$　　即　　$\bar{x} + \mu_{\bar{x}}$

总平均数的可能范围 $\bar{x} - t\mu_{\bar{x}} \leqslant \bar{X} \leqslant \bar{x} + t\mu_{\bar{x}}$

2. 成数的置信区间

置信区间的低限　　$p - \Delta_p$　　即　　$p - t\mu_p$

置信区间的高限　　$p + \Delta_p$　　即　　$p + t\mu_p$

总体成数的可能范围 $p - t\mu_p \leqslant p \leqslant p + t\mu_p$

以上不等式表示，$\bar{x}$ 是以全及平均数 $\bar{X}$ 为中心，在 $\bar{x} \pm \Delta_{\bar{x}}$ 之间变动，抽样成数 p 是以全及成数 P 为中心，在 $p \pm \Delta_p$ 之间变动，抽样误差范围是以 $\bar{X}$ 或 P 为中心的两个 Δ 的距离。这是抽样误差范围的原意，但是，由于全及指标是个未知的数值，而抽样指标通过实测是可以求得的。因此，抽样误差范围的实际意义是要求被估计的全及指标 $\bar{X}$ 或 P，落在抽样指标的一定范围内。

3. 区间估计的步骤

根据抽样推断原理自总体中抽取容量为 n 的样本，在置信度一定的情况下，我们可以采取如下步骤进行区间估计：

（1）明确置信水平。首先明确推断的可靠性或叫把握程度。该程度最常用的概率水平主要有 95%，95.45%，99.73% 等。

（2）确定概率度 t（即临界值水平）。根据置信程度，查标准正态概率双侧临界值表确定概率度（临界值）$\pm t$。

（3）计算估计统计量的具体数值。① 对总体平均数进行估计时，要计算样本平均数及抽样平均误差 $\mu_{\bar{x}}$ 和允许误差 $\Delta\bar{x}$；② 对总体成数（比重）进行估计时，要计算样本成数 p 和抽样平均误差 μ_p 及允许误差 Δ_p；③ 对总体方差进行估计时，要计算样本修正方差及其抽样误差和允许误差。④ 构造置信区间。置信区间是优良的统计量 ± 允许误差构成的，对于总体平均数在某置信度约束下的置信区间就是样本平均数 ± 允许误差。

【例 6 – 8】对某市在校学生健康状况进行调查，随机抽取 1 500 名学生，测得平均身高为 1.66 米。依据过去的经验，学生身高标准差为 0.04 米。当概率保证程度为 99.73% 时，试估计该市在校学生平均身高的可能范围。

解：已知：$\bar{x} = 1.66$ 米　　$n = 1\ 500$　　$\sigma = 0.04$ 米　　$P_t = 99.73\%$

抽样误差：

$$\mu_{\bar{x}} = \sqrt{\frac{\sigma^2}{n}} = \sqrt{\frac{0.04^2}{1\ 500}} = 0.001（米）$$

极限误差：

当 $P_t = 99.73\%$ 时，$t = 3$

$$\Delta_{\bar{x}} = t\mu_{\bar{x}} = 3 \times 0.001 = 0.003（米）$$

置信区间：$\bar{x} \pm \Delta_{\bar{x}} = 1.66 \pm 0.003$

计算结果表明：在 99.73% 的概率保证程度之下，该市学生身高的可能范围是（1.657，1.663）。

【例 6 – 9】进出口一种小食品，规定每包重量不低于 150 克，现在用不重复抽样的方法抽取其中1%进行检验，结果如表6-5所示。要求：以95.45%的概率估计这些小食品包装合格率的范围。

表6-5　　　　　　　　　　进出口小食品抽样检验

每包重量/克	包数
148～149	10
149～150	20
150～151	50
151～152	20
合　计	100

解：小食品合格率：$p = \dfrac{50 + 20}{10 + 20 + 50 + 20} = 0.7$

抽样误差：

$$\mu_p = \sqrt{\frac{p(1-p)}{n}\left(1 - \frac{n}{N}\right)} = \sqrt{\frac{0.7 \times 0.3}{100}\left(1 - \frac{1}{100}\right)} = 4.56\%$$

允许误差：

$$\Delta_p = t\mu_p = 2 \times 4.56\% = 9.12\%$$

小食品合格率范围：

$$0.7 \pm 2 \times 0.045\,6 = 0.7 \pm 0.091\,2$$

计算结果表明，在95.454%的概率保证程度之下，小食品合格率的可能范围是（60.88%，79.12%）。

【例6-10】某工厂从1 385名工人中，随机抽出50名工人进行调查，得知这些工人的月产量如表6-6所示。要求：以95%的可靠程度估计该厂工人的月平均产量在多少件之间。

表6-6　　　　　　　　　　某厂工人月产量资料

月产量/件	62	65	67	70	75	80	90	100	130
工人数/人	4	6	6	8	10	7	4	3	2

要求：以95%的可靠程度估计该厂工人的月平均产量在多少件之间？

根据表6-6计算的结果如表6-7所示。

表6-7　　　　　　　　　　某工厂工人月产量　　　　　　　　　单位：件

月产量	工人数/人	xf	$x - \bar{x}$	$(x - \bar{x})^2$	$(x - \bar{x})^2 f$
62	4	248	−14.6	213.16	852.64
65	6	390	−11.6	134.56	870.36

续表

月产量	工人数/人	xf	$x-\bar{x}$	$(x-\bar{x})^2$	$(x-\bar{x})^2f$
67	6	402	−9.6	92.16	552.96
70	8	560	−6.6	43.56	348.48
75	10	750	−1.6	2.56	25.60
80	7	560	3.4	11.56	80.92
90	4	360	13.4	179.56	718.24
100	3	300	23.4	547.56	1 642.68
130	2	260	53.4	2 851.56	5 703.12
Σ	50	3 830	—	—	10 795.00

解：平均数：$\bar{x} = \dfrac{\sum xf}{\sum f} = \dfrac{3\ 830}{50} = 76.6(件)$

标准差：$\sigma = \sqrt{\dfrac{\sum (x-\bar{x})^2 f}{\sum f}} = \sqrt{\dfrac{10\ 795}{50}} = 14.69(件)$

抽样误差：

$$\mu_{\bar{x}} = \sqrt{\dfrac{\sigma^2}{n}\left(1 - \dfrac{n}{N}\right)} = \sqrt{\dfrac{14.69^2}{50}\left(1 - \dfrac{50}{1\ 385}\right)} = 2.04(件)$$

允许误差：$\Delta_{\bar{x}} = t\,\mu_{\bar{x}} = 1.96 \times 2.04 = 3.99$

该厂工人的月平均产量范围：$76.6 \pm 1.96 \times 2.04 = 76.6 \pm 3.99$

计算结果表明，在 95% 的概率保证程度之下，该厂工人月平均产量在 72.61 和 80.59 之间。

注：对于 σ^2 解决问题，我们在前面讲过有两种方法，可以利用以往同类性质总体的方差来代替，也可以考虑用其他有关资料进行估算。但是，往往不具备这些条件，是否可以用样本方差 S^2 来代替 σ^2？

但是，经过推导，按公式 $S^2 = \dfrac{\sum (x-\bar{x})^2}{n}$ 计算的样本方差，它的期望略小于总体方差 σ^2，必须将此公式乘上一个调整因子 $\dfrac{n}{n-1}$，才能纠正这一偏差，现以 S^2 代表乘上调整因子后的样本方差，称为无偏样本方差，也可简称为样本方差，即：

$$S^2 = \dfrac{\sum (x-\bar{x})^2}{n} \times \dfrac{n}{n-1} = \dfrac{\sum (x-\bar{x})^2}{n-1}$$

但是，在容量 n 很大时，不乘调整因子，即在计算中仍用 n，问题也不大。

第五节　必要样本容量的确定

为了保证抽样工作的顺利进行，在具体实施抽样调查之前，需要设计出抽样方案，抽样方案应包括抽样调查的目的、要求、费用、组织方式、方法和抽取的样本数目等内容。

抽样推断的关键问题是抽样平均误差的计算问题，但抽样推断首先要解决的问题却是样本容量的确定问题，在遵循随机原则的条件下，确定必要的样本容量，是抽样推断方案中的一个至关重要的问题。

一、必要样本容量的概念

必要样本容量是在一定的概率保证下，为了使极限误差不超过一定的数值而需要的最小样本单位数。

抽样数目是决定抽样误差大小的直接因素，因此，在组织抽样调查时，必须事先确定抽样单位数目，确定必要抽样数目的原则是在保证预期的抽样推断可靠程度的要求下，尽可能减少样本单位数目。这是因为，虽然抽样的单位数越多，样本的代表性越大，抽样误差越小，抽样推断就越可靠。但是，抽取的单位数过多，登记误差就会增大，同时也会增加不必要的人力、物力和费用开支，造成浪费，而且，还会影响资料提供的及时性。所以，应在抽样调查之前，根据调查对象的特点和研究目的的要求，做出科学设计，确定必要的抽样数目，使其既不浪费人力、物力、财力，又能取得较好的抽样推断的效果。

二、影响抽样数目的主要因素

为了确定适度的样本容量，有必要研究影响必要抽样数目的因素，主要包括以下几个方面：

1. 总体被研究标志的变异程度

总体的标本变异程度大，需要多抽样总体单位；反之则少抽。即总体方差 σ 或 $p(1-p)$ 的大小。

2. 对推断精确度的要求，即允许的极限误差 $\Delta_{\bar{x}}$ 或 Δ_p 的大小

对推断的精确度要求越低，允许的极限误差越大，样本容量越小；反之，如果对推断的精确度要求越高，极限误差越小，样本容量越大。

3. 对推断可靠性的要求

受抽样推断的可靠程度的大小的影响，推断的可靠程度要求越高，即 $F(t)$ 越大，样本容量越多；反之，推断的可靠程度要求越低，概率小，t 值也小，则样本容量越少。

4. 抽样调查的组织方式和方法

同一对象要求有同样的精确度和保证程度，用机械抽样和类型抽样，则抽样数目可定得少些，若用纯随机和整群抽样方式，抽样数目就要定得多些。至于用重复抽样或不重复抽样方法。后者的抽样数目可确定得少些。

5. 人力、物力和财力的允许条件

从以上因素考虑的抽样数目，还应结合调查的人力、物力和财力的具体情况作适当调整，然后再最后确定。

三、必要样本容量的计算公式

采用不同的抽样组织形式，其样本容量的确定方法不同。这里仅以简单随机抽样样本容量的确定为例进行说明。

（一）重置抽样的必要样本容量

1. 平均数的必要样本容量，由

$$\Delta_{\bar{x}} = t\mu_{\bar{x}} = t\sqrt{\frac{\sigma^2}{n}} \Rightarrow n_{\bar{x}} = \frac{t^2\sigma^2}{\Delta_{\bar{x}}^2}$$

2. 成数的必要样本容量，由

$$\Delta_p = t\mu_p = t\sqrt{\frac{p(1-p)}{n}} \Rightarrow n_p = \frac{t^2 p(1-p)}{\Delta_p^2}$$

（二）不重置抽样的必要样本容量

1. 平均数的必要样本容量，由

$$\Delta_{\bar{x}} = t\mu_{\bar{x}} = t\sqrt{\frac{\sigma^2}{n}\left(1-\frac{n}{N}\right)} \Rightarrow n_{\bar{x}} = \frac{Nt^2\sigma^2}{N\Delta_{\bar{x}}^2 + t^2\sigma^2}$$

2. 成数的必要样本容量，由

$$\Delta_p = t\mu_p = t\sqrt{\frac{p(1-p)}{n}\left(1-\frac{n}{N}\right)} \Rightarrow n_p = \frac{Nt^2 p(1-p)}{N\Delta_p^2 + t^2 p(1-p)}$$

【例6-11】假定某乡有农户18 000户，在某次调查中采用重复的纯随机方式进行抽样，要求人均收入的极限误差控制在150元内，把握程度为95.45%，该抽取多少农户？如果极限抽样误差要求控制在75元内，应抽多少户？（注：根据以往资料，全乡人均收入标准差为1 500元）。

（1）采用重复抽样公式计算。

当极限误差 $\Delta_{\bar{x}} \leqslant 150$ 元时，

$$n_{\bar{x}} = \frac{t^2\sigma^2}{\Delta_{\bar{x}}^2} = \frac{2^2 \times 1\,500^2}{150^2} = 400(户)$$

当极限误差 $\Delta_{\bar{x}} \leqslant 75$ 元时，

$$n_{\bar{x}} = \frac{t^2\sigma^2}{\Delta_{\bar{x}}^2} = \frac{2^2 \times 1\,500^2}{75^2} = 1\,600(户)$$

可见，在重复抽样中，极限误差减小一半（即为原来的1/2）时，必须把样本容量增加到原来的4倍。

（2）采用不重复抽样公式。

当极限误差 $\Delta_{\bar{x}} \leqslant 150$ 元时，

$$n_{\bar{x}} = \frac{t^2\sigma^2 N}{\Delta_{\bar{x}}^2 N + t^2\sigma^2} = \frac{18\,000 \times 2^2 \times 1\,500^2}{18\,000 \times 150^2 + 2^2 \times 1\,500^2} = 391.3 = 392(\text{户})$$

当极限误差 $\Delta_{\bar{x}} \leqslant 75$ 元时（即为原来的 $\frac{1}{2}$），

$$n_{\bar{x}} = \frac{t^2\sigma^2 N}{\Delta_{\bar{x}}^2 N + t^2\sigma^2} = \frac{18\,000 \times 2^2 \times 1\,500^2}{18\,000 \times 75^2 + 2^2 \times 1\,500^2} = 1\,469.4 = 1\,470(\text{户})$$

【例 6 – 12】某品牌手电筒电池 10 000 只，进行耐用时间检查，根据以往抽样测定，求得耐用时数的标准差为 600 小时。

（1）在重复抽样条件下，概率保证程度为 68.27%，电池平均耐用时数的误差范围不超过 150 小时，要抽取多少电池做检验？

（2）根据以往抽样检验知道，电池合格率为 95%，合格率的标准差为 21.8%。要求在 99.73% 的概率保证下，极限误差不超过 4%，试确定重复抽样所需要抽取的电池数目是多少？

解：（1）已知：$t = 1$　$\sigma = 600$ 小时　$\Delta_{\bar{x}} = 150$ 小时

$$n_{\bar{x}} = \frac{t^2\sigma^2}{\Delta_{\bar{x}}^2} = \frac{1^2 \times 600^2}{150^2} = 16(\text{只})$$

即需要抽取 16 只电池进行抽样调查。

（2）已知：$t = 3$　$\Delta p = 0.04$ 小时　$p(1 - p) = (0.218)^2 = 0.047\,5$

$$n_p = \frac{t^2 p(1 - p)}{\Delta_p^2} = \frac{3^2 \times 0.047\,5}{0.04^2} = 268(\text{只})$$

即需要抽取的电池数目为 268 只。

【例 6 – 13】承【例 6 – 12】，在条件（1）的情况下，采用不重复抽样，应抽取多少元件作检查？在条件（2）的情况下，如果不重复抽样，需要抽取的单位数应为多少？

解：（1）已知：$t = 1$　$\sigma = 600$ 小时　$\Delta_{\bar{x}} = 150$ 小时　$N = 10\,000$

$$n = \frac{t^2\sigma^2 N}{N\Delta_{\bar{x}}^2 + t^2\sigma^2} = \frac{1^2 \times 600^2 \times 10\,000}{10\,000 \times 150^2 + 1^2 \times 600^2} = 15.97 = 16(\text{只})$$

（2）已知：$t = 3$　$\Delta p = 0.04$ 小时　$p(1 - p) = (0.218)^2 = 0.047\,5$

　$N = 10\,000$ 只

$$n_p = \frac{N t^2 p(1 - p)}{N\Delta_p^2 + t^2 p(1 - p)} = \frac{3^2 \times 10\,000 \times 0.047\,5}{(0.04)^2 \times 10\,000 + 3^2 \times 0.047\,5} = 261(\text{只})$$

即需要抽取 261 只电池进行抽样调查。

四、确定样本容量应注意的问题

（1）在实际工作中，应用上述公式计算，由于抽样比例即 n/N 很小，在计算必要抽样数目时，也可以不使用修正系数，这就是说，虽然是不重复抽样，但可以按重复抽样的公式计算必要的抽样数目。

（2）上述公式计算的样本容量是最低的，也是最必要的样本容量。如果这个数目不能保证的话，那就无法满足极限误差和推断的可靠程度的要求。

（3）用上述公式计算样本容量时，一般总体方差 σ^2 或 p 是未知的，在实际计算时，通常可先做一些试验性的调查，以确定 σ^2 或 p 的数值。在确定成数时，若成数方差在完全缺乏资料的情况下，可令 $p = 0.5$，用成数方差极大值 0.25 来代替。

（4）在同一调查中，按样本容量公式计算的 $n_{\bar{x}}$ 与 n_p 通常是不相等的。为了保证调查的准确程度，通常在两个样本容量中选择较大的一个。

（5）上述公式计算的样本容量不一定是整数，如果带小数，一般不采取四舍五入的办法化成整数，而是用比这个数大的邻近整数代替。如根据公式计算 $n = 124.78$，那么，样本容量应确定为 125 个。

相关与回归分析

第七章

学习目标

通过本章学习，掌握相关的意义、种类、相关表、相关图、积差法相关系数等分析方法；了解相关系数公式的设计原理，学会利用相关系数来判断现象相关的密切程度；理解用最小二乘法确定一元线性回归方程参数的推导过程；掌握一元及多元回归分析方法，适当掌握非线性回归分析方法。

重点难点

本章学习重点是直线相关与简单直线回归分析的计算，难点是相关与回归在计算上的联系。

第一节　相关分析

一、相关的意义

在自然界和社会经济现象中，任何现象都不是孤立的，许多现象之间都是相互联系、相互制约和相互依存的。一种现象的产生和发展往往受到其他现象的影响，并且这种现象也会影响其他现象的产生和发展。例如，在社会经济生活中，人们对某种商品的需求量会受到该种商品的价格、替代商品的价格等因素的影响，同时该种商品的需求量反过来又影响该商品价格和替代商品的价格等。这些依存关系通常都可以通过一定的数量关系反映出来。在对现象间的联系进行了大量观察之后，我们发现，这种依存关系通常有两种类型，即函数关系和相关关系。

（一）函数关系

函数关系是指变量之间存在着严格确定的数量依存关系，在这种关系中，当一个或几个变量取一定量的值时，另一个变量有确定值与之相对应，并且这种关系可以用一个数学表达式反映出来。如圆的面积 s 和它的半径 r 之间的关系可表示为 $s = \pi \cdot r^2$，表明每给定一个圆的半径就有唯一确定的面积和它对应，面积是半径的函数。对社会经济现象的统计分析也会涉及函数关系，如商品销售额与商品销售量、商品销售价格之间存在着一定的依存关系，这种依存关系可用一定的公式表现出来，即：商品销售额＝商品销售量×商品销售价格，表示当销售价格不变时，销售量发生变化，就有一个确定的销售额与它对应，销售额是销售量的函数；又如，某种农作物总产量与其单位面积产量和种植面积之间也存在着一定的依存关系，这种依存关系也可用一定的公式表现出来，即：农作物总产量＝单位面积产量×种植面积，表示当种植面积不变时，单位面积产量发生变化，就有一个确定的农作物总产量与它对应，农作物总产量是单位面积产量的函数等。在函数关系中，作为变化原因的变量称为自变量，也可称为解释变量，常用 x 表示；随着自变量的变化而变化的量称为因变量，也可称为被解释变量，常用 y 来表示。

（二）相关关系

相关关系是指变量之间存在密切，但不是严格的依存关系，即当一个变量发生变化时，另外的变量也发生变化，但其变化值是不确定的，往往会出现几个不同的数值与之对应。也就是说，因变量的值不能由一个或几个自变量的值唯一确定。例如，商品的需求量和商品的价格之间存在着非常密切的关系。对一般的商品而言，如果商品的价格提高了，该种商品的需求量会下降；如果价格下降了，则该种商品的需求量会提高，但是商品需求量的变化值是不确定的。因为商品的需求量不仅受价格因素的影响，还受消费者收入、其他相关商品价格、消费者对未来的预期以及一些不可控制的因素的影响，因此，不能根据该种商品的价格求出该种商品的需求量。在统计上，把现象之间存在的这种不确定的关系称为相关关系。

具有相关关系的某些现象可表现为因果关系，即某一或若干现象的变化是引起另一现象变化的原因，它是可以控制、给定的值，将其称为自变量；另一个现象的变化是自变量变化的结果，它是不确定的值，将其称为因变量。如资金投入与产值之间，前者为自变量，后者为因变量。但具有相关关系的现象并不都表现为因果关系，如生产费用和生产量、商品的供求与价格等，这是由于相关关系比因果关系包括的范围更广泛。

（三）相关关系与函数关系的区别与联系

现象的相关关系与函数关系既有区别又有联系。二者的不同之处表现在：

（1）函数关系指变量之间的关系是确定的，而相关关系的两变量的关系则是不确定的，可以在一定范围内变动。

（2）函数关系变量之间的依存可以用一定的方程 $y = f(x)$ 表现出来，可以给定自变量来推算因变量，而相关关系则不能用一定的方程准确地表示。

函数关系和相关关系之间虽然有明显的区别，但两者并不存在严格的界限。在实践中，由于存在测量误差及研究深度等原因，函数关系常常通过相关关系表示出来；在研究相关关系时，为了找出现象间数量关系的内在联系和具体表现形式，也常常利用函数关系的形式加以描述，即以一定的函数关系表现相关关系的数量联系。

综上所述，我们可以这样说，相关关系是相关分析的研究对象，函数关系是相关分析的工具。相关分析就是要通过对大量数据资料的观察，消除偶然因素的影响，探求现象之间相关关系的密切程度和表现形式。由此，我们把研究现象之间相关关系的理论和方法称作相关分析法。

二、相关关系的种类

现象之间的相关关系是复杂的，它们以不同方式、不同程度相互作用着，并表现出不同的类型和形态。相关关系通常可以从以下角度进行分类。

（一）按相关程度划分可分为完全相关、不完全相关和不相关

1. 完全相关

如果一个变量的变化是由其他变量的数量变化所唯一确定,此时变量间的关系称为完全相关。即因变量 y 的数值完全随自变量 x 的变动而变动,它在相关图上表现为所有的观察点都落在同一条直线上,这种情况下,相关关系实际上是函数关系。例如,前面所说的圆的面积与其半径的相关关系,就是完全相关关系。所以,函数关系是相关关系的一种特殊情况。

2. 不完全相关

如果变量间存在着非严格的数量依存关系,则称为不完全相关。例如,投入与产出之间关系,学生的学习成绩与学习时间的关系,等等。大多数相关关系属于不完全相关,是统计研究的主要对象。

3. 不相关

如果变量间彼此的数量变化互相独立,则其关系为不相关。自变量 x 变动时,因变量 y 的数值不随之相应变动。例如,气候与人的年龄的关系就属于不相关。

（二）按相关方向划分可分为正相关和负相关

1. 正相关

指两个变量之间的变化方向一致,都是呈增长或下降的趋势。即自变量 x 的值增加(或减少),因变量 y 的值也相应地增加(或减少),这样的关系就是正相关。例如工人的工资随劳动生产率的提高而增加。

2. 负相关

指两个变量之间的变化方向相反,即自变量的数值增大(或减小),因变量随之减小(或增大)。例如,商品价格越低,商品销售量反而增加。

（三）按相关的形式划分可分为线性相关和非线性相关

1. 直线相关（或线性相关）

当相关关系的自变量 x 发生变动,因变量 y 值随之发生大致均等的变动,从图

像上近似地表现为直线形式,这种相关称为直线(或线性)相关。例如,劳动生产率与单位产品成本之间的关系,属于直线相关。

2. 曲线(或非线性)相关

在两个相关现象中,自变量 x 值发生变动,因变量 y 也随之发生变动,这种变动不是均等的,在图像上的分布是各种不同的曲线形式,这种相关关系称为曲线(或非线性)相关。曲线相关在相关图上的分布,表现为抛物线、双曲线、指数曲线等非直线形式。例如,农作物单位面积产量与施肥量之间的关系,属于曲线相关。

(四)按变量多少划分可分为单相关、复相关和偏相关

1. 单相关

两个因素之间的相关关系叫单相关,即研究时只涉及一个自变量和一个因变量。例如,家庭收入水平与消费支出之间的相关关系。

2. 复相关

三个或三个以上因素的相关关系叫复相关,即研究时涉及两个或两个以上的自变量和一个因变量。例如,某种商品销售量与其价格水平、人均收入之间的相关关系。

3. 偏相关

在某一现象与多种现象相关的场合,当假定其他变量不变时,其中两个变量之间的相关关系称为偏相关。例如,假定人均收入不变,只考虑某种商品销售量与其价格水平的关系就是偏相关。

三、相关分析的内容

相关分析的目的在于分析现象间相关关系的形式和密切程度以及依存变动的规律性,在实际工作中,有非常广泛的应用。

(一)确定变量之间有无相关关系以及相关关系的表现形式

这是相关分析的出发点,只有现象之间存在相关关系才能用相应的方法去分析,否则,只会得出错误的结论。相关关系表现为何种形式就用什么样的方法分析,若把本属于直线相关的变量用曲线的方法来分析,就会产生认识上的偏差。确定现象之间有无相关关系的方法有两种,一种是定性分析方法,另一种是定量分析方法。

(二)确定相关关系的密切程度及相关的方向

确定相关关系密切程度与方向的目的是确定所研究的现象之间的依存关系是否应予以重视,有无必要进一步探讨现象之间数量变动的规律性。对于这个问题,直线相关用相关系数表示,曲线相关用相关指数表示,相关系数的用途很广泛。本章第二节专门讨论这个问题,相关指数从略。

(三)选择合适的数学模型

确定了变量之间确实有相关关系及其密切程度,就要选择合适的数学模型来

对变量之间的关系近似描述,并用自变量的数值去推测因变量的数值,称之为回归分析。如果变量之间为直线相关,则采用直线模型,称之为线性回归;如果变量之间为曲线相关,则采用曲线模型,称之为非线性回归,所采用的直线或曲线模型又可称之为回归方程。本章第三节专门讨论这个问题。

(四) 测定变量估计值的准确程度

在相关分析中,第三步建立了数学模型,并用方程式对因变量进行估值。因变量的估计值和实际值之间进行对比,因变量估计值的准确程度可以用估计标准误差来衡量。估计标准误差可以测定回归模型的拟合优度。在回归分析中,估计标准误差越小,表明实际值越紧靠估计值,回归模型拟合优度越好;反之,估计标准误差越大,则说明实际值对估计值越分散,回归模型拟合越差。

第二节　直线相关分析

一、直线相关分析的概念

直线相关分析是描述两变量间是否有直线关系以及直线关系的方向和密切程度的分析方法。实际工作中有时并不要求由 x 估计 y(或者先不考虑这个问题),而关心的是两个变量间是否确有直线相关关系,如有直线相关关系,那么它们之间的关系是正相关还是负相关以及相关程度如何?此时可应用相关分析。

直线相关,是指如果两个随机变量中,一个变量由小到大变化时,另一个变量也相应的由小到大(或由大到小)地变化,并且测得两变量组成的坐标点在直角坐标系中呈直线趋势,就称这两个变量存在直线相关关系。直线相关又称简单相关,一般说来,两个变量都是随机变动的,不分主次,处于同等地位。

二、直线相关关系的判断

(一) 相关关系的定性判断

相关分析的起点是定性分析,即研究者根据自己的专业知识、理论水平、实践经验和逻辑推断来分析和判断事物之间有无相关关系,是何种相关关系。例如,根据经济理论来判别居民的收入水平与消费能力之间是否有相关关系;根据实践经验判断,学生的学习时间和学习成绩是否有相关关系,等等。如果确定有关系,则可进一步进行定量分析,通过编制相关表、绘制相关图直观地判断现象之间是否相关以及相关的具体形式。

(二) 相关表

相关表有不同的表式,基本上有简单相关表与分组相关表之分。它是粗略观察现象之间相关程度的一种有效工具,同时也是绘制相关图和测定相关关系的依据。

1. 简单相关表

简单相关表是利用未分组的原始资料,将两个变量的值一一对应地填列在同一张表格中,这种表格就叫简单相关表。其编制步骤是:首先确定自变量和因变量;其次,将两个变量的值一一对应,按自变量的变量值从小到大的顺序排列即可。

【例7-1】随机抽取某地16个企业的销售收入和销售利润资料,依据专业知识和实际经验,经过定性分析判断产品销售额与利润总额有相关关系,于是可编成简单相关表,如表7-1所示。

表7-1　　　　　　　　　　销售收入与销售利润简单相关表

企业编号	销售收入 /百万元 x	销售利润 /百万元 y	企业编号	销售收入 /百万元 x	销售利润 /百万元 y
1	5	0.6	9	20	2.5
2	5	0.8	10	20	2.5
3	5	0.6	11	25	2.5
4	10	1	12	25	2.6
5	12	1.1	13	25	2.7
6	12	1.3	14	28	2.8
7	15	1.8	15	30	3
8	15	2.2	16	30	3.2

从表7-1可以看出,销售收入与销售利润有同步增长的趋势,两变量存在着正相关关系。简单相关表的应用条件是总体单位数比较少的资料。

2. 分组相关表

分组相关表是在简单相关表的基础上,将原始数据进行分组后再制成统计表。分组相关表可以分为单变量分组相关表和双变量分组相关表两种。

(1)单变量分组相关表。单变量分组相关表是对自变量分组并计算次数,而对因变量不分组而只计算平均值。

【例7-2】仍用表7-1资料,可编制销售收入与平均销售利润的单变量分组相关表,如表7-2所示。

表7-2　　　　　　　销售收入与平均销售利润的单变量分组相关表

按销售收入分组 /百万元	企业数/个	平均销售利润 /百万元	按销售收入分组 /百万元	企业数/个	平均销售利润 /百万元
5	3	0.8	20	2	2.5
10	1	1	25	3	2.6
12	2	1.2	28	1	2.8
15	2	2.0	30	2	3.1

单变量分组相关可将简单相关表的资料简化，更清晰地反映出两个变量之间的相关关系。从表7-2中可以看到销售收入与销售利润之间存在着正相关的直线趋势。

（2）双变量分组相关表。双变量分组相关表是对自变量和因变量都进行分组而制成的相关表，又称为棋盘式相关表。其编制程序是：首先，分别确定自变量和因变量的分组数；其次，按两个变量的组数设计棋盘型表格；最后，计算各组次数置于相对应的方格中。

【例7-3】用表7-1资料，可编制销售收入与销售利润双变量分组相关表，如表7-3所示。

表7-3　　　　　　　　销售收入与销售利润双变量分组相关表　　　　单位：百万元

按销售利润分组	按销售收入分组								
	5	10	12	15	20	25	28	30	合计
3.0 以上								2	2
2.5～3.0					2	3	1		6
2.0～2.5				1					1
1.5～2.0				1					1
1.0～1.5	1	1	2						4
1.0 以下	2								2
合计	3	1	2	2	2	3	1	2	16

编制双变量分组相关表，要把自变量置于横行，其变量值从小到大自左至右排列；因变量置于纵栏，其变量值从大到小自上而下排列。这样排列，可使相关表与相关图取得一致形式，能直观地看出变量之间相关的方向。从表7-3中更直观地看出了销售收入与销售利润之间的直线正相关关系。

相关表既是绘制相关图的基础，也是相关分析进行各种计算的依据。

（三）相关图

相关图是指把相关表中的原始的对应数值在平面直角坐标图中用点描绘出来，用以反映其分布状况的统计图，也称散点图或散布图。散点图的绘制是在直角坐标系中，以横轴表示自变量，纵轴表示因变量，将相关表中自变量与因变量的对应数值在坐标图中标出坐标点，此点称为相关点、散点或观察点，由所有点组成的图形就是相关图。从相关点的分布情况，就可以直观地、近似地观察出两个变量之间有无相关关系、相关关系的形式和相关关系的密切程度。相关图是研究相关关系的直观工具，一般在进行详细的定量分析之前，可以先利用它对现象之间存在的相关关系的方向、形式和密切程度作出大致的判断，为之后更加精准地测定相关关系奠定了基础。

【例7－4】现以表7－1和表7－2资料为例，绘制销售收入与销售利润相关图。

图7－1和图7－2更加直观、具体地反映了现象之间的相关关系，根据图中相关点的走向看，图7－1和图7－2中这两个现象基本都属于直线正相关，而且图7－2表现得更加明显。

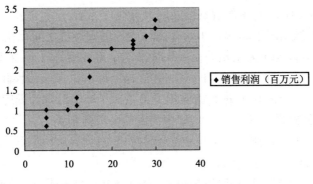

图7－1　销售收入与销售利润相关图

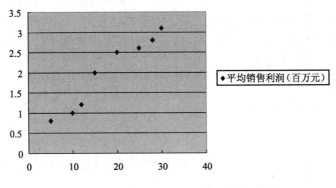

图7－2　销售收入与平均销售利润相关图

三、相关系数

通过前面所述的相关表和相关图，可以基本判断变量间相关关系的方向和程度，但这只是相关分析的开始。如果通过散点图发现变量间基本是线性相关，那么如何判定其线性关系的密切程度呢？这可以用相关系数来衡量。

（一）相关系数的定义

上面我们通过编制相关表和绘制相关图，试图判断两个变量是否相关以及相关的类型，这项工作在统计上称作单相关分析。也就是说，单相关分析是对两个变量之间的线性相关程度进行分析。在各种相关中，单相关是最基本的相关关系，它是复相关和偏相关的基础。单纯依靠图表是不能准确判断单相关程度的，因此进行单相关分析更多地要依靠相关系数的计算。相关系数是直线相关条件下说明两个变量之间相关关系的方向和密切程度的统计分析指标，以 r 表示。它是计算变量之间相关密切程度的比较完善的指标。

（二）相关程度判别标准

（1）相关系数的取值介于 -1 和 $+1$ 之间。

（2）当 $r = 0$ 时，x 与 y 的观察值之间没有线性关系。

（3）在大多数情况下，$0 < |r| < 1$，即 x 与 y 的观察值之间存在着一定的线性关系；当 $r > 0$ 时，x 与 y 为正相关；$r < 0$ 时，x 与 y 为负相关。$|r|$ 的数值越接近于 1，表示线性相关程度越高；反之，$|r|$ 的数值越接近于 0，表示线性相关程度越低。通常判断的标准是，$r < 0.3$，称为微弱相关；$0.3 \leqslant r \leqslant 0.5$，称为低度相关；$0.5 \leqslant r \leqslant 0.8$，称为显著相关；$0.8 \leqslant r < 1$，称为高度相关或强相关。

（4）如果 $|r| = 1$，则表示 x 与 y 完全线性相关；当 $r = 1$ 时，称为完全正相关；而当 $r = -1$ 时，称为完全负相关。

（5）r 是对变量之间线性相关关系的度量。$r = 0$ 只是表明两个变量之间不存在线性关系，它并不意味着 x 与 y 之间不存在其他类型的关系。

另外，需要说明的一点是：按照上面的标准来判断，严格地说应有一个条件，就是计算系数的原始数据要比较多。如果数据太少，判断相关的密切程度可以通过查"相关系数检验表"进行，该表中列有不同水平下，不同资料项数下判断具有相关关系的起点值。

（三）相关系数的计算

相关系数的定义公式为：

$$r = \frac{\sigma_{xy}^2}{\sigma_x \sigma_y}$$

式中：σ_{xy}^2 代表 x、y 两个变量数列的协方差；σ_x 代表 x 变量的标准差；σ_y 代表 y 变量的标准差。

1. 根据未分组资料计算

因为变量标准差分别是：

$$\sigma_x = \sqrt{\frac{\sum (x - \bar{x})^2}{n}}, \sigma_y = \sqrt{\frac{\sum (y - \bar{y})^2}{n}}$$

两变量协方差公式是：

$$\sigma_{xy}^2 = \frac{\sum (x - \bar{x})(y - \bar{y})}{n}$$

将以上三式代入相关系数定义公式，得：

$$r = \frac{\sum (x - \bar{x})(y - \bar{y})}{\sqrt{\sum (x - \bar{x})^2 \sum (y - \bar{y})^2}}$$

从此式可以看出，它是通过将各个离差相乘的方法来说明相关程度的，所以一般把这种相关系数的公式叫做"积差法"相关系数公式。不过，在实际计算当中，这种算法比较麻烦，因此，手工计算相关系数多采用下式。

进一步化简整理得：

$$r = \frac{n\sum xy - \sum x \sum y}{\sqrt{n\sum x^2 - (\sum x)^2}\sqrt{n\sum y^2 - (\sum y)^2}}$$

由此式继续化简，可得：$r = \dfrac{\sum xy - n\bar{x}\cdot\bar{y}}{\sqrt{\sum x^2 - n\bar{x}^2}\sqrt{\sum y^2 - n\bar{y}^2}}$ 或 $r = \dfrac{\bar{xy} - \bar{x}\times\bar{y}}{\sigma_x\sigma_y}$，

此公式同样适用于分组资料的相关系数计算。

【例7-5】在某个地区抽取了9家生产同类产品的企业，其月产量和单位产品成本的资料如表7-4所示。

表7-4　　　　　　9家企业的月产量和单位产品成本相关系数计算表

序号	月产量 x/千件	单位成本 y/元	x^2	y^2	xy
1	4.1	80	16.81	6 400	328
2	6.3	72	39.69	5 184	453.6
3	5.4	71	29.16	5 041	383.4
4	7.6	58	57.76	3 364	440.8
5	3.2	86	10.24	7 396	275.2
6	8.5	50	72.25	2 500	425
7	9.7	42	94.09	1 764	407.4
8	6.8	63	46.24	3 969	428.4
9	2.1	91	4.41	8 281	191.1
合计	53.7	613	370.65	43 899	3 332.9

由于根据表7-4资料，通过定性分析，可以判断月产量与单位成本呈相关关系，计算相关系数得：

$$r = \frac{n\sum xy - \sum x \sum y}{\sqrt{n\sum x^2 - \sum x^2}\sqrt{n\sum y^2 - \sum y^2}}$$

$$= \frac{9\times 3\,332.9 - 53.7\times 613}{\sqrt{9\times 370.65 - 53.7^2}\sqrt{9\times 43\,899 - 613^2}}$$

$$= -0.988\,6$$

计算结果表明，产量与单位成本之间存在着高度的线性负相关关系。

如果用公式 $r = \dfrac{\sum xy - n\bar{x}\cdot\bar{y}}{\sqrt{\sum x^2 - n\bar{x}^2}\sqrt{\sum y^2 - n\bar{y}^2}}$ 计算，

在已有平均值的情况下即：$\bar{x} = \dfrac{\sum x}{n} = \dfrac{53.7}{9} = 5.97$，$\bar{y} = \dfrac{\sum y}{n} = \dfrac{613}{9} = 68.11$，则

$$r = \frac{\sum xy - n\bar{x} \cdot \bar{y}}{\sqrt{\sum x^2 - n\bar{x}^2}\sqrt{\sum y^2 - n\bar{y}^2}}$$

$$= \frac{3\ 332.9 - 9 \times 53.7 \times 613}{\sqrt{370.65 - 9 \times 5.97^2}\sqrt{43\ 899 - 9 \times 68.11^2}}$$

$$= -0.988\ 6$$

两种公式计算结果完全一致。在实际工作中，根据掌握的资料选择计算公式。

2. 根据单变量分组资料计算

当成对变量（x、y）还存在次数不同时，应该计算加权相关系数。其计算公式如下：

$$r = \frac{\sum (x - \bar{x})(y - \bar{y})f}{\sqrt{\sum (x - \bar{x})^2 f}\sqrt{\sum (y - \bar{y})^2 f}}$$

式中：f 代表各组的权数。

经过化简整理，得：

$$r = \frac{(\sum f)(\sum xyf) - (\sum xf)(\sum yf)}{\sqrt{(\sum f)(\sum x^2 f) - (\sum xf)^2}\sqrt{(\sum f)(\sum y^2 f) - (\sum yf)^2}}$$

第三节　简单线性回归分析

一、回归分析的概念

通过相关分析可以说明变量之间相关关系的方向和程度，但是却不能说明变量之间具体的数量因果关系。当自变量给出一个数值时，因变量可能取值是多少，这是相关分析不能解决的。这需要通过新的方法，即回归分析。

回归分析，就是建立一个数学方程来反映变量之间具体的相互依存关系，并最终通过给定的自变量数值来估计或预测因变量可能的数值，该数学方程称为回归模型。回归分析的主要内容和步骤如下：首先，依据经济学理论并且通过对问题的分析判断，将变量分为自变量和因变量，一般情况下，自变量表示原因，因变量表示结果；其次，设法找出合适的数学方程式（即回归模型）描述变量间的关系；再次，估计模型的参数，得出样本回归方程；最后，由于涉及的变量具有不确定性，所以还要对回归模型进行统计检验，如计量经济学检验、预测检验等，当所有检验通过后，就可以应用回归模型了。

"回归"一词最初由英国生物学家葛尔顿在研究人体身高的遗传问题时首先提出的。根据遗传学的观点：父母身材高的，其子女一般也较高，父母身材矮的，其子女身材也较矮。依此推论，祖祖辈辈遗传下来，身高必然向两极分化，而事实上并非如此。同样身高的父亲，其子女身高并不一致。身材很高的子女往往是由身材中等偏上的父母所生，父母身材矮的其子女一般也较矮，但平均起来并不是特别矮。葛尔顿把这种人的身高趋向人的平均高度的现象称作回归。后来，葛尔顿的学生统计学家皮尔生把这一概念和数理统计方法结合，最终形成了回归分析的理论体系。

回归的种类按照自变量的个数划分为一元回归和多元回归。只有一个自变量的回归叫一元回归，有两个或两个以上自变量的回归叫多元回归；按照回归曲线的形态划分，有线性（直线）回归和非线性（曲线）回归。实际分析时应根据客观现象的性质、特点、研究目的和任务选取回归分析的方法。

二、相关分析与回归分析的关系

相关分析和回归分析是研究现象之间相关关系的两种基本方法。如前所述，所谓相关分析就是用一个指标来表明现象间相互依存关系的密切程度，而所谓回归分析，就是根据相关关系的具体形态，选择一个合适的数学模型，来近似地表达变量间的平均变化关系。

相关分析和回归分析有着密切的联系，它们不仅具有共同的研究对象，而且在具体应用时，常常必须互相补充。但是，相关分析与回归分析两者在研究目的和方法上是有明显区别的。

（一）相关分析与回归分析的联系

相关分析是回归分析的基础和前提，回归分析则是相关分析的深入和继续。相关分析需要依靠回归分析来表现变量之间数量相关的具体形式，而回归分析则需要依靠相关分析来表现变量之间数量变化的相关程度。只有当变量之间存在高度相关时，进行回归分析寻求其相关的具体形式才有意义。如果在没有对变量之间是否相关以及相关方向和程度做出正确判断之前，就进行回归分析，很容易造成"虚假回归"。与此同时，相关分析只研究变量之间相关的方向和程度，不能推断变量之间相互关系的具体形式，也无法从一个变量的变化来推测另一个变量的变化情况，因此，在具体应用过程中，只有把相关分析和回归分析结合起来，才能达到研究和分析的目的。

（二）相关分析与回归分析的区别

（1）相关分析中涉及的变量不存在自变量和因变量的划分问题，变量之间的关系是对等的；而在回归分析中，则必须根据研究对象的性质和研究分析的目的，对变量进行自变量和因变量的划分。因此，在回归分析中，变量之间的关系是不对等的。

（2）在相关分析中所有的变量都必须是随机变量；而在回归分析中，自变量是确定的，因变量才是随机的，即将自变量的给定值代入回归方程后，所得到的因变量的估计值不是唯一确定的，而会表现出一定的随机波动性。

（3）相关分析主要是通过一个指标即相关系数来反映变量之间相关程度的大小，由于变量之间是对等的，因此相关系数是唯一确定的。而在回归分析中，对于互为因果的两个变量则有可能存在多个回归方程。

需要指出的是，变量之间是否存在"真实相关"，是由变量之间的内在联系所决定的。相关分析和回归分析只是定量分析的手段，通过相关分析和回归分析，虽然可以从数量上反映变量之间的联系形式及其密切程度，但是无法准确判断变量之间内在联系的存在与否，也无法判断变量之间的因果关系。因此，在具体应用过程中，一定要注意把定性分析和定量分析结合起来，在定性分析的基础上展开定量分析。

三、一元线性回归模型

进行回归分析通常要建立一定的数学模型。在回归分析中，最简单的模型是只有一个因变量和一个自变量的线性回归模型，即一元线性回归模型，也称简单线性回归模型。建立一元线性回归模型的前提是两变量显著线性相关。两变量线性相关的程度越高，回归方程与实际数据的拟合效果越好。

因此，一元线性回归模型是适用于分析一个自变量（x）与一个因变量（y）之间的线性关系的数学方程式。如果两个变量之间存在着较为密切的直线相关关系，就可以建立一般形式的直线回归方程式，其一般形式为：$\hat{y} = a + bx$。

这个方程是 y 倚 x 的简单回归直线方程，表明 x 与 y 之间平均变动的相关关系。式中：x 为自变量；y 为因变量；$\hat{y}$ 为因变量 y 的估计值（又可称为理论值、趋势值或预测值），a 为 $x = 0$ 时，y 的估计值，是回归直线的截距；b 是回归直线的斜率，也称为回归系数，表示自变量 x 每变动一个单位时，因变量 y 的平均变动率（或称为理论的增量），它的正负号和相关系数的正负号是一致的。当 $b > 0$ 时，表示 x 每增加一个单位，$\hat{y}$ 增加的绝对数值，二者变动的方向是相同的，两个变量是正相关；当 $b < 0$ 时，表示 x 每增加一个单位，$\hat{y}$ 减少的绝对数值，二者变动的方向是相反的，两个变量是负相关。

在这个直线回归一般方程中，a 和 b 都是待定系数，说明 x 和 y 之间具体联系的形式，需要根据实际资料求解其数值。一旦 a 和 b 的数值确定了，变量之间的回归直线方程也就确定下来了。

估计这些参数可有不同的方法。若依据目测，随手画出回归直线，确实简单方便。而且一旦描绘出来，即可给出 x 的某一数值来估计 y 的可能值。但是，这种随手描绘的回归线终将因人而异，可信度很差。而借助于数学上的最小二乘法来描述 x 和 y 的线性关系，将是最优的描述与估计。所以，统计中使用最多的就是最小二乘法。我们知道,估计值 $\hat{y}$ 与实际值 y 难免存在离差,其离差可正可负。它们的代数和,就绝对值来说可以很小,甚至正负离差可能互相抵消为 0。因此,其方法的原理设计应该立足于离差的平方和上。

应用最小二乘法原理计算模型参数 a 和 b 的数值时,应使变量的观察值(实际值)与估计值的离差之和等于零,即 $\sum (y - \hat{y}) = 0$;同时使因变量观察值与估计值的离差平方之和为最小,即 $\sum (y - \hat{y})^2 =$ 最小值。用这种方法配合出的回归直线在理论上是最能代表两个变量之间数量变动关系的直线。

下面我们来讨论 $\hat{y} = a + bx$ 中的参数 a、b 的计算。y 对于 $\hat{y}$ 的离差平方和(以 Q 表示):

$$Q = \sum (y - \hat{y})^2 = \sum (y - a - bx)^2 = 最小值$$

要使 Q 值达到最小,其必要条件是它对 a 和 b 的一阶偏导数等于 0。

根据微积分中函数求极值的原理,分别对 a 和 b 求偏导数,并令其等于 0,得到下式:

$$\frac{\partial Q}{\partial a} = -2 \sum (y - a - bx) = 0$$

$$\frac{\partial Q}{\partial b} = -2 \sum x(y - a - bx) = 0$$

由此,化简整理后得到求解参数 a 和 b 的标准方程组(由两个方程式构成)为:

$$\begin{cases} \sum y = na + b \sum x \\ \sum y^2 = a \sum x + b \sum x^2 \end{cases}$$

对以上方程组进行整理,可以导出求解 a 和 b 的公式:

$$\begin{cases} b = \dfrac{n \sum xy - \sum x \sum y}{n \sum x^2 - (\sum x)^2} = \dfrac{\bar{x}\bar{y} - \bar{x} \times \bar{y}}{\bar{x}^2 - (\bar{x})^2} \\ a = \dfrac{\sum y}{n} - b \dfrac{\sum x}{n} = \bar{y} - b\bar{x} \end{cases}$$

无论是利用前面的方程组,还是使用求解 a、b 的具体公式,都可以计算出一元线性回归方程。

以上为未分组资料求解一元线性回归方程的公式。如果使用分组资料配合回归直线模型,方法大体相同。区别只在于求参数时要注意加权。求解参数 a、b 的标准方程组为:

$$\begin{cases} \sum yf = a \sum f + b \sum xf \\ \sum xyf = a \sum xf + b \sum x^2f \end{cases}$$

对方程组加以整理，得到求解 a、b 的公式为：

$$\begin{cases} b = \dfrac{\left(\sum f\right)\left(\sum xyf\right) - \left(\sum xf\right)\left(\sum yf\right)}{\left(\sum f\right)\left(\sum x^2 f\right) - \left(\sum xf\right)^2} \\ a = \bar{y} - b\bar{x} = \dfrac{\sum yf}{\sum f} - b\dfrac{\sum xf}{\sum f} \end{cases}$$

【例 7 - 6】根据【例 7 - 5】中的数据，建立月产量 x 和单位产品成本 y 之间的直线方程，如表 7 - 5 所示。

表 7 - 5　　　　　　　　　　直线回归方程计算表

序号	月产量 x/千件	单位成本 y/元	x^2	y^2	xy
1	4.1	80	16.81	6 400	328
2	6.3	72	39.69	5 184	453.6
3	5.4	71	29.16	5 041	383.4
4	7.6	58	57.76	3 364	440.8
5	3.2	86	10.24	7 396	275.2
6	8.5	50	72.25	2 500	425
7	9.7	42	94.09	1 764	407.4
8	6.8	63	46.24	3 969	428.4
9	2.1	91	4.41	8 281	191.1
合计	53.7	613	370.65	43 899	3 332.9

解：设直线方程为：$\hat{y} = a + bx$，式中 x 代表月产量（自变量），y 代表单位成本（因变量）。用最小二乘法求解参数 a、b 值，将表 7 - 5 中有关数据代入公式得：

$$b = \frac{n\sum xy - \sum x \cdot \sum y}{n\sum x^2 - \left(\sum x\right)^2} = \frac{9 \times 3\ 332.9 - 53.7 \times 613}{9 \times 370.65 - 53.7^2} = -6.46$$

因为 $\bar{x} = \dfrac{\sum x}{n} = \dfrac{53.7}{9} = 5.97$，$\bar{y} = \dfrac{\sum y}{n} = \dfrac{613}{9} = 68.11$

所以 $a = \bar{y} - b\bar{x} = 68.11 - (-6.46) \times 5.97 = 106.68$

因此回归方程为：$\hat{y} = 106.68 - 6.46x$

这里需要注意的是，通过前面关于单相关与一元线性回归的论述与计算，我们可以对直线回归方程中的回归系数与相关系数的关系作如下归纳：

因为：$r = \dfrac{\overline{xy} - \bar{x} \times \bar{y}}{\sigma_x \sigma_y}$；$b = \dfrac{\overline{xy} - \bar{x} \times \bar{y}}{\overline{x^2} - (\bar{x})^2}$

所以：$r = b\dfrac{\sigma_x}{\sigma_y}$；$b = r\dfrac{\sigma_y}{\sigma_x}$

我们在同时进行线性相关与回归两种统计分析时，也可以借助以上公式进行相关系数和回归系数的相互推算，计算结果与积差法公式完全一致。

四、一元线性回归模型的预测应用

建立的回归模型是对客观实际情况的一般描述，而作为变化根据的自变量，很难完全解释因变量的变动。因此，在运用已建立的回归模型时，还需要分析自变量对因变量的解释能力和测算估计标准误差。

(一) 分析自变量解释力

自变量对因变量的影响有多大，或者说因变量的变化有多少可以通过自变量的变化得到解释，这通常是利用决定系数进行分析的。决定系数也称为可决系数或判定系数，即相关系数的平方。它是指因变量的总方差中可以被自变量解释的比例，是衡量所建模型优劣的一个重要统计指标。其计算公式为：

$$r^2 = \frac{\sum (\hat{y} - \bar{y})^2}{\sum (y - \bar{y})^2} \quad 或：r^2 = 1 - \frac{\sum (y - \hat{y})^2}{\sum (y - \bar{y})^2}$$

式中：$\sum (y - \bar{y})^2$代表因变量y的总方差；$\sum (\hat{y} - \bar{y})^2$代表自变量$x$可解释的方差（或称回归方差）；$\sum (y - \hat{y})^2$代表未被解释的方差（或称剩余方差）；$\sum (y - \bar{y})^2 = \sum (\hat{y} - \bar{y})^2 + \sum (y - \hat{y})^2$。

决定系数r^2一般用于判断回归方程的拟合优度，值介于$0 \sim 1$之间。r^2越接近1，表示回归直线与观察值点配合得越好，反之越差。$r^2 = 1$说明全部样本观察值都在估计的回归直线上，样本观察值与回归趋势值完全拟合，即变量y的变动全部都可以由变量x来解释；若$r^2 = 0$说明完全不拟合，即自变量与因变量完全无关，变量y的变动完全不能由变量x来解释。$r^2 < 1$则说明观察值并不是全部位于回归直线上。当变量间的关系为相关状态时，r^2的取值正是如此。

决定系数r^2的取值具有如下特点：(1) 决定系数r^2具有非负性；(2) 决定系数r^2的取值范围为$0 \leqslant r^2 \leqslant 1$。

值得注意的是相关系数与决定系数的关系：一方面，两者是两个完全不同的概念。决定系数是就回归方程而言的，是判断回归模型与样本数据拟合程度的指标；而相关系数是就两个变量而言的，反映两个变量线性相关的程度。决定系数具有非负性；而相关系数可正可负，其符号由两个变量与其样本均值离差的积之和的符号决定；另一方面，相关系数与决定系数也有着密切的联系。二者也存在着密切的联系。在一元线性回归方程中，由于只有一个自变量和一个因变量，回归方程的拟合程度完全取决于y与x的相关程度，因此，y与x相关程度越高，决定系数越大。可以证明，在简单线性回归模型中，相关系数r的平方等于决定系数。但是，在多元回归中，回归方程的拟合程度必须用决定系数来判定而不是相关系数。

进行一元线性回归时，在已经计算出相关系数的条件下，很容易得到决定系数的值。如【例7-5】中月产量与单位成本之间的相关系数是$r = -0.988\,6$，所以$r^2 = -0.988\,6^2 = 0.977\,3$。计算结果表明，单位成本的总方差$\sum(y-\bar{y})^2$中，有97.73%可以由回归方差$\sum(\hat{y}-\bar{y})^2$来解释，这说明月产量和单位成本的回归方程$\hat{y} = 106.68 - 6.46x$对真实的$y$值有很好的拟合效果。

（二）估计标准误差

1. 估计标准误差的概念及计算

估计标准误差是y的实际值与y的估计值离差的一般水平。

根据回归直线方程计算的估计值存在着代表性的问题。当估计标准误差越小，说明因变量的实际值与其估计值间的差异小，估计值的代表性也就越大；估计标准误差值越大，说明因变量的实际值与其估计值的差异大，估计值的代表性就小。估计标准误差的计算公式为：

$$S_{yx} = \sqrt{\frac{\sum(y-\hat{y})^2}{n-2}} = \sqrt{\frac{\sum y^2 - a\sum y - b\sum xy}{n-2}}$$

式中：$n-2$代表自由度；S_{yx}代表y倚x的估计标准误差。

实际应用中，要求有大量变量值的资料，n与$n-2$一般相差不大。为了计算估计标准误差时方便，也可以用n替代$n-2$。也就是说，估计标准误差的计算公式可以近似改为：

$$S_{yx} = \sqrt{\frac{\sum(y-\hat{y})^2}{n}} = \sqrt{\frac{\sum y^2 - a\sum y - b\sum xy}{n}}$$

【例7-7】仍用【例7-5】中9个同类企业月产量和单位成本资料来说明估计标准误差的计算方法。

将表7-4中资料代入公式得：

$$S_{yx} = \sqrt{\frac{\sum y^2 - a\sum y - b\sum xy}{n-2}}$$

$$= \sqrt{\frac{43\,899 - 106.68 \times 613 - (-6.46) \times 3\,332.9}{9-2}} = 2.226\,3（元）$$

计算结果表明，估计标准误差是2.226 3元，也就是说，如果用回归方程计算出理论估计值，并用这样算出的估计值估计各观察值，平均来说，会发生2.226 3元的误差。

估计标准误差是一个绝对数，不便于拟合程度的确认。因此，常用其相对指标估计标准误差系数来判断拟合程度。其定义为：

$$V = \frac{S_{yx}}{\bar{y}}。$$

其中：$\bar{y}$代表因变量y的平均观察值。一般认为，$V < 15\%$时，回归方程可用。

估计标准误差的计量单位与因变量y的单位相同，也就是说，估计标准误差的大小受到y的计量单位变动的影响。估计标准误差的大小与回归方程的代表性强弱呈反向变动关系，因此，只有在估计标准误差较小的情况下，用回归方程作估计或预测才具有应用价值。【例 7 - 5】中，估计标准误差系数为

$$V = \frac{S_{yx}}{\bar{y}} = \frac{2.226\ 3}{68.11} = 0.032\ 7 \text{ 或 } 3.27\%$$

计算结果说明，拟合的回归方程质量很高，利用此方程进行估计或预测有应用价值。

2. 估计标准误差与相关系数的关系

估计标准误差与相关系数，都具有说明现象之间的相关关系密切程度的作用，但两者有所区别。相关关系与说明的现象之间的密切程度成正比关系，而估计标准误差概念比较明确，估计标准误差用绝对数表示，它所说明的密切程度并不那么明显，也不能说明是正相关还是负相关。

两指标在数量上存在着如下的联系：

$$r = \sqrt{\frac{\sigma_y^2 - S_{yx}^2}{\sigma_y^2}} = \sqrt{1 - \frac{S_{yx}^2}{\sigma_y^2}}$$

式中：r 代表相关系数；σ_y^2 代表因变量数列的方差；S_{xy}^2 代表估计标准误差的平方；实际工作中常常根据相关系数 r 去推算估计标准误差 S_{xy}。

$$\because r = \sqrt{1 - \frac{S_{yx}^2}{\sigma_y^2}} \qquad r^2 = 1 - \frac{S_{yx}^2}{\sigma_y^2}$$

$$\therefore S_{yx}^2 = \sigma_y^2(1 - r^2) \qquad S_{yx} = \sigma_y\sqrt{1 - r^2}$$

（三）运用模型预测

建立了有效的回归模型，测算了估计标准误差，确定了置信度，就可以运用抽样推断的方法，根据给定的自变量预测因变量的置信区间。

【例 7 - 8】（接【例 7 - 6】）如果某企业的月产量达到 10 千件，试以 0.954 5 的置信度，估计该企业单位成本的置信区间。

已知条件为：$x = 10, S_{yx} = 2.226\ 3$；当 $1 - \alpha = 0.954\ 5$ 时，$t_{\frac{\alpha}{2}} = 2$ ，

预测该企业当年的工业增加值为：

1. 点估计

$$\hat{y} = 106.68 - 6.46 \times 10 = 42.08(\text{元})$$

2. 区间估计

$$\text{下限} = 42.08 - 2 \times 2.226\ 3 = 37.627\ 4(\text{元})$$
$$\text{上限} = 42.08 + 2 \times 2.226\ 3 = 49.532\ 6(\text{元})$$

即该企业的单位成本根据回归方程估计应介于 37.627 4 ~ 49.532 6 元之间。

这类预测分析方法在日常的社会经济工作中经常用到，它是分析研究市场的重要工具。需要注意的是，一元线性回归方程只能以自变量 x 推算因变量 y，而不能反过来以因变量 y 推算自变量 x。在互为因果关系的变量之间，可以根据研究问题的需要，分别建立 $\hat{y} = a + bx$ 和 $\hat{x} = c + dy$ 两个线性回归模型。当然，这两个回归

模型的意义是不同的。

第四节　多元线性回归分析

一、多元线性回归分析的意义

　　一元线性回归分析研究的是因变量与一个自变量之间的关系。然而客观现象之间的联系是复杂的，许多变动常常涉及多个变量的数量关系。例如，消费水平除了受本期收入水平的影响外，还会受物价水平、心理预期和消费习惯等因素的影响；一个工业企业利润额的大小除了与产值多少有关外，还与成本、价格等有关。在许多场合，需要就一个因变量与多个自变量的联系来进行考察，才能获得比较满意的结果。这就需要进行多元回归分析。多元回归分析是以多元回归模型研究多个自变量与一个因变量的相互关系，从而推算或预测因变量的未来值。多元线性回归分析是一元线性回归分析的扩充，其分析原理与一元线性回归模型相同，但分析计算过程相对复杂。不过，在计算机技术十分发达的今天，利用现成的统计软件包如 SAS、SPSS 甚至办公软件 Excel 等，只要将有关数据输入计算机，并指定因变量和相应的因变量，就能迅捷地获得计算结果。

二、多元线性回归模型

　　多元线性回归方程的一般表达式为：

$$\hat{y} = b_0 + b_1 x_1 + b_2 x_2 + \cdots + b_k x_k$$

　　式中：b_0 代表常数项，$b_1, b_2, \cdots, b_k$ 分别代表因变量 y 对 $x_1, x_2, \cdots, x_k$ 的回归系数，也称为偏回归系数。b_1 的含义是：当其他自变量都固定时，x_1 增减变动一个单位时，因变量平均增减变动的数值；$b_2, b_3, \cdots, b_k$ 含义与 b_1 相同。$\hat{y}$ 与一元回归时一样，仍为因变量估计值。

　　下面以二元线性回归方程的求解为例，说明多元回归方程的求法。首先设二元回归方程为：

$$\hat{y} = b_0 + b_1 x_1 + b_2 x_2$$

　　式中：$\hat{y}$ 代表因变量估计值；x_1、x_2 代表自变量；b_0 代表常数项，b_1 代表因变量 y 对自变量 x_1 的回归系数，表示当 x_2 固定时，x_1 变动一个单位，引起 y 的平均变动量；b_2 代表因变量 y 对自变量 x_2 的回归系数，表示当 x_1 固定时，x_2 变动一个单位，引起 y 的平均变动量。

　　待定系数 b_0、b_1、b_2 的确定原理与一元线性回归分析中待定参数的确定方法一致，即用最小二乘法确定。为了使 $\sum (y - \hat{y})^2$ 为最小值，需要将 $\hat{y} = b_0 + b_1 x_1 + b_2 x_2$ 代入 $\sum (y - \hat{y})^2$ 中，然后分别对 b_0、b_1、b_2 求偏导数，并令求得的偏导数为零。化简整理后，可得到下列求解参数的标准方程组：

$$\begin{cases} \sum y = nb_0 + b_1 \sum x_1 + b_2 \sum x_2 \\ \sum x_1 y = b_0 \sum x_1 + b_1 \sum x_1^2 + b_2 \sum x_1 x_2 \\ \sum x_2 y = b_0 \sum x_2 + b_1 \sum x_1 x_2 + b_2 \sum x_2^2 \end{cases}$$

根据该方程组及有关的 y、x_1、x_2 的资料，求解出 b_0、b_1、b_2 这三个参数。此时，二元线性回归方程就可确定了，给定 x_1、x_2 的值就可估计 y 的值了。

三、多元线性回归中估计标准误差

多元线性回归也需要测定回归方程的拟合程度，检验回归方程和回归系数的显著性。与一元线性回归方程相类似，说明用多元线性回归方程估计因变量的准确程度高低，反映回归方程拟合程度优劣的统计指标是估计标准误差。在多元线性回归情况下，其计算公式为：

$$S_{yx} = \sqrt{\frac{\sum (y - \hat{y})^2}{n - k - 1}}$$

式中：k 代表线性回归模型中自变量的个数，S_{yx} 越小，说明回归方程对各观察值的代表性越好。如果实际观察值很多而且很大时，直接用上式计算比较麻烦，可采用下述化简公式来计算：

$$S_{yx} = \sqrt{\frac{\sum y^2 - b_0 \sum y - b_1 \sum x_1 y - b_2 \sum x_2 y}{n - k - 1}}$$

通常采用多元回归估计标准误差系数来判定回归方程的优劣，计算公式为：

$$V = \frac{S_{yx}}{\bar{y}}$$

一般认为，$V < 15\%$ 时，用多元回归方程估计出的趋势值较为准确。

第八章　时间数列

时间数列

学习目的

通过本章学习，要求掌握时间数列水平指标：发展水平、平均发展水平、增长量、平均增长量的计算方法；时间数列速度指标：发展速度、增长速度、增长1%的绝对值、平均发展速度的计算及利用平均发展速度进行预测的方法，季节变动分析中季节指数的计算和分析方法等。

重点难点

①时间数列的概念、种类及其编制原则；②掌握时间数列分析指标的经济含义和计算方法及各指标之间的关系；③平均发展水平的含义、各种时间数列计算平均发展水平的方法；④平均发展速度、平均增长速度的计算方法；⑤最小平方法和季节变动测定法，并能进行统计分析。

第一节　时间数列概述

社会经济现象总是随着时间的推移而变化，呈现动态性。统计对社会经济现象的研究，不仅要从静态上揭示研究对象在具体时间、地点、条件下的数量特征和数量关系，而且要从动态上反映其发展变化规律性。

时间数列的应用始于19世纪80年代，西方经济学家和统计学家对资本主义经济周期波动的研究和商情的预测。这种分析方法和技术不断丰富与发展，逐步形成统计学中一个有广泛应用价值的分支系列。时间数列的分析方法有传统时间数列分析和现代时间数列分析两种，传统时间数列分析的特点是：将经济过程分解为若干基本构成因素，必将这些因素分别将以测定；现代时间数列分析是20世纪40年代开始发展起来的，它是把时间数列看成各种复杂因素交织影响随机过程，运用大量数据构造综合模型，借助计算机进行复杂计算，主要用于趋势分析与预测。

一、时间数列的意义

时间数列是将某一现象或统计指标，在各个不同时间上的数值按时间先后顺序排列所形成的数列。由于时间数列表现了现象在时间上的动态变化，故又称动态数列。比如，历年我国的人口总数和国内生产总值，股票价格的日变动，企业历年的利税额等。表 8 - 1 是我国 2003—2010 年国内生产总值时间数列。

表 8 - 1　　　　　　　　　　**我国 2003—2010 年我国内生产总值**

年　份	2003	2004	2005	2006	2007	2008	2009	2010
国内生产总值/亿元	135 822.8	159 878.3	183 217.4	211 923.5	257 305.6	300 670.0	335 353.0	397 983

从表 8 - 1 可以看出，一个时间数列由两部分构成：一是现象所属的时间；二是现象在不同时间上的指标数值。

时间数列是对现象进行动态分析的基本方法之一。编制时间数列及在此基础上的计算、分析、研究，在经济活动和统计工作中都有着重要作用。根据时间数列可以了解现象在过去某段时间上的发展水平，了解现象过去的活动规律，研究现象的发展程度和发展趋势。通过对时间数列资料的研究，可以对某些社会经济现象进行观察和预测，从动态上对社会经济现象的量变过程进行研究，通过现象的数量变化分析现象的发展变化规律，为科学制定未来的决策方案提供依据。

二、时间数列的种类

按其指标表现形式的不同，时间数列可分为总量指标时间数列、相对指标时间数列和平均指标时间数列。

（一）总量指标时间数列

总量指标时间数列是指时间数列中排列的各项数据都是总量指标（绝对数），用于反映现象在不同时间上所达到的绝对发展水平，如表 8 - 1 我国国内生产总值时间数列。在总量指标时间数列中，由丁数据所反映的时间状态不同，又可分为时期指标时间数列（简称时期数列）和时点指标时间数列（简称时点数列）。

1. 时期数列

时期数列是由时期指标构成的时间数列，反映事物在一段时期内的发展总量。如：表 8 - 1 我国国内生产总值时间数列。时期数列具有如下特点：

（1）时期数列中各项指标数值可以累加，相加后，表示事物在更长一段时期内的总量。由于时期数列中每一个指标数值都是在一段时期内发展的总数，所以相加之后指标数值就表明现象在更长时期发展的总量。如全年的工业增加值是一年中每个月工业增加值相加的结果，各月份的工业增加值又是月份内每天的工业增加值之和。

（2）时期数列中各项数值的大小与其时期长短有直接关系。由于时期数列中每个指标都是社会经济现象在一段时期内的发展过程中不断累计的结果，所以一般来说，时期越长指标数值就越大，反之就越小。

（3）时期数列中各项数值是通过连续登记、汇总得到的。

2. 时点数列

时点数列是由时点指标构成的时间数列，时点指标是反映事物在某一时刻（瞬间）所达到的状态。如资产和负债在某一时点上的存量，是瞬时的状态。例如，我国2001—2010年年末人口数时间数列，如表8-2所示。

表8-2　　　　　　　　　我国2001—2010年年末人口数

年 份	2001	2002	2003	2004	2005	2006	2007	2008	2009	2010
人口总数/亿人	12.76	12.84	12.92	13.00	13.08	13.14	13.21	13.28	13.35	13.41

时点数列具有如下特点：

（1）时点数列中各相邻数值不能累加，相加后的结果无意义，不能代表现象的总量。

（2）时点数列中各相邻数值的大小与其时点间隔长短无直接关系。时点数列中每个指标只是现象在某一时点上的水平，因此它的大小与时点间隔的长短没有直接关系。例如，年末的库存额不一定比某月底的库存额大。

（3）时点数列中各项数值是通过一次性登记取得的。时点数列中各项指标数值是反映现象在某一时刻上所达到的数量，其观察值只需隔一段时间统计一次即可，是通过一次性调查登记取得的。

（二）相对指标时间数列

相对指标时间数列是把在相对指标在不同时间上的数值，按时间先后顺序加以排列而形成的时间序列。它反映现象数量对比关系的发展变化过程，在相对数时间序列中，各项指标数值不能直接相加。例如我国2001—2009年人口自然增长率时间数列，如表8-3所示。

表8-3　　　　　　　　我国2001—2009年人口自然增长率

年 份	2001	2002	2003	2004	2005	2006	2007	2008	2009
人口自然增长率/‰	6.95	6.45	6.01	5.87	5.89	5.28	5.17	5.08	5.05

（三）平均指标时间数列

平均指标时间序列是把在平均指标在不同时间上的数值，按时间先后顺序加以排列而形成的时间序列。它反映现象一般水平的发展变化情况，在平均数时间序列中，各项指标数值也不能直接相加。例如我国 2001—2009 年职工年平均工资时间数列，如表 8 - 4 所示。

表 8 - 4   我国 2001 - 2009 年职工年平均工资

年 份	2001	2002	2003	2004	2005	2006	2007	2008	2009
职工年平均工资/元	10 834	12 373	13 969	15 920	18 200	20 856	24 721	28 898	32 244

三、编制时间数列的原则

编制时间数列是进行动态分析的基础，而各种时间数列分析方法通常都是通过对数据的比较研究来揭示现象的动态特征和规律。因此，保证数列中各指标数值的可比性乃是编制时间数列的基本原则。在编制时间数列时必须遵循以下原则。

（一）时间长短应一致

由于时间数列中各项指标数值的大小与时间长短有直接关系，因而时间数列各项指标反映的时期长短应该一致，否则就不能比较。但是这个原则也不能绝对化，有时为了某种特殊的研究目的，也可以编制时期不等的时期数列。在时点数列中，虽然各指标数值与时间间隔长短没有直接关系，但是为了便于分析和对比，一般来说也应尽可能使间隔相等。在实际工作中也可以根据实际情况编制间隔不等的时点数列。

（二）总体范围应一致

在编制时间数列时，被研究对象所包括的地区范围、隶属关系范围、分组划分范围等应该一致。若总体范围前后不一致，则前后期的指标数值不能直接对比，必须将资料进行适当的调整。如研究某地的经济发展状况，如果该地区的行政区域发生了变化，就必须根据该地区所管辖范围的变化情况对统计指标作必要的调整，使包括的总体范围前后一致，然后再做动态分析。

（三）计算方法、计算价格和计量单位应统一

在时间数列中各项指标数值的计算方法、计算价格和计量单位不同是不能进行对比的。例如要研究企业劳动生产率的变动，产值是按现行价格计算还是按不变价格计算；人数是按生产工人计算还是按全部职工计算，若进行动态对比，前后应一致。再如，统计工业净产值有生产法和分配法两种方法，由于计算过程中其资料来源的不同，可能导致两种方法计算结果有较大的出入。

（四）指标的经济内容应统一

即使经济指标的名称是相同的，其所包含的经济含义也有可能是不一样的。在实际工作中应注意不同历史时期、不同国家或地区的同一指标的经济内容的一

致性。例如，同样是农作物，经济作物和粮食作物就不能混为一谈。又如，统计工业总产值时，是否应包含农村的乡办工业产值，如果包含，则同一时间数列中各指标数值都应包含，否则不可比。

第二节 时间数列的指标分析法

编制出时间数列，仅仅是有了分析社会经济现象发展变化的基础资料。要达到认识社会经济现象发展规律和发展趋势的目的，常常需要计算一系列分析指标，它们是发展水平、平均发展水平、增长量、平均增长量、发展速度、平均发展速度、增长速度、平均增长速度、增长1%绝对值。计算这一系列分析指标所依据的是原有时间数列的各项指标数值。

一、时间数列的基础指标

发展水平指标又称发展水平，即指时间数列中每一项指标数值，它反映了社会经济现象在各个时期或时点上所达到的规模或水平。它是编制时间数列、计算时间数列分析指标的基础。

1. 发展水平

发展水平是指时间数列中每一项具体的指标数值，它反映社会经济现象在不同时期所达到的规模和水平，是计算其他动态分析指标的基础。发展水平可以表现为总量指标，如工资总额、产品产值、年末职工人数等；也可以表现为相对指标和平均指标，如人口出生率、生产工人劳动生产率等。

2. 最初水平、最末水平和中间水平

按发展水平在时间数列中的位置，动态数列中的第一个指标数值叫最初水平，最后一个指标数值叫最末水平，其余各个指标数值叫做中间水平。如果用符号 a_0，$a_1, a_2, \cdots, a_{n-1}, a_n$ 代表数列中的各个发展水平，则 a_0 就是最初水平，a_n 就是最末水平，其余各项就是中间水平。

3. 基期水平和报告期水平

在动态分析中，根据发展水平在动态分析中的作用不同，我们将所研究的那一时期的指标水平叫做报告期水平或计算期水平，把用以进行比较的基础时期的水平叫做基期水平。

最后一个该注意的问题，就是统计上用文字说明发展水平时，习惯上用"增加到"或"增加为"、"降低到"或"降低为"表示。

二、时间数列的比较指标

动态比较指标是把时间数列中各指标数值加以对比而得到的派生指标。这种对比可以是相除的关系（发展速度），也可以是相减的关系（增长量），还可以

是相减与相除相结合的关系（增长速度和增长 1% 的绝对值）。

（一）增长量

增长量是时间数列中报告期水平与基期水平之差，说明社会经济现象在一定时期内增长（或减少）的绝对量。其计算公式为：

$$增长量 = 报告期水平 - 基期水平$$

当报告期水平大于基期水平，即现象水平增长时，表现为正值；反之，现象水平下降时，表现为负值。增长量由于所选基期的不同，可分为逐期增长量和累积增长量。

1. 逐期增长量

逐期增长量是报告期水平与其前一期水平之差，说明本期较上期增减的绝对数量，用公式表示为：

$$a_2 - a_1, a_3 - a_2, \cdots, a_n - a_{n-1}$$

2. 累积增长量

累积增长量是报告期水平与某一固定基期水平（一般是最初水平）相减的差额，说明一定时期内的总增长量。用公式表示为：

$$a_2 - a_1, a_3 - a_1, \cdots, a_n - a_1$$

3. 逐期增长量与累积增长量之间存在的关系

各逐期增长量的和等于相应时期的累积增长量；两相邻时期累积增长量之差等于相应时期的逐期增长量。用公式分别表示为：

$$(a_2 - a_1) + (a_3 - a_2) + \cdots + (a_n - a_{n-1}) = a_n - a_1$$

$$(a_n - a_1) - (a_{n-1} - a_1) = a_n - a_{n-1}$$

【例 8 - 1】根据我国 2004—2009 年普通高校招生人数资料，计算我国 2004—2009 年间各年普通高校招生人数的增长量。计算结果如表 8 - 5 所示。

表 8 - 5　　　　　我国 2004—2009 年间各年普通高校招生人数增长量　　　单位：万人

年　份	2004	2005	2006	2007	2008	2009	公式
招生人数	447.3	504.5	546.1	565.9	607.7	639.5	a
逐期增长量	—	52.2	41.6	19.8	41.8	31.8	$a_n - a_{n-1}$
累计增长量	—	52.2	98.8	118.6	160.4	192.2	$a_n - a_1$

此外，对于受季节变动因素影响较明显的社会经济指标，为了表明它们增长变化的绝对数量，还可以计算年距增长量，它是报告期某月（或某季）发展水平与上年同月（或同季）发展水平之差，表明报告期水平较上年同期水平增加（或减少）的绝对数量。其计算公式为：

$$年距增长量 = 报告期发展水平 - 上年同期发展水平$$

（二）平均增长量

由于各期的逐期增长量不尽相同，为了说明现象在一定时期内平均每期增长的数量，可以把各期的逐期增长量采用简单算术平均法加以平均，得到平均增长量。从广义上说，它也是一种序时平均数。

其计算公式为：

$$平均增长量 = \frac{逐期增长量之和}{逐期增长量个数} = \frac{累计增长量}{时间数列项数 - 1} = \frac{a_n - a_1}{n - 1}$$

根据表 8－5 资料，2004—2009 年间我国普通高校招生人数的平均增长量为：

$$平均增长量 = \frac{a_n - a_1}{n - 1} = \frac{192.2}{5} = 38.44(万人)$$

（三）发展速度

发展速度就是将同一现象在不同时期的两个数值进行动态对比而得出的相对数，借以表明现象在时间上发展变动的程度，通常以百分数或倍数表示。它是将报告期水平与基期水平相比较而计算的动态相对数，其计算公式为：

$$发展速度 = \frac{报告期水平}{基期水平}$$

发展速度根据采用的基期水平不同，可分为环比发展速度和定基发展速度。

1. 环比发展速度

环比发展速度是报告期发展水平与其前一期发展水平之比，反映社会经济现象逐期的发展程度，若计算时期为一年，有时也可叫"年速度"。

$$环比发展速度 = \frac{报告期水平}{前一期水平}$$

$$\frac{a_2}{a_1}, \frac{a_3}{a_2}, \cdots, \frac{a_n}{a_{n-1}}$$

2. 定基发展速度

定基发展速度是报告期发展水平与某一个固定基期发展水平（通常为最初水平）之比，反映社会经济现象在较长时间内总的发展程度，因而有时也叫"总速度"。其计算公式为：

$$定基发展速度 = \frac{报告期水平}{固定基期水平}$$

$$\frac{a_2}{a_1}, \frac{a_3}{a_1}, \cdots, \frac{a_n}{a_1}$$

3. 环比发展速度和定基发展速度之间的关系

环比发展速度和定基发展速度之间存在着密切的数量关系，即各期环比发展速度的连乘积等于相应时期的定基发展速度。其计算公式为：

$$\frac{a_2}{a_1} \times \frac{a_3}{a_2} \times \cdots \times \frac{a_n}{a_{n-1}} = \frac{a_n}{a_1}$$

两个相邻的定基发展速度的比率等于相应时期的环比发展速度。其计算公式为：

$$\frac{a_n}{a_1} \div \frac{a_{n-1}}{a_1} = \frac{a_n}{a_{n-1}}$$

【例8-2】仍用表8-5的资料，计算我国2004—2009年间普通高校招生人数的发展速度。计算结果如表8-6所示。

表8-6 我国2004—2009年间各年普通高校招生人数的发展速度

年 份	2004	2005	2006	2007	2008	2009	公式
招生人数/万人	447.3	504.5	546.1	565.9	607.7	639.5	a
环比发展速度/%	100.00	112.8	108.2	103.6	107.4	105.2	$\dfrac{a_n}{a_{n-1}}$
定基发展速度/%	100.00	112.8	122.1	126.5	135.9	143.0	$\dfrac{a_n}{a_1}$
环比增长速度/%	—	12.8	8.2	3.6	7.4	5.2	$\dfrac{a_n}{a_{n-1}}-1$
定基增长速度/%	—	12.8	22.1	26.5	35.9	43.0	$\dfrac{a_n}{a_1}-1$
增长1%绝对值/万人	—	44.73	50.45	54.61	56.59	60.77	$\dfrac{a_{n-1}}{100}$

在实际统计分析中，为了消除季节变动的影响，常计算年距发展速度，表明本期发展水平与上年同期发展水平对比而达到的相对发展程度。其计算公式为：

$$年距发展速度=\frac{报告期发展水平}{上年同期发展水平}$$

（四）增长速度

增长速度是表明社会经济现象增长程度的相对指标，是报告期增长量与基期水平之比，用于说明报告期水平比基期水平增加了若干倍（或百分之几）。其计算公式为：

$$增长速度=\frac{报告期增长量}{基期水平}=\frac{报告期水平-基期水平}{基期水平}=发展速度-1$$

由计算公式可以看出，增长速度与发展速度关系密切，但说明的问题是不同的。发展速度说明的是报告期水平为基期水平的多少倍或百分之几，增长速度说明的是报告期水平比基期水平增加了多少倍或减少了百分之几。发展速度总是正的，而增长速度则有正有负，增长速度为正值，表示某种现象增长的程度和上升的发展趋势；反之，增长速度为负值，表示某种现象降低的程度和下降的发展趋势。

由于采用的基期不同，增长速度也分为环比增长速度和定基增长速度两种。

1. 环比增长速度

环比增长速度是逐期增长量与前一期水平之比，用以说明某种社会经济现象比前一期的增长程度；其计算公式为：

$$环比增长速度=\frac{逐期增长量}{前一期水平}=\frac{报告期水平-前一期水平}{前一期水平}=环比发展速度-1$$

$$\frac{a_2}{a_1}-1,\frac{a_3}{a_2}-1,\cdots,\frac{a_n}{a_{n-1}}-1$$

2. 定基增长速度

定基增长速度是累计增长量与某一固定基期之比，用以说明某种社会经济现象在较长时间内总的增长程度。

$$定基增长速度 = \frac{累计增长量}{固定基期水平} = \frac{报告期水平 - 固定基期水平}{固定基期水平} = 定基发展速度 - 1$$

$$\frac{a_2}{a_1} - 1, \frac{a_3}{a_1} - 1, \cdots, \frac{a_n}{a_1} - 1$$

【例 8 - 3】仍用表 8 - 5 的资料，计算我国 2004—2009 年间普通高校招生人数的增长速度。计算结果见表 8 - 6 所示。

环比增长速度和定基增长速度之间没有直接的换算关系，如需要换算，可以先将增长速度加上"1"转化为发展速度，再通过环比发展速度和定基发展速度之间的换算关系进行换算，将得到的结果再减去"1"，就可求得相应的增长速度。

在实际统计分析中，为了消除季节变动的影响，也常计算"年距增长速度"，说明与上年同期发展水平相比达到的相对增长速度。

(五) 增长 1% 绝对值

增长 1% 绝对值是指报告期在基期水平基础上每增长 1% 时增长的绝对量，它表明增长速度所包含的实际内容。计算公式为：

$$增长 1\% 绝对值 = \frac{增长量}{增长速度 \times 100} = \frac{基期水平}{100}$$

由于相同的增长速度指标，可以从差别很大的绝对数计算而得，用以计算增长速度指标的基期水平越高，增长速度提高 1% 所包含的增长量就越多，因此在进行动态分析时，必须把速度指标与增长量结合起来研究。例如，2010 年我国国内生产总值为 397 983 亿元人民币，折合 59 847.0677 亿美元，国内生产总值增长速度达到 10.3%，增长 1% 的绝对值是 512.64 亿美元；而同年美国国内生产总值约为 146 241.8 亿美元，大约是我国的 2.44 倍，增长速度只有 3.0% 左右，远远低于我国，但其增长 1% 的绝对值达到 1 411.91 亿美元。美国 GDP 增长 1% 的绝对量相当于我国 GDP 增长 1% 绝对量的 2.75 倍。通过比较可以看到，我国经济发展速度比较快，正在缩小与发达国家的差距。但从经济规模上看还不够大，特别是人均水平还不高。在进行统计对比时，要做到客观全面，就必须把相对数与绝对数结合起来分析，比较好的形式就是计算"增长 1% 绝对值"。

【例 8 - 4】计算我国 2004—2009 年各年的普通高校招生人数增长 1% 绝对值，计算结果见表 8 - 6 所示。

三、时间数列的平均指标

在研究社会经济现象时，一般还要将时间数列中的各个指标数值在不同时间上的变动状况加以平均，计算出平均数，以表明社会经济现象在某一段时间内的一般水平和一般速度，这就是时间数列的平均指标。时间数列的平均指标包括：平均发展水平、平均发展速度和平均增长速度。

（一）平均发展水平

平均发展水平是指时间数列中不同时间发展水平的代表值，即将不同时间上的发展水平加以平均所得的平均数，也称序时平均数或动态平均数。它说明现象在一定时期内发展的一般水平或代表水平。

平均发展水平除了对现象在一段时间内的发展状况作出一般的概括说明外，还可以消除现象在短时间内波动的影响，便于广泛进行不同时间和不同地区的比较。另外，它还剔除了长期趋势以外的其他因素的影响，以显示总体现象发展变化的基本趋势和规律性，因而有助于趋势修匀和预测。

序时平均数和一般平均数既有共同之处，也有区别。它们的相同之处是二者都是将现象的个别数量差异抽象化，反映现象在数量上达到的一般水平。二者的区别在于，序时平均数是根据时间序列计算的，所平均的是现象在不同时间上的数量表现，从动态上说明现象在某一段时间内的一般水平；而静态平均数是根据变量数列计算的，所平均的是同一时间总体各单位标志值的数量表现，从静态上说明总体在某一时间条件下的一般水平。

由于时间数列分为绝对数时间数列、相对数时间数列和平均数时间数列三种，故根据时间数列计算序时平均数的方法也分为三种情况。

1. 由绝对数时间数列计算序时平均数

绝对数时间数列序时平均数的计算方法是最基本的，它是计算相对数或平均数时间数列序时平均数的基础。由于绝对数时间数列分为时期数列和时点数列，其序时平均的方法也不同。

（1）依据时期数列计算序时平均数。由于时期数列的时间间隔要求相等，数列中的各项指标数值可以相加，所以计算序时平均数可用简单算术平均数的方法。其计算公式为：

$$\bar{a} = \frac{a_1 + a_2 + \cdots + a_n}{n} = \frac{\sum a}{n}$$

式中：$\bar{a}$ 代表平均发展水平；a_i 代表各期发展水平（$i = 1, 2, \cdots, n$）；n 代表时期项数。

【例 8 - 5】某企业 2010 年四个季度的利润额资料如表 8 - 7 所示。

表 8 - 7　　　　　　　某企业 2010 年四个季度的利润额资料

时　间	一季度	二季度	三季度	四季度
利润额/万元	250	200	280	300

试根据表 8 - 7 资料计算该企业 2010 年各季度的平均利润额。

$$\bar{a} = \frac{\sum a}{n} = \frac{250 + 200 + 280 + 300}{4} = 257.5(万元)$$

计算结果表明该企业 2010 年各季度的平均利润额为 257.5 万元。

（2）依据时点数列计算序时平均数。时点数列可分为连续时点数列和间断时点数列两种。根据掌握资料的不同，计算序时平均数所采用的方法也不同。

①由连续时点数列计算序时平均数。

连续时点数列又分为两种情况：

第一种情况，如果时点数列是逐日登记又逐日排列的，则可用简单算术平均法计算，其计算公式与时期数列序时平均数的计算公式相同，但指标时态不同。即：

$$\bar{a} = \frac{a_1 + a_2 + \cdots + a_n}{n} = \frac{\sum a}{n}$$

式中：$\bar{a}$ 代表平均发展水平，a_i 代表各时点的发展水平（$i = 1, 2, \cdots, n$），n 代表指标数值的个数。

【例 8-6】某机械厂 2006—2010 年某月某星期的机器设备库存量资料如表 8-8所示。

表 8-8　　　　某机械厂 2006—2010 年某月某星期的机器设备库存量资料

星　　期	一	二	三	四	五
库存量/台	75	110	120	195	189

试根据表 8-8 资料计算该机械厂该月该星期的平均库存量。

$$\bar{a} = \frac{\sum a}{n} = \frac{75 + 110 + 120 + 195 + 189}{5} = 137.8(台)$$

第二种情况，如果时点数列的资料不是逐日提供，而只提供发生变动时的资料，则可用加权算术平均法计算。其计算公式为：

$$\bar{a} = \frac{a_1 f_1 + a_2 f_2 + \cdots + a_n f_n}{f_1 + f_2 + \cdots + f_n} = \frac{\sum af}{\sum f}$$

式中：a_i 代表各时点的发展水平；f_i 代表每一指标值的持续天数。

【例 8-7】已知某企业去年 8 月份的在册职工人数资料如表 8-9 所示。

表 8-9　　　　　　某企业去年 8 月份的在册职工人数资料

日　　期	1~4 日	5~10 日	11~20 日	21~26 日	27~31 日
在册人数/人	1 150	1 155	1 160	1 175	1 170

试根据表 8-9 资料计算该企业去年 8 月份的平均在册职工人数。

$$\bar{a} = \frac{\sum af}{\sum f} = \frac{1\ 150 \times 4 + 1\ 155 \times 6 + 1\ 160 \times 10 + 1\ 175 \times 6 + 1\ 170 \times 5}{4 + 6 + 10 + 6 + 5}$$

$$= 1\ 162.25(人)$$

②由间断时点数列计算序时平均数。

间断时点数列通常是指间隔一段时间如按月末、季末、年末等对其时点数据进行登记而得的时点数列。如果每隔相同的时间登记一次时点数据，所得数列称为间隔相等的间断时点数列；如果每次登记时点数据间隔的时间不尽相同，所得的数列称为间隔不等的间断时点数列。两种时点数列在计算序时平均数时各采用不同的方法。

间隔相等的间断时点数列：它是根据间隔相等的各期期初或期末时点资料编制的时点数列。此时可以假定相邻两个时点之间的现象变动是均匀的，于是将这两个时点指标数值相加除以2，即可得到这两个时点之间的序时平均数，再用简单算术平均法求得整个时点数列的平均数，此法又称"首末折半法"。其计算公式为：

$$\bar{a} = \frac{\dfrac{a_1 + a_2}{2} + \dfrac{a_2 + a_3}{2} + \dfrac{a_3 + a_4}{2} + \cdots + \dfrac{a_{n-1} + a_n}{2}}{n - 1}$$

$$= \frac{\dfrac{1}{2}a_1 + a_2 + a_3 + \cdots + a_{n-1} + \dfrac{1}{2}a_n}{n - 1}$$

式中：a_i 代表各时点的指标数值，n 代表时点个数。

【例8-8】某企业某年第三季度职工人数资料如表8-10所示。

表8-10 　　　　　　　　　某企业某年第三季度职工人数资料

时　　间	7月1日	8月1日	9月1日	10月1日
职工人数/人	2 160	2 180	2 170	2 186

试根据表8-10资料计算该企业这一年第三季度月平均职工人数。

$$\bar{a} = \frac{\dfrac{1}{2}a_1 + a_2 + \cdots + a_{n-1} + \dfrac{1}{2}a_n}{n - 1} = \frac{\dfrac{2\ 160}{2} + 2\ 180 + 2\ 170 + \dfrac{2\ 186}{2}}{4 - 1}$$

$$= 2\ 174.3(人)$$

间隔不等的间断时点数列：它是根据间隔不等的各期期初或期末时点资料编制的时点数列。同样要假定间断的各时点之间的指标数值是均匀变动的，由于各时点之间的间隔不等，可用各个间隔的长度为权数，对各相应时点的平均值进行加权平均，求得序时平均数。其计算公式为：

$$\bar{a} = \frac{\dfrac{a_1 + a_2}{2}t_1 + \cdots + \dfrac{a_{n-1} + a_n}{2}t_{n-1}}{\sum t}$$

式中：t_i 代表时间间隔长度。

【例 8 - 9】某企业 2010 年商品库存额资料如表 8 - 11 所示。

表 8 - 11   某企业 2010 年商品库存额资料

时　间	1 月 1 日	5 月 1 日	8 月 1 日	11 月 30 日	12 月 31 日
库存额/万元	20.0	23.0	28.0	27.5	27.0

试根据表 8 - 11 资料计算该企业 2010 年平均商品库存额。

$$\bar{a} = \frac{\dfrac{a_1 + a_2}{2}t_1 + \cdots + \dfrac{a_{n-1} + a_n}{2}t_{n-1}}{\sum t}$$

$$= \frac{\dfrac{20 + 23}{2} \times 4 + \dfrac{23 + 28}{2} \times 3 + \dfrac{28 + 27.5}{2} \times 4 + \dfrac{27.5 + 27}{2} \times 1}{4 + 3 + 4 + 1} = 25.06(万元)$$

2. 由相对数或平均数时间数列计算序时平均数

相对数或平均数时间数列是派生数列，它们一般是由两个相互联系的绝对数时间数列相对比而形成的。由于各个相对数或平均数不能直接相加，因此，求其平均发展水平，可先找到形成相对数或平均数的分子、分母两个绝对数时间数列，分别计算这两个绝对数时间数列的序时平均数，然后将其对比即得到相对数或平均数时间数列的序时平均数。如果以 c 表示相对数或平均数时间数列的各项指标数值，a 表示形成相对数或平均数时间数列的分子数列，b 表示形成相对数或平均数时间数列的分母数列，则其计算公式为：

$$\bar{c} = \frac{\bar{a}}{\bar{b}}$$

式中：$\bar{c}$ 代表相对数或平均数时间数列的序时平均数；$\bar{a}$ 代表分子数列的序时平均数；$\bar{b}$ 代表分母数列的序时平均数。

具体计算时，因分子数列和分母数列的构成不同，又可以分成三种情况。

（1）分子数列和分母数列都是时期数列，则

$$\bar{c} = \frac{\sum a}{n} \div \frac{\sum b}{n} = \frac{\sum a}{\sum b}$$

【例 8 - 10】某企业 2010 年各季度产值计划完成情况如表 8 - 12 所示。

表 8 - 12   某企业 2010 年各季度产值计划完成情况

季　度	一季度	二季度	三季度	四季度
实际产值/万元 a	530	490	490	545
计划产值/万元 b	500	480	470	520
计划完成程度/% c	106.00	102.08	104.26	104.81

根据表 8 – 12 资料计算该企业 2010 年各季度产值计划平均完成程度。

$$\bar{c} = \frac{\sum a}{\sum b} = \frac{530 + 490 + 490 + 545}{500 + 480 + 470 + 520} = 104.31\%$$

另外，在实际中，根据掌握资料的情况不同，上述方法还可以派生出以下两种计算方法。

①当已知分母数列和相对数时间数列时，应采用加权算术平均法。

由于 $c = \dfrac{a}{b}$，则 $a = bc$，所以

$$\bar{c} = \frac{a}{b} = \frac{\sum bc}{\sum b}$$

②当已知分子数列和相对数时间数列时，应采用加权调和平均法。

由于 $c = \dfrac{a}{b}$，则 $b = \dfrac{a}{c}$，所以

$$\bar{c} = \frac{\bar{a}}{\bar{b}} = \frac{\sum a}{\sum \dfrac{a}{c}}$$

（2）分子数列和分母数列都是时点数列。如果分子数列和分母数列都是间隔相等的间断时点数列，则可用"首末折半法"分别求出分子数列、分母数列的序时平均数，再将两值相比得出相对数时间数列的序时平均数。计算公式如下：

$$\bar{c} = \frac{\bar{a}}{\bar{b}} = \frac{\dfrac{\dfrac{a_1}{2} + a_2 + a_3 + \cdots + a_{n-1} + \dfrac{a_n}{2}}{n - 1}}{\dfrac{\dfrac{b_1}{2} + b_2 + b_3 + \cdots + b_{n-1} + \dfrac{b_n}{2}}{n - 1}} = \frac{\dfrac{a_1}{2} + a_2 + a_3 + \cdots + a_{n-1} + \dfrac{a_n}{2}}{\dfrac{b_1}{2} + b_2 + b_3 + \cdots + b_{n-1} + \dfrac{b_n}{2}}$$

【例 8 – 11】某企业 2010 年有关职工人数资料如表 8 – 13 所示。

表 8 – 13　　　　　　　　　某企业 2010 年有关职工人数资料

时　间	3 月末	4 月末	5 月末	6 月末
工人人数（人）a	1 420	1 450	1 485	1 512
职工人数（人）b	1 500	1 570	1 580	1 600
工人人数占职工总数的比重（％）	94.67	92.36	93.99	94.50

试根据表 8 – 13 资料计算该企业 2010 年第二季度各月工人人数占职工总数的平均比重。

$$\bar{c} = \frac{\dfrac{a_1}{2} + a_2 + a_3 + \cdots + a_{n-1} + \dfrac{a_n}{2}}{\dfrac{b_1}{2} + b_2 + b_3 + \cdots + b_{n-1} + \dfrac{b_n}{2}} = \frac{\dfrac{1\,420}{2} + 1\,450 + 1\,485 + \dfrac{1\,512}{2}}{\dfrac{1\,500}{2} + 1\,570 + 1\,580 + \dfrac{1\,600}{2}} = 93.64\%$$

（3）分子数列和分母数列是两个性质不同的数列。当分子数列和分母数列性质不同时，即对比的分子和分母数列，一个是时期数列，一个是时点数列时，应分别根据它们的不同性质选择适当的计算方法求得其序时平均数，再将两值对比得出相对数或平均数时间数列的序时平均数。

【例 8 – 12】某百货公司 2010 年第一季度商品流转情况如表 8 – 14 所示。

表 8 – 14　　　　　　　　　某企业某年第一季度商品流转情况

时　间	上年 12 月	1 月	2 月	3 月
商品销售额（万元）a	—	200	300	180
月末商品库存额（万元）b	50	55	35	55
商品流转次数（次）c	—	3.81	6.67	3.27

试根据表 8 – 14 资料计算该百货公司 2010 年第一季度平均每月商品流转次数。

表 8 – 14 中商品销售额时间数列是时期数列，月末商品库存额时间数列是时点数列，而平均商品流转次数等于平均商品销售额除以平均商品库存额，所以计算结果如下：

$$\bar{c} = \frac{\bar{a}}{\bar{b}} = \frac{\dfrac{\sum a}{n}}{\dfrac{\dfrac{b_1}{2} + b_2 + \cdots + b_{n-1} + \dfrac{b_n}{2}}{n-1}} = \frac{200 + 300 + 180}{\dfrac{50}{2} + 55 + 35 + \dfrac{55}{2}} = 4.77（次）$$

另外，如果时间数列中的各项指标本身就是序时平均数，当期时间间隔相等时，则可直接采用简单算术平均的方法计算其序时平均数。

（二）平均发展速度和平均增长速度

平均发展速度是各个时期环比发展速度的序时平均数，说明社会经济现象在较长时期内速度变化的平均程度。由于社会经济现象在各个时期所处的条件及影响其变化的因素不同，因此，各个时期的发展速度有差异。而平均发展速度通过对各个时期环比发展速度的序时平均，消除了差异，便于不同时期社会经济现象的发展变化情况进行对比以及用来对比不同国家或地区经济发展的不同情况，是反映国民经济发展状况的重要指标。

平均增长速度也叫平均递增速度是现象在各个时期的环比增长速度的序时平均数，用以反映现象在一个较长的时间内逐期递增或递减的平均速度。但不能直接将各环比增长速度加以平均，而应根据它与平均发展速度之间的关系加以推算。平均发展速度与平均增长速度之间的关系为：

平均增长速度 = 平均发展速度 - 1

上式如为正值，表明现象在一定发展阶段内逐期平均递增的程度；负值表示现象逐期平均递减的程度。由此可见，平均速度的计算首先是平均发展速度的计算。

由于环比发展速度是根据同一现象不同时期发展水平对比得到的动态平均数，所以，它不能用一般平均数时间数列的序时平均数方法进行计算。在实际工作中，计算平均发展速度的方法主要有两种，即几何平均法和方程式法。两种方法理论依据不同，具体计算和应用场合也不一样。

1. 几何平均法

计算平均发展速度时，因为总速度不等于各时期环比发展速度的总和，而等于各时期环比发展速度的连乘积，所以不能应用算术平均法，而要应用几何平均法来计算。由于几何平均法主要考虑最后一年的发展水平，即着重解决按什么平均速度才能达到最后一年的发展水平，所以也叫"水平法"。通常用于计算人口、产品产量、总产值、社会消费品零售总额等指标的速度。"水平法"的含义是指从最初水平 a_0 出发，以平均发展速度 $\overline{X}$ 代替各环比发展速度 X_1，X_2，…，X_n，经过 n 期发展，达到最末水平 a_n，用公式表示如下：

$$a_0 \overline{X} \cdot \overline{X} \cdot \overline{X} \cdots \overline{X} = a_n (共有 n 个 \overline{X})$$

所以　　　$\overline{X}^n = \dfrac{a_n}{a_0}$

因此，平均发展速度 $\overline{X}$ 的计算公式为：

$$\overline{X} = \sqrt[n]{\frac{a_n}{a_0}}$$

因为 $\dfrac{a_n}{a_0}$ 为 n 期的定基发展速度，根据定基发展速度等于相应时期各环比发展速度的连乘积的关系，所以计算平均发展速度也可以用下列公式：

$$\overline{X}^n = \frac{a_n}{a_0}$$

$$\overline{X} = \sqrt[n]{X_1 \cdot X_2 \cdots X_n} = \sqrt[n]{\pi X}$$

又因为 $\dfrac{a_n}{a_0}$ 也是整个时期的总速度 R，所以平均发展速度还可以根据总速度计算，其计算公式为：

$$\overline{X} = \sqrt[n]{\frac{a_n}{a_0}} = \sqrt[n]{R}$$

计算平均发展速度时，根据所掌握的资料可选用以上任何一个公式来计算。

【例 8 - 13】根据表 8 - 14 各年普通高校招生人数的环比发展速度资料，计算我国 2004—2009 年普通高校招生人数的平均发展速度。

解：根据公式 $\overline{X} = \sqrt[n]{\pi X}$ 代入数值得

$$\overline{X} = \sqrt[5]{112.8\% \times 108.2\% \times 103.6\% \times 107.4\% \times 105.2\%} = 107.39\%$$

计算结果说明，我国 2004—2009 年间普通高校招生人数的平均发展速度为 107.39%，平均每年递增 7.39%。

【例 8 - 14】某地区 2010 年国内生产总值为 450 亿元，根据计划 2015 年要达到 665 亿元。（1）试计算 2010 年到 2015 年该地区国内生产总值的平均递增率。（2）若平均每年增长 9%，2014 年该地区国内生产总值应达到多少亿元？（3）若平均每年增长 8.12%，多少年后能达到 630 亿元？

解：（1）已知 $a_0 = 450$ 亿元，$a_n = 665$ 亿元，$n = 5$

根据公式 $\overline{X} = \sqrt[n]{\dfrac{a_n}{a_0}}$ 代入数值得

$$\overline{X} = \sqrt[5]{\frac{665}{450}} = 108.12\%$$

平均递增率 $= \overline{X} - 1 = 108.12\% - 1 = 8.12\%$

计算结果表明，2010—2015 年该地区国内生产总值的平均发展速度为 108.12%，平均每年递增 8.12%。

（2）已知 $a_0 = 450$ 亿元，$\overline{X} - 1 = 9\%$，$n = 4$

根据公式 $\overline{X} = \sqrt[n]{\dfrac{a_n}{a_0}}$ 得

$$a_n = a_0 \cdot \overline{X}^n = 450 \times (1 + 9\%)^4 = 635.21（亿元）$$

计算结果表明，若每年增长 9%，则 2014 年该地区的国内生产总值能达到 635.21 亿元。

（3）已知 $a_0 = 450$ 亿元，$a_n = 630$ 亿元，$\overline{X} - 1 = 8.12\%$

根据公式 $\overline{X} = \sqrt[n]{\dfrac{a_n}{a_0}}$ 两边同取常用对数得

$$n = \frac{\lg a_n - \lg a_0}{\lg x} = \frac{\lg 630 - \lg 450}{\lg(1 + 8.12\%)} = 4.3（年）$$

计算结果表明，若每年增长 8.12%，经过 4.3 年该地区的国内生产总值能达到 630 亿元。

2. **方程式法**

在实际中，如果长期计划按累计法制定，则要求用方程式法计算平均发展速度，按此速度发展，可保证计划期内各期发展水平的累计达到计划规定的总数，所以方程式法也称为"累计法"。即从最初水平 a_0 出发，各期按平均发展速度 $\overline{X}$ 计算发展水平，则计算的各期发展水平累计总和，应与实际所具有的各期发展水平的累计总和相等。列出方程式，再求解，便得出平均发展速度。

第三节　时间数列的成分分解法

客观现象总是按照自身所固有的一定规律发展变化的，对现象进行动态分析，不仅要根据时间数列计算一系列动态分析指标，以研究现象发展所达到的水平和速度，而且还应对原数列所包含的成分分解分析，揭示现象变化的趋势和周期性规律，并对现象的未来发展进行预测，这就是时间数列成分分析的主要内容。

一、时间数列的分解与组合

（一）时间数列的组成成分

时间数列所揭示的事物的发展变化，是许多因素共同作用的结果，要将各种因素一一加以划分，并作出精确计算，事实上是不可能的。但我们可以将这些影响因素归纳为不同的种类，并对各类因素的影响作用加以测定。对时间数列影响因素的归纳，最普通和最常用的是归纳为长期趋势（T）、季节变动（S）、循环变动（C）及不规则变动（I）四类。

各种时间数列的变动，一般都由这四部分变动的一部分或全部所形成。比如自然现象数列中的气温变化，主要受季节因素的影响；社会现象数列中的人口变动，主要受长期趋势的影响；经济现象数列中某商品销售额的变动，则既受长期趋势的影响，也受季节变动的影响，有时还受到循环变动和各种意外、偶然因素的影响。对时间数列中的这些成分进行分解、测定、预测、分析，揭示实物随时间变化而演变的趋势和周期规律，是时间分析的重要内容。

1. 长期趋势

长期趋势指在一段相当长的时期内，现象所表现的沿着某一方向的持续发展变化。这种变化最常见的是一种向上的发展，通常由各种经济投入（如技术进步、劳动力、资金等）所引起，长期趋势有时也可视作经济成长的因素。不过，某些时间数列也可能呈现一种既不向上，也不向下的水平趋势，或者在某一段时间内呈现一种水平趋势。但从一段较长时期来看，现象总是保持着一定形态的发展趋势的。

2. 季节变动

原来意义上的季节变动，指现象受自然因素的影响，在一年内随着四季的更替而发生的较有规律的变动。现在，季节变动的概念又扩大了很多，凡在一年内以一定时期为周期的较有规律的变动都可以称为季节变动。引起季节变动的原因，除了自然因素，也有人为因素。前者指由于季节变化对现象发生影响而产生的周期性变动。比如农作物的生产，某种商品的销售，某种商品的需求等。后者指由于习惯、法规、法律等而产生的周期性变动。例如我国商品销售量在春节、端午节、中秋节会出现大幅上升，而某些国家商品销售又在圣诞节、复活节特别活跃。这是一种习惯引起的季节变动。实际上，自然季节和人为季节很多时候也不是能截然划分的，不少人为季节以自然季节为基础，而自然季节引起变动往往又形成人类的习惯，使自然季节转变为习惯季节。

3. 循环变动

循环变动指若干年（或月、季）为一周期的有一定规律的周期变动。循环变动不同于长期趋势，因为它不是朝单一方向的持续运动，而是一种涨落相间或扩张与紧缩相交替的波动。循环变动也不同于季节变动：其一是由于其规律性低于季节变动。循环变动的规律是一种自由规律，周期的长短很不一致；而季节变动是一种固定规律，通常以一年 12 个月或一年 4 个季度为一周期。其二是由于模型的可识别性低于季节变动。季节变动的模型通常很容易识别，而循环变动模型的识别则有较大困难。

4. 不规则变动

不规则变动指现象受到偶然因素的影响而呈现的时大时小、时起时伏、方向不定、难以把握的变动。这种变动不同于前三种变动，是因为它无法计算、无法预测、无法消除也无法抗拒。但由于这种因素具有偶然性，根据概率论原理，如果这类原因很多，而且互相独立，则有相互抵消的可能；若这些因素相互存在着联系，而且受一两个重大因素所支配，则难以互相抵消，极可能形成经济波动，而且振幅往往很大，无法以前三种变动加以解释（战争、自然灾害）。

动态分析的重要任务之一是对时间数列中的这几种成分给予统计预测和分析，从数列的变动中，划分出各种变动的具体作用和动向，揭示出各种变动（除不规则变动）的规律性特征，为正确认识事物的发展提供科学的依据。

（二）时间数列的组合模型

时间数列中的各项指标数值，总是由各种不同的影响因素共同作用所致，换一句话说，数列中每个时间上的指标数值，也就同时包含着各种不同的成分。以 Y 代表数列中的指标数值，则 Y 可表示为：

$$Y = T + S + C + I \qquad （加法模式）$$

$$Y = T \cdot S \cdot C \cdot I \qquad （乘法模式）$$

其中乘法模式是分析时间数列最常用的模式，它以趋势成分（绝对量）为基础，其余各成分均用比率（相对量）来表示。而在加法模式中，各组成分均为独立的、计量单位一致的绝对量。

但是，时间数列中的几个成分（也可称为分量）并不总是在每一个数列中都同时存在，或者说，并不是每个现象都会同时受到上述四类因素的影响，往往在一个数列中仅包含其中部分成分，从而形成时间数列的不同组合类型。如：

$$Y = T \cdot I$$

$$Y = T \cdot S \cdot I$$

$$Y = T \cdot S \cdot C \cdot I$$

其中，趋势季节循环模型（即 $Y = T \cdot S \cdot C \cdot I$）是最完备的，其他模式可视为其特例。

二、长期趋势的测定和分析

（一）研究长期趋势的目的和意义

长期趋势的测定和分析，是时间成分分析中最重要的工作。一个数列可能不包含季节成分、循环成分，但只要是时间数列，就必然包含趋势成分（水平趋势或增长趋势）。研究长期趋势的目的和意义，一是认识和掌握现象随时间演变的趋势和规律，为指导经济管理提供依据；二是通过对现象过去变动规律的了解，对事物的未来发展趋势作出预计和推测；三是便于从原数列中剔除趋势成分，更好地分解、研究其他成分。

需要强调的是，对于一个时间数列进行趋势分析时，所选定的期间越长，越能反映出现象发展的基本规律，偶然性因素的影响便于互相抵消。同时，还应特别注意前后数据的可比性，对个别不正确的数据，可视具体情况删除或调整。

（二）测定长期趋势的基本方法

从一个数列中分解出其中趋势成分，较常用有效的方法是时期扩大法、移动平均法和最小二乘法。

1. 时距扩大法

时距扩大法即把原时间数列包括的若干个时期资料加以合并，得出发展时期的资料，构成一个新的时间数列。消除原有资料中指标之间的某些上下波动情况，从而呈现出现象固有的发展趋势。

【例 8 - 15】某企业 2010 年各月份的销售额资料如表 8 - 15 所示。

表 8 - 15　　　　　　　某企业 2010 年各月份销售额资料　　　　　单位：万元

月　份	销售额	月　份	销售额	月　份	销售额
1	320	5	380	9	430
2	350	6	360	10	440
3	330	7	420	11	460
4	340	8	400	12	480

表 8 - 15 的资料显示，该企业 2010 年的销售额呈上升趋势，但月与月之间有升有降，趋势并不十分明显。若将月份资料合并为季度资料，其逐渐增长的趋势就比较明显了。合并后的资料如表 8 - 16 所示。

表 8－16   某企业 2010 年各季度销售额资料   单位：万元

季　度	第一季度	第二季度	第三季度	第四季度
利润额	1 000	1 080	1 250	1 380
平均销售额	333.33	360.00	416.67	460.00

运用时距扩大法来修匀时间数列应注意的是：（1）这一方法只适用于时期数列，因为只有时期数列的发展水平才具有可加性。（2）扩大的时距多大为宜，这取决于现象自身的特点。对于呈现周期波动的数列，扩大的时距应与波动周期相吻合；对于一般的时间数列，则要逐步扩大时距，已能够显示趋势变动的方向为宜。时距扩大太多，将造成信息的损失。（3）扩大后的时距要一致，相应的发展水平才具有可比性。

另外，对于时点数列由于各期发展水平相加没有意义，不能直接采用扩大时距的方法修匀，应采用序时平均的方法计算和表示新数列的各期水平。

2. 移动平均法

移动平均法是将原时间数列的时间间隔扩大，并按选定的时间长度，采用逐次递移的方法对原时间数列计算一系列的序时平均数，这些平均数形成的新数列削弱或者消除了原时间数列中由于短期偶然因素引起的不规则变动和其他成分，对原始时间数列起到一定的修匀作用，从而呈现出现象发展的变动趋势。根据选定的时间长度不同，移动平均法有奇数项移动平均和偶数项移动平均。该方法可以用来分析和预测销售情况、库存、股价或其他趋势。

【例 8－16】仍用表 8－15 某企业 2010 年各月份销售额的资料，采用 3 项和 4 项移动平均法分别进行修匀，计算结果如表 8－17 所示。

表 8－17   某企业 2010 年各月份销售额的移动平均数   单位：万元

月　份	销售额	3 项移动平均数	4 项移动平均数	2 项移动平均修正
1	320	—	—	—
2	350	333.33	—	—
3	330	340.01	335.0	342.50
4	340	350.00	350.0	351.25
5	380	360.00	352.5	363.75
6	360	386.67	375.0	382.50
7	420	393.33	390.0	396.25
8	400	416.67	402.5	412.50
9	430	423.33	422.5	427.50
10	440	443.33	432.5	442.50
11	460	460.00	452.5	—
12	480	—	—	—

应用移动平均法分析长期趋势时，应注意以下几个问题：

（1）应根据现象的特点和资料的情况选择合适的时间长度，如果现象的变化有周期性，应该以周期长度为移动的时间长度。如果给出的是各月或各季的资料，应考虑12项或4项移动平均。只有这样，才能消除周期变动或季节变动的影响。

（2）移动平均对原数列具有修匀作用。移动项数 N 越大，对数列的修匀作用越强，但移动平均后，其数列的项数较原数列减少。N 为奇数时，新数列首尾各减少 $(N-1)/2$ 项；N 为偶数时，首尾各减少 $N/2$ 项。所以，移动平均会使原数列失去部分信息，而且移动的项数 N 越大，失去的信息越多。所以，移动的项数不宜过大。

（3）采用奇数项（$N=3,5,7,9$ 等）计算移动平均数时，只需一次移动平均，就可取得正对中间项的长期趋势值；移动平均采用偶数项（$N=2,4,6,8$ 等），需要计算两次移动平均，其中第二次计算的是相邻两平均值的移动平均，这是为了使平均值对正某一时期，也称为移动修正平均。

（4）移动平均法适用于分析时间数列的长期趋势，但是不适合对现象未来的发展趋势进行预测。

3. 最小二乘法

最小二乘法是测定长期趋势的常用方法，又称数学模型法。是利用趋势方程来描绘数列长期趋势进而进行未来预测的一种统计方法。具体分析方法可分为直线趋势的测定和曲线趋势的测定两种方法。这里主要研究直线趋势的测定方法。

若时间数列的各期逐期增长量相对稳定，即现象发展水平按相对固定的绝对速度变化时，则采用直线（线性函数）作为趋势线，来描述趋势变化，预测前景。

如以时间因素作为自变量（t），把数列水平作为因变量（y），配合的直线趋势方程为：

$$y_c = a + bt$$

式中：y_c 代表理论值（或称趋势值）；t 代表时间顺序；a 代表趋势线的截距；b 代表趋势线的斜率，它表示当时间 t 每变动一个单位时趋势值的平均变动量。

如何使直线方程符合我们所研究现象的发展趋势，关键是要根据所掌握的资料计算出方程式中的参数 a 和 b。计算参数的方法较多，最常用的方法是最小平方法。最小平方法的理论依据是：时间数列中的实际数值与趋势值的离差平方之和为最小值。用公式表示为：

$$\sum (y - y_c)^2 = 最小值 \quad 把直线方程式代入得$$

$$\sum (y - a - bt)^2 = 最小值$$

分别对上式中的 a 和 b 求偏导数，并令之为0。优先对 a 求偏导数得

$$-2 \sum (y - a - bt) = 0$$

即 $\quad \sum y - na - b \sum t = 0$

然后对 b 求偏导数得

$-2t \sum (y - a - bt) = 0$

即 $\quad \sum yt - a \sum t - b \sum t^2 = 0$

将上面两式联立求解，可得

$$\begin{cases} a = \dfrac{1}{n}\left(\sum y - b \sum t \right) = \bar{y} - b\bar{t} \\ b = \dfrac{n \sum yt - \sum t \sum y}{n \sum t^2 - \left(\sum t \right)^2} \end{cases}$$

式中，n 代表时间数列的项数。

由于自变量 t 代表时间数列的时间顺序，所以 t 可以有多种编号方法，如从 0 开始，也可以从 1 开始，还可以从任意一个自然数开始编号。在对时间数列按最小二乘法进行趋势配合的运算时，为使计算更简便些，将各年份（或其他时间单位）简记为 1，2，3，4，…，并用坐标移位方法将原点移到时间数列的中间项，使 $\sum t = 0$。当项数 n 为奇数时，中间项为 0，当 n 为偶数时，中间的两项分别设 -1，1 这样间隔便为 2，各项依次设成：…，-5，-3，-1，1，3，5，…。采用以上两种方法编制时间顺序，由于 $\sum t = 0$，从而达到了简化计算的目的。因此上式可得

$$\begin{cases} a = \dfrac{\sum y}{n} = \bar{y} \\ b = \dfrac{\sum yt}{\sum t^2} \end{cases}$$

此种方法可以叫做用最小平方法配合直线的简捷方法。

【例 8 - 17】我国 2000—2010 年的人口资料如表 8 - 18 所示，试用最小平方法配合直线趋势方程。

表 8 - 18　　　　我国 2000—2010 年的人口资料及最小平方法计算表　　　单位：亿人

年份	人口总数 y	时间序号 t	yt	t^2	y_c	t	yt	t^2	y_c
2000	12.67	1	12.67	1	12.69	-5	-63.35	25	12.69
2001	12.76	2	25.52	4	12.76	-4	-51.04	16	12.77
2002	12.85	3	38.55	9	12.84	-3	-38.55	9	12.84
2003	12.92	4	51.68	16	12.91	-2	-25.84	4	12.91
2004	13.00	5	65.00	25	12.99	-1	-13.00	1	12.99
2005	13.08	6	78.48	36	13.06	0	0	0	13.06
2006	13.14	7	91.98	49	13.13	1	13.14	1	13.13

续表

年份	人口总数 y	时间序号 t	yt	t^2	y_c	t	yt	t^2	y_c
2007	13.21	8	105.68	64	13.21	2	26.42	4	13.21
2008	13.28	9	119.52	81	13.28	3	39.84	9	13.28
2009	13.35	10	133.50	100	13.36	4	53.40	16	13.35
2010	13.41	11	147.51	121	13.43	5	67.05	25	13.43
合计	143.67	66	870.09	506	143.66	0	8.07	110	143.66

因为数列中各期逐期增长量基本相等，所以可以配合直线趋势方程。首先按 2000 年为第一年计算。

设直线方程为：$y_c = a + bt$，用最小平方法求出参数 a 和 b 值得

$$\begin{cases} b = \dfrac{n \sum yt - \sum t \sum y}{n \sum t^2 - (\sum t)^2} = \dfrac{11 \times 870.09 - 66 \times 143.67}{11 \times 506 - 66^2} = 0.073\ 4 \\ a = \dfrac{1}{n}(\sum y - b \sum t) = \dfrac{1}{11}(143.67 - 0.073\ 9 \times 66) = 12.620\ 5 \end{cases}$$

所以直线方程为：$\qquad y_c = 12.620\ 5 + 0.073\ 4t$

求时间数列中各期的理论值 y_c，得出表 8-18 中的数值。如果预测该企业 2012 年的人口总数（$t = 13$），则

$\qquad y_{2012} = 12.620\ 5 + 0.073\ 4 \times 13 = 13.57$（亿人）

如果用简捷计算方法，令 $\sum t = 0$，即 2005 年时间序号为 0，则

$$\begin{cases} a = \dfrac{\sum y}{n} = \dfrac{143.67}{11} = 13.060\ 9 \\ b = \dfrac{\sum yt}{\sum t^2} = \dfrac{8.07}{110} = 0.073\ 4 \end{cases}$$

所以直线方程为：$\qquad y_c = 13.060\ 9 + 0.073\ 4t$

求时间数列中各期的理论值 y_c，得出表 8-18 中的数值。如果预测该企业 2012 年的产品销售收入（$t = 7$），则

$\qquad y_{2012} = 13.060\ 9 + 0.073\ 4 \times 7 = 13.57$（亿人）

从计算结果上看，两种计算结果基本一样，所以在实际中，用最小平方法配合直线并进行预测时多采用简捷方法计算。

第九章 统计指数

学习目标

通过本章学习，理解统计指数的含义、种类和作用，掌握编制统计指数的基本原则，学会采用不同方法编制数量指标指数和质量指标指数，并能根据不同资料计算算术平均数指数和调和平均数指数，且能够从相对数和绝对数两个方面对社会经济现象进行多因素分析。

重点难点

本章重点是综合指数、平均数指数的编制，难点是应用指数体系的原理进行因素分析。

第一节 统计指数概述

一、统计指数的概念

18 世纪后半期，欧洲的一些国家因物价飞涨而引起了社会的动荡与不安。为了反映物价的变动程度，一些经济学家开始着手研究并计算价格指数。对于一种商品，用现行价格与原来价格对比，反映该种商品价格的变动情况，这就是现在所讲的个体价格指数，一般用相对数来表示。这种反映价格变动的相对数统计上称之为指数。随着统计实践的不断深入，统计指数应用也就不断扩大，统计指数作为一种重要的统计手段，也就得到了前所未有的发展。

今天，统计指数法已成为对社会经济现象的数量变动进行分析的常用方法，广泛应用于社会政治与经济生活的各个领域。近年来，我们在日常工作和生活中，常常会接触到各种各样与指数有关的消息。举两个例子：2011 年 4 月，国家统计局公布的 CPI 指数（即消费者价格指数）数据显示，该月份的同比指数为 5.3%，这就意味着 2011 年 4 月份，消费者购买商品与接受服务其所承担的商品或服务价格比前一年同月份平均有了 5.3 个百分点的增幅；而同时公布的同比 PPI 指数（生产者物价指数）为 6.8%，这就意味着企业在当月购买物品与劳务的价格较之上年同月将有大约 6.8 个百分点的上涨。由于企业最终要把它们所承担的费用以更高的消费价格的形式转移给消费者，一些经济学者已经据此预测未来的 CPI 指数或许会有更大幅度的上扬。可见，当今时代，指数和我们的工作、生活已经紧密相关了。

那么，作为一种重要的统计方法，统计指数究竟如何定义？

为了阐明指数的概念，我们把所要研究的现象区分为简单现象总体和复杂现象总体。前者，指总体中的单位数或标志值可以直接加以汇总，如同类或同质产品的产量、成本、产值、利税；某农作物的播种面积及其收获量；工人人数及其工资等。后者，指构成现象总体的单位及其标志值不能直接加总，如不同使用价值的产品产量、单位成本和价格等。

不列颠百科全书中的词条"指数"如此说："指数是用来测定一个变量对于另一个特定变量值大小的相对数。"这可以理解为一种定义口径较为宽泛的广义指数定义，即各种统计相对数皆可称为指数。依此定义，反映上一段所说的两种现象总体（简单现象总体和复杂现象总体）变动的相对指标，皆为指数。也就是说，以前章节学习过的动态相对数、比例相对数、计划完成程度等，都属于指数范畴。

与广义指数相对应的是狭义指数。狭义指数是反映复杂现象总体，即不能直接相加的多因素组成的复杂现象总体的综合变动的相对数。下面，我们举一个浅显的例子说明一下狭义指数定义中所提到的复杂现象总体：一个小店经营甲、乙、丙等三种性质与价值差异都较大的货物。或许我们可以规定甲商品是电脑，而乙商品是光盘，而丙商品则是学习电脑技术的辅导书。我们现在拥有该小店本月（报告期）与上月（基期）的甲、乙、丙商品的销售量数据。当我们要将三种商品的销售量相加进行对比时，却发现由于商品的价值、性质及计量单位不同，直接求和是不合理的。不能求和，则无法进行综合对比。那么，究竟应该怎样做，才能计算出我们想要的销售量总指数？这正是后面的内容要探讨的。不过，现在我们就可以定义复杂现象总体了，其实它并不复杂。所谓复杂现象总体，是指由许多计量单位不同或性质各异的事物组成的数量上不能直接加总的商品或产品总体。

本章采用的指数定义多数是基于此种狭义指数定义。当我们要说明某一种商品的销售量或价格变动时，我们计算的是简单的动态相对数，若说它是指数，也只能算是广义指数；而当我们要反映多种商品的销售量、价格及成本的变动时，我们所编制的指数就是狭义指数。

狭义指数具有以下几个性质：

1. 相对性

指数是现象在不同时间或空间上对比形成的相对数，表示总体数量的相对变动程度。指数所表达的意义一定相对于某个对比基准而言。对比的基准不同，指数的数值和意义也会不同。例如，2011年4月的CPI指数同比上涨5.3%，表示当年当月价格水平比去年同月价格的涨幅为5.3%；环比上涨0.2%，则表示该月份价格水平比前一个月（2011年3月）的价格水平高出0.2%。

2. 综合性

狭义的指数不是反映一种事物的数量变动，而是综合反映多种事物构成的总体的变动，所以它是一种综合性的数值。如CPI指数就不只是说明某一种消费品或服务项目的价格变动，而是概括地反映居民所有生活消费项目的价格水平的整体变动程度。

3. 平均性

指数是总体水平的一个代表性数值，平均性的含义可概括为：一是指数进行比较的综合数量是作为个别量的一个代表，本身具有平均的性质；二是两个综合量对比形成的指数反映了个别量的平均变动水平，如物价指数反映了多种商品和服务项目价格的平均变动水平。

4. 代表性

指数既然是所研究现象每个项目变动的综合反映，按理就应包含所有项目。然后，同一现象所包含的项目品种繁多，例如全社会的消费品数以千万计，不可能所有项目都参与指数计算。所以，指数只是一种代表性的数值。

二、指数的种类

按照不同的分类角度，指数可以有多种不同的分类。

（一）按指数计算的范围不同，指数可以分为个体指数和总指数

个体指数是反映单个现象或单个事物变动的相对数，比如，某一种商品的销售量指数或价格指数，都是个体指数。总指数是综合反映整个复杂经济现象总体变化情况的相对数，如各种股指、CPI指数等。本章后面将要介绍的综合指数和平均数指数都是计算总指数的不同形式和办法。

（二）按指数化指标的性质不同，指数分为数量指标指数和质量指标指数

在指数计算中，指数所要测定其变动程度的指标或变量称为指数化指标。数量指标指数的指数化指标是数量指标。也就是说，数量指标指数是反映现象的规模或数量变动的相对数。如商品销售量指数、产品产量指数等，都属于数量指标指数；而质量指标指数的指数化指标则是质量指标。也就是说，质量指标指数是反映质量指标变动程度的相对数，如价格指数、单位成本指数等。

（三）按指数在指数数列中所采用的基期不同，可分为定基指数和环比指数

指数数列是指将不同时期的某种指数按时间先后顺序加以排列而形成的数列，它是一种相对数动态数列。定基指数是指在指数数列中各个指数都以某一固定时期为对比基期而编制的指数，它不依分析时期的变化而变化，可用来反映现象在一个较长时期的变动情况；环比指数则是指在指数数列中各个指数都以其前一期为对比基期而编制的指数，它的计算基期随报告期的变化而变化，可以用来反映被研究现象逐期变动的情况。

（四）按指数所反映的时间状况不同，指数可分为动态指数和静态指数

动态指数也称为时间指数，是同类现象在两个不同时间上的数量对比的结果，用于反映现象随着时间变化而变动的方向和程度。统计上最初的指数都是动态指数。至今社会经济统计中，许多重要的指数都属于动态指数。随着指数的研究范围和应用领域逐步扩大，才产生了静态指数。静态指数主要包括空间指数和计划完成情况指数两种。空间指数是同一时间不同空间的同类现象对比的相对数，反映同类现象在不同空间或不同区域的差异程度。如将两个城市的同时期物价水平或居民消费数量进行对比，所得指数就属于空间指数。计划完成情况指数是利用总指数的方法，将多项计划任务的实际数与计划数对比，综合反映计划完成情况，如为了综合反映多种商品销售量的计划完成情况而计算的销售量计划完成情况指数。静态指数是动态指数应用上的拓展，所以其计算原理和分析方法都与动态指数基本相同。本章所讲授的统计指数属于动态指数，主要讨论动态指数的计算方法与应用。

三、指数的作用

在近年来的经济事务中，指数越来越成为一种进行经济分析的实用工具。它的作用，我们可以做如下归纳：

（一）综合反映复杂现象总体变动的方向和程度

如果你想了解消费价格的总体变化情况，显然没有必要也不可能把每一项消费品和服务的价格都进行观察和对比。从 CPI 指数中就可以有所了解了。投资者要了解股票价格的整体趋势，同样可以从各种股票指数中获取信息。

（二）分析现象总体变动中各个因素的影响方向和影响程度

例如，产品总成本可以分解为产量和单位成本两个影响因素。利用产量指数和成本指数不仅可以分别反映这两个因素的综合变动程度，还可以分析它们对总成本变动的影响大小。在分组情况下，总体平均水平的变动也可以分解为各组水平变动的影响和总体结构变动的影响。例如，某企业职工平均工资的变动，既受该企业各工资级别（或工种）职工工资水平变动的影响，也要受该企业职工级别（或工种）构成变动的影响。因而，指数用于对现象总量变动进行因素分析的方法与原理，可以拓展应用于对总体平均水平进行因素分析。

（三）对现象进行综合测定和评价

随着指数方法在实际应用中的发展，运用指数还可以对多指标的变动进行综合评价。许多现象都需要用多个指标构成的指标体系进行系统的描述和多角度的分析，为了在数量上对多个指标的变动程度或差异程度进行综合的测定和评判，也常常运用指数。如综合经济效益指数、企业竞争力指数、综合国力指数等。

（四）分析研究社会经济现象在长时间内的发展变化趋势

利用连续编制的动态指数数列，可以进行长时间的发展趋势分析和比较分析。

第二节　综合指数

一、综合指数的基本编制原理

在前面提到的指数分类中，将指数按其计算范围分为总指数和个体指数。而总指数通常有两种计算方法：一种是综合指数方法；另一种是平均数指数方法。综合指数是计算总指数的基本方法，即采用"先综合，后对比"的方法对复杂现象总体进行数量对比。

综合指数是设法将各个个体的数量先综合以后再通过两个时期的综合数值对比计算的总指数。也就是说，总指数要综合反映多个个体构成的现象总体的数量变动，而这些个体的具体内容和计量单位不同，其数量却不能直接相加汇总。综合指数首先必须解决综合汇总的问题，即必须找到一种因素将各个个体的数量综合起来。例如，编制销售量总指数时，由于各种商品的销售量不能直接相加，必须找一个因素将不能同度量的销售量转化为可同度量的、可加总的数值。对于销售量而言，这个起着同度量作用的因素就是各种商品的销售价格。因为通过价格可以将销售量转化为销售额，而各种商品的销售额都是可以直接汇总的。价格在加总过程中客观上还起到了权数的作用，即价格高的商品，其销售量的变动对销售量总指数的影响较大；反之，价格低的商品其销售量变动对销售量总指数的影响较小。引入价格后各种商品的销售额加总得到销售总额，但是销售总额的变动反映的是销售量与价格两个因素共同变动的结果。为了测定销售量的变动程度，还必须设法让价格固定不变，即在计算基期销售额与报告期销售额时，均采用相同时期的价格水平。

同样，编制多种商品的价格总指数时，各种商品的价格也是不能同度量的，不能直接加总对比。表面上看，价格的计量单位是货币单位，但实际上价格总是指单位商品的价格，因此其计量单位总是随着具体商品的计量单位不同而不同，如苹果的价格单位是"元/千克"，电脑的价格单位是"元/台"。所以，对于不同使用价值、不同计量单位的商品，其价格也不能直接加总对比。只有与它们各自的销售量相乘，才能得到可以同度量的数值。并且，商品价格变动对价格总水平变动的重要程度究竟是多少，应该用它们的销售量来衡量。销售量大的商品，其价格变化对价格总指数的影响应大些；反之，销售量小的商品，其价格变化对价格总指数的影响小些。所以，计算价格总指数时，引入销售量既解决了加总的问题，同样也起到了权数的作用。当然为了只反映价格单一因素的变动，也必须使销售量固定不变，即在计算基期销售总额和报告期总额时，均采用同一时间上的销售量。

结合以上内容，我们进一步加以概括，就提出了编制综合指数必须明确的两个重要概念：一是指数化指标；二是同度量因素。所谓指数化指标就是编制综合指数所要测定的因素。如销售量综合指数的计算是为了测定销售量因素的变动，因此销售量就是指数化指标。所谓同度量因素是指媒介因素，借助媒介因素，把不能直接加总的因素过渡到可以同度量并可以加总，所以称其为同度量因素。指数化指标是综合指数计算中的主角，指数计算的目的正是测定它的变动，而同度量因素则是指数计算中的配角，所起的作用是将不能同度量的现象转化为同度量的现象，因此在对比的过程中应加以固定，才能达到反映指数化指标变动的目的。

二、综合指数的概念及编制方法

（一）综合指数的概念

综合指数是总指数基本的编制方法，也是其重要的形式。它是由两个总量指标对比形成的指数。凡是一个总量指标可以分解为两个或两个以上的因素指标时，将其中一个或一个以上的因素指标固定下来，仅观察其中一个因素指标变动的程度，这样的总指数就叫综合指数。如前所述，其中，变动的那个因素指标，叫作指数化指标或指数化因素，而不变的那个或几个因素指标叫做同度量因素。

（二）综合指数编制的一般方法

1. 表示符号的规定

为了便于我们对指数编制公式的表达，规定一组表示符号：

（1）K：个体指数；（2）$\bar{K}$：总指数；（3）P：质量指标；

（4）q：数量指标；（5）1：报告期；（6）0：基期。

2. 同度量因素的选择与时期固定问题

（1）用什么因素作为同度量因素？同度量因素应从各种经济关系出发，选择与指数化因素有经济关系，并且能将不能同度量的现象过渡为可以同度量的现象作为同度量因素。

例如，不同产品单位成本的综合变动，可以通过如下关系，将产品数量作为其综合测定的同度量因素：

$$成本(pq) = 单位成本(p) \times 产品数量(q)$$

再如，不同股票的成交价格的综合变动，可以通过如下关系，将股票成交数量作为其综合测定的同度量因素：

$$成交额(pq) = 股票成交价格(p) \times 股票成交数量(q)$$

总结上面的两个及与其类似的关系式，我们得到用来概括此类经济现象的通用公式：

金额(pq) = 价格(p) × 数量(q)

通常情况下，在编制数量指标（或称物量指标）的综合变动指数（即数量指标指数）时，通常可以根据上述关系，将价格（质量指标）作为其综合测定的同度量因素；而在编制反映质量指标的综合变动指数（即质量指标指数）时，将数量指标作为其综合测定的同度量因素。

（2）把同度量因素固定在哪个时期？从理论上讲，只要同度量因素均采用同一时间上的水平（无论是基期的、报告期的甚至是其他时间的），基期和报告期两个时间的综合总量对比的结果就都能反映指数化指标的变动程度。但是，对同度量因素所属时间的选择不同，不仅是所计算出的指数数值有差异，而且指数所表示的经济意义也略有不同。总的说来，同度量因素固定在什么时间，应该视研究目的、指数化指标的性质以及有关指数之间的数量平衡关系等要求来确定。正因为对同度量因素所属时间的选择不同，才产生了计算综合指数多种不同的公式，如将在后面讲解的拉氏综合指数、派氏综合指数等。

3. 一般方法

编制综合指数的一般方法，其实也就是同度量因素所属时期确定的一般方法：编制数量指标指数时，同度量因素所属时期固定在基期水平上；编制质量指标指数时，同度量因素所属时期固定在报告期水平上。这样，综合指数的表现形式就是：

$$\bar{K}_q = \frac{\sum q_1 p_0}{\sum q_0 p_0} \qquad \bar{K}_p = \frac{\sum p_1 q_1}{\sum p_0 q_1}$$

【例9-1】某公司三种商品的销售资料如表9-1所示。

表9-1 　　　　　　　　　　　　　　某公司销售资料表

商品名称	计量单位	销售量		价格（元）		销售额（元）			
		q_0	q_1	p_0	p_1	$p_0 q_0$	$p_1 q_1$	$p_0 q_1$	$p_1 q_0$
甲	吨	200	300	80	85	16 000	25 500	24 000	17 000
乙	件	150	210	100	120	15 000	25 200	21 000	18 000
丙	米	80	100	300	300	24 000	30 000	30 000	24 000
合计	—	—	—	—	—	55 000	80 700	75 000	59 000

（1）销售量总指数：

$$\bar{K}_q = \frac{\sum q_1 p_0}{\sum q_0 p_0} = \frac{75\,000}{55\,000} = 136.36\%$$

$$\sum q_1 p_0 - \sum q_0 p_0 = 75\,000 - 55\,000 = 20\,000（元）$$

（2）价格总指数：

$$\bar{K}_p = \frac{\sum p_1 q_1}{\sum p_0 q_1} = \frac{80\ 700}{75\ 000} = 107.6\%$$

$$\sum p_1 q_1 - \sum p_0 q_1 = 80\ 700 - 75\ 000 = 5\ 700(\text{元})$$

根据计算结果，该公司商品销售量指数为 136.36%，表明商品销售量报告期比基期平均增长 36.36%，使销售额增加了 20 000 元；商品销售价格指数为107.6%，三种商品价格报告期比基期平均增长了 7.6%，使报告期的销售额比基期增加了 5 700 元。

三、综合指数编制方法的主要派别

（一）拉氏指数

拉氏指数是德国学者拉斯贝尔于 1864 年首次提出的，因此被称为拉氏指数。拉氏指数的特点是无论计算数量指标指数，还是计算质量指标指数，都一律将同度量因素固定在基期水平上。因此，拉氏指数公式如下：

$$\bar{K}_{q(L)} = \frac{\sum q_1 p_0}{\sum q_0 p_0} \qquad \bar{K}_{p(L)} = \frac{\sum p_1 q_0}{\sum p_0 q_0}$$

【例 9 - 2】仍以表 9 - 1 资料，计算拉氏销售量指数和价格指数，结果如下：

$$\bar{K}_{q(L)} = \frac{\sum q_1 p_0}{\sum q_0 p_0} = \frac{75\ 000}{55\ 000} = 136.36\%, \bar{K}_{p(L)} = \frac{\sum p_1 q_0}{\sum p_0 q_0} = \frac{59\ 000}{55\ 000} = 107.27\%$$

以拉斯贝尔算法计算的结果表明，该公司商品销售量拉氏指数为 136.36%，三种商品销售量报告期比基期平均增长了 36.36%；商品销售价格指数为107.27%，三种商品价格报告期比基期增长了 7.27%。

（二）派氏指数

派氏指数是另一位德国学者派许于 1874 年提出并加以应用的，因此被叫做派氏指数。派氏指数的特点可以说，恰好与拉氏指数相反。无论计算数量指标指数，还是计算质量指标指数，派氏指数都一律将同度量因素固定在基期水平上。因此，派氏指数公式如下：

$$\bar{K}_{q(P)} = \frac{\sum q_1 p_1}{\sum q_0 p_1} \qquad \bar{K}_{p(P)} = \frac{\sum p_1 q_1}{\sum p_0 q_1}$$

【例 9 - 3】仍以表 9 - 1 资料，计算派氏销售量指数和价格指数，结果如下：

$$\bar{K}_{q(p)} = \frac{\sum q_1 p_1}{\sum q_0 p_1} = \frac{80\ 700}{59\ 000} = 136.78\%, \bar{K}_{p(p)} = \frac{\sum p_1 q_1}{\sum p_0 q_1} = \frac{80\ 700}{75\ 000} = 107.6\%$$

以派许算法计算的结果表明，该公司商品销售量派氏指数为 136.78%，三种商品销售量报告期比基期平均增长了 36.78%；商品销售价格派氏指数为107.6%，三种商品价格报告期比基期平均增长了 7.6%。

结合以上计算，我们可以对拉氏指数和派氏指数做一个简要的对比：首先，拉氏指数将同度量因素固定在基期水平上（即以基期数值为权数），在定基指数数列中，各期指数不受权数结构变动影响，因而可比性更强。派氏指数将同度量因素固定在报告期水平上（即以报告期数值为权数），无论是在定基指数数列中还是在环比指数数列中，权数结构都会随报告期而改变，因而会使各期指数的可比性受到影响。其次，虽然两种方法的计算结果都可以表示指数化指标的综合变动程度，但两者的具体经济意义还是有一定差别的。以价格指数为例，从前面的分析可以看出，拉氏价格指数是在基期销售数量和结构的基础上来考察价格的变化及其对销售总额变动的影响，从消费者的角度可以说明，为了维持基期消费水平或购买基期同样多的商品，由于价格变化将会使消费支出增减了多少。派氏价格指数则是在报告期销售数量和结构的基础上来考察价格的变化及其对销售总额变动的影响，它可以说明由于价格变化而使消费者报告期所购买的商品增减了多少消费支出，或反映由于价格变化而使消费者报告期所出售的商品增减了多少销售收入。所以两者皆有实际意义，但相比之下，派氏指数立足于报告期，其分析具有更强的现实性。

从上面的计算和分析可以看出，拉氏指数与派氏指数具有共同的特点，即：在计算时，都是依靠引入同度量因素并把它固定在同一个时期，以期反映所研究变量在不同时期所发生的变化。正是由于这一特点使得两种方法计算的结果差距不大。不过，由于这两种指数的同度量因素固定时期不同，使得它们又各有特点。在实际应用时，可根据情况具体加以选择。一般的选择是，数量指标指数的计算较多采用拉氏指数公式，而质量指标指数的计算多采用派氏指数。

（三）其他综合指数简介

1. 费雪指数（理想公式）

自综合指数的计算理论提出后，一些学者不断对其算法加以改进，先后提出了马埃公式、杨格公式等，这些指数公式各有利弊。其中较为著名的改良算法是美国经济学家沃尔什和皮古在 20 世纪初提出的计算方法。即求拉氏指数和派氏指数的几何平均数，作为指数计算的最终结果。后经美国著名学者费雪根据其自己提出的指数优劣检验方法进行验证，认定与综合指数的其他算法相比，该算法性质优良，结果无偏，是指数编制的"理想公式"。后人也称其为"费雪指数"。

其具体计算公式如下：

数量指标指数：$\bar{K}_q = \sqrt{\dfrac{\sum q_1 p_0}{\sum q_0 p_0} \times \dfrac{\sum q_1 p_1}{\sum q_0 p_1}}$

质量指标指数：$\bar{K}_p = \sqrt{\dfrac{\sum p_1 q_0}{\sum p_0 q_0} \times \dfrac{\sum p_1 q_1}{\sum p_0 q_1}}$

【例9-4】仍以表9-1资料为例，计算费雪指数。

表 9 - 2 　　　　　　　　　　　　　　费雪指数计算表

	拉氏指数	派氏指数	费雪指数
销售量总指数/%	136. 36	136. 78	136. 57
价格总指数/%	107. 27	107. 6	107. 43

2. 杨格指数（固定加权综合法）

在固定加权综合指数中，所加入的同度量因素既不固定在基期，也不固定在报告期，而是固定在一个特定的时间上。这实际上是一种折中的办法，目的在于避免拉氏公式和派氏公式所产生的偏误。

固定加权综合指数公式叫做杨格公式，因该公式为英国经济学家杨格提出而命名。其公式为：

数量指标指数：$\bar{K}_q = \dfrac{\sum q_1 p_n}{\sum q_0 p_n}$

质量指标指数：$\bar{K}_p = \dfrac{\sum p_1 q_n}{\sum p_0 q_n}$

式中，p_n 和 q_n 分别代表正常年份的物量构成和价格水平。一般来说，固定权数 p_n 和 q_n 一经选取，可以连续使用若干时期，便于保持指数数列的衔接。在指数数列中，由于采用固定权数，环比指数的连乘积等于定基指数，因此，不同年份的指数相互换算也非常方便。

在利用杨格公式计算指数时，应该注意一个问题，就是所用权数的时期每隔一段时间必须加以调整。因为随着时间的推移，旧的权数可能背离客观实际，如不及时更换，会使指数产生偏误。通常以 5 年更换一次权数为宜。

在指数理论的发展中，另有众多的统计学家提出了样式繁多的综合指数算法。前人提出这些公式的目的，都是为了使同度量因素的选择更为合理，从而减少指数计算的偏误，但这一系列包括上述的费雪指数和杨格指数在内的公式往往存在意义不够明了的缺点。

第三节　平均数指数

综合指数是计算总指数的形式与方法之一，而平均数指数是总指数计算的另一种重要形式。

一、平均数指数的编制原理

编制综合指数的基本原理是"先综合，后对比"，即通过同度量因素的引进，将复杂总体内个体的不同计量单位加以统一，然后求和汇总，进行对比；而编制平均数指数的基本原理则是"先对比，后平均"。即，回避了复杂现象总体内个体数值不能直接相加的问题，而是先进行个体对比，计算个体指数，然后将个体指数赋予适当的权数，再加以平均，最终计算出总指数。也就是说，平均数指数是个体指数的平均数。在实际编制平均数指数时，有算术平均数指数与调和平均数指数之分，随着近年来指数理论的发展，平均数指数又增添了几何平均算法。

二、平均数指数的编制方法

（一）加权算术平均数指数

加权算术平均数是指对个体指数采用加权算术平均方法计算的总指数。通常用于数量指标指数（物量指数）的计算。

常用的计算公式为：

$$\bar{K}_q = \frac{\sum K_q q_0 p_0}{\sum q_0 p_0}$$

式中：K_q 代表个体物量指数；$\bar{K}_q$ 代表物量的加权算术平均数指数。

以使用上述公式编制物量总指数为例，列举加权算术平均法编制总指数的步骤如下：

（1）计算出个体指数。将报告期物量除以基期物量，求得物量的个体指数，即 $K_q = \dfrac{q_1}{q_0}$。

（2）计算或取得基期总值 $q_0 p_0$ 的资料（如销售额、产值），作为总指数计算的权数。

（3）以个体指数为变量，以基期总值为权数，按加权算术平均形式求得总指数。

【例9－5】现仍以表9－1资料说明加权算术平均数指数的计算，如表9－3所示。

表9－3　　　　　　　　某公司三种商品的销售资料

商品名称	计量单位	销售量		销售量个体指数/% $K_q = \dfrac{q_1}{q_0}$	基期销售额/元 $q_0 p_0$	$K_q p_0 q_0$/元
		q_0	q_1			
甲	吨	200	300	150	16 000	24 000
乙	件	150	210	140	15 000	21 000
丙	米	80	100	125	24 000	30 000
合计	—	—	—	—	55 000	75 000

三种商品销售量的加权算术平均数指数为：

$$\bar{K}_q = \frac{\sum K_q q_0 p_0}{\sum q_0 p_0} = \frac{75\ 000}{55\ 000} = 136.36\%$$

计算结果表明，三种商品销售量报告期比基期平均增长 36.36%。这一结果与前面按拉氏综合指数公式计算的结果相同。从计算公式也可以看出，在资料完全相同的情况下，以基期价值总量指标为权数的加权算术平均数指数同拉氏综合指数在计算结果上是一致的。

$$\bar{K}_q = \frac{\sum K_q q_0 p_0}{\sum q_0 p_0} = \frac{\sum \frac{q_1}{q_0} \times q_0 p_0}{\sum q_0 p_0} = \frac{\sum q_1 p_0}{\sum q_0 p_0}$$

那么，从这里也可以看出通常不选择报告期总值指标（销售额、产值等）作为权数的原因。如果采用报告期销售额作为权数，则对于同一资料使用加权算术平均法计算出的物量指数与拉氏综合指数的结果不相符合。

从理论上说，加权算术平均法也可应用于质量指标指数（物价指数）的计算。计算公式为：

$$\bar{K}_p = \frac{\sum K_p q_0 p_0}{\sum q_0 p_0} \qquad (K_p = \frac{p_1}{p_0})$$

但是，$\bar{K}_p = \dfrac{\sum K_p q_0 p_0}{\sum q_0 p_0} = \dfrac{\sum \frac{p_1}{p_0} \times q_0 p_0}{\sum q_0 p_0} = \dfrac{\sum p_1 q_0}{\sum p_0 q_0}$，从这里可以看出，如此计算的结果与习惯采用的派氏质量指标指数（物价指数）并不相符。因此，加权算术平均法一般不用于物价指数一类的计算。

（二）加权调和平均数指数

加权调和平均数指数是对个体指数用加权调和平均方法计算的总指数。通常用于计算质量指标指数（物价指数等）。

常用的计算公式为：

$$\bar{K}_p = \frac{\sum p_1 q_1}{\sum \frac{p_1 q_1}{K_p}}$$

式中：K_p 代表个体物价指数；$\bar{K}_p$ 代表质量指标加权调和平均数指数。

以使用上述公式编制物价总指数为例，列举加权调和平均法编制总指数的步骤如下：

（1）计算出个体指数。将报告期价格除以基期价格，求得物价的个体指数，即 $K_p = \dfrac{p_1}{p_0}$。

（2）计算或取得报告期总值 $q_1 p_1$ 的资料（如销售额、产值），作为总指数计算的权数。

（3）以个体指数为变量，以报告期总值为权数，按加权调和平均形式求得总指数。

【例9-6】现仍以表9-1资料说明加权调和平均数指数的计算，如表9-4所示。

表9-4　　　　　　　　　　　某公司三种商品的销售资料

商品名称	计量单位	销售量		价格个体指数/% $K_p = \dfrac{p_1}{p_0}$	报告期销售额/元 $q_1 p_1$	$\dfrac{p_1 q_1}{K_p}$ /元
		p_0	p_1			
甲	吨	80	85	106.25	25 500	24 000
乙	件	100	120	120	25 200	21 000
丙	米	300	300	100	30 000	30 000
合计	—	—	—	—	80 700	75 000

$$\bar{K}_p = \frac{\sum p_1 q_1}{\sum \dfrac{p_1 q_1}{K_p}} = \frac{80\ 700}{75\ 000} = 107.6\%$$

计算结果表明，三种商品价格水平报告期比基期平均增长7.6%。这一结果与前面按派氏综合指数公式计算的结果相同。从计算公式也可以看出，在资料完全相同的情况下，以报告期价值总量指标为权数的加权调和平均数指数同派氏综合指数在计算结果上是一致的。

$$\bar{K}_p = \frac{\sum p_1 q_1}{\sum \dfrac{p_1 q_1}{K_p}} = \frac{\sum p_1 q_1}{\sum p_1 q_1 \times \dfrac{p_0}{p_1}} = \frac{\sum p_1 q_1}{\sum p_0 q_1}$$

从这里可以看出通常不选择基期总值指标（销售额、产值等）作为加权调和平均数指数的计算权数的原因。如果采用基期总值指标作为权数，则对于同一资料使用加权调和平均法计算出的物价指数与派氏综合指数的结果不相符合。

从理论上说，加权调和平均法也可应用于数量指标指数（物量指数）的计算。计算公式为：

$$\bar{K}_q = \frac{\sum p_1 q_1}{\sum \dfrac{p_1 q_1}{K_q}} \qquad \left(K_q = \frac{q_1}{q_0} \right)$$

但是，$\bar{K}_q = \dfrac{\sum p_1 q_1}{\sum \dfrac{p_1 q_1}{K_q}} = \dfrac{\sum p_1 q_1}{\sum p_1 q_1 \times \dfrac{q_0}{q_1}} = \dfrac{\sum p_1 q_1}{\sum p_1 q_0}$

从这里可以看出，如此计算的结果与习惯采用的拉氏数量指标指数（物量指数）并不相符。因此，加权算术平均法一般不用于物量指数一类的计算。

（三）固定权数的平均数指数

前面作为综合指数变形的算术平均数指数和调和平均数指数，分别以基期总

值指标 q_0p_0 和报告期总值指标 q_1p_1 作为权数。在实践中,还经常使用固定权数 w,它是经常调整计算的不变权数(常用比重表示)。固定权数的平均数指数公式为:

数量指标指数:$\bar{K}_q = \dfrac{\sum K_q w}{\sum w}$ $\qquad (K_q = \dfrac{q_1}{q_0})$

质量指标指数:$\bar{K}_p = \dfrac{\sum K_p w}{\sum w}$ $\qquad (K_p = \dfrac{p_1}{p_0})$

以上二式中的权数 w 已经不是 q_0p_0 或 q_1p_1,而表示固定权数。之所以称此类权数为固定权数,是因为这类权数确定后一般要使用较长时间(如 3 年、5 年等)才调整一次。权数可以根据有关的普查资料、抽样调查资料或典型调查资料来确定和计算。常见的商品零售物价指数、生活费用价格指数及在社会经济生活中使用日益频多的 CPI 指数都是采用固定权数的平均数指数形式加以计算的。

下面以零售物价指数的编制为例,说明固定权数的平均数指数的计算过程。

1. 零售商品的分类

先将零售商品分成大类(通常为食品、衣着、日用品、文化娱乐用品、书报杂志、药及医疗用品、建筑装潢材料、燃料等八大类),继而在大类之下分成中类(如食品大类分为粮食、副食品、烟酒茶等中类),然后在中类之下再分小类(如粮食中类分为细粮和粗粮小类),最后就是在小类之下选择若干代表规格品(如细粮小类的代表商品为大米和面粉)。

2. 典型地区的选择

零售物价总指数反映的是全国平均价格水平,一般应选择具有代表性的典型地区作为物价调查点。典型地区的选择,既要考虑其代表性,也要注意类型上的多样性以及地区分布上的合理性和稳定性,既要包括价格浮动较多的地区,也要包括价格浮动不多的地区。

3. 确定商品价格和权数

在编制零售价格指数时,对所选取的代表性商品使用的是全社会综合平均价。根据每种代表商品基期和报告期的综合平均价,计算每种商品的价格指数,以此作为计算类指数的依据。如前面所述,我国目前的零售价格总指数是采用加权算术平均形式计算的,其权数首先要根据上年商品零售额资料确定,然后再结合当年住户调查资料予以调整后最终确定。权数均以百分比表示,各层权数之和等于100。权数一律采用整数,不取小数。权数确定后,在年内保持不变。

4. 分层计算各分类指数

按自低层到高层的顺序,逐层计算代表性商品个体物价指数、小类指数、中类指数和大类指数,直至计算出物价总指数。

【例 9–7】根据表 9–5 资料,计算某市零售物价总指数。

表 9 − 5　　　　　　　某市零售物价总指数计算表

类别指数	代表	计量单位	平均价格		权数 w	类指数（％）K_p	指数乘权数 $K_p w$
			p_0	p_1			
总计					100	116.19	11 618.7
一、食品类					55	117.29	6 451.0
1. 粮食					25	112.39	2 809.8
（1）细粮					80	113.03	9 042.4
面粉	标	千克	2.30	2.55	30	110.87	3 326.1
大米	中	千克	2.15	2.45	70	113.95	7 976.5
（2）粗粮					20	109.84	2 196.8
玉米	中	千克	1.75	1.85	75	105.71	7 928.3
大豆	中	千克	1.80	2.20	25	122.22	3 055.5
2. 副食品					65	120.03	7 802.0
3. 烟茶酒					3	102.12	306.4
4. 其他食品					7	115.75	810.3
二、衣着类					15	114.51	1 717.7
三、日用品类					15	119.26	1 788.9
四、文化用品类					3	106.09	318.3
五、书报杂志类					2	101.01	202.0
六、医药类					4	115.55	462.2
七、建筑材料类					3	110.99	333.0
八、燃料类					3	115.21	345.6

具体计算步骤如下：

（1）计算各代表规格品的价格指数，例如，面粉价格指数为：

$$K_p = \frac{p_1}{p_0} = \frac{2.55}{2.30} = 110.87\%$$

（2）根据各代表规格品价格指数及权数计算小类指数，例如，细粮小类指数为：

$$\bar{K}_p = \frac{\sum K_p \times w}{\sum w} = \frac{110.87\% \times 30 + 113.95\% \times 70}{100} = 113.03\%$$

（3）根据小类的价格指数及权数计算中类指数，例如，粮食中类价格指数为：

$$\bar{K}_p = \frac{\sum K_p \times w}{\sum w} = \frac{113.03\% \times 80 + 109.84\% \times 20}{100} = 112.39\%$$

（4）根据中类的价格指数及权数计算大类指数，例如，食品大类价格指数为：

$$\bar{K}_p = \frac{\sum K_p \times w}{\sum w} = \frac{112.39\% \times 25 + 120.03\% \times 65 + 102.12\% \times 3 + 115.75\% \times 7}{100}$$

$$= 117.29\%$$

（5）根据大类指数及权数计算零售物价总指数：

$$\bar{K}_p = \frac{\sum K_p \times w}{\sum w}$$

$$= \frac{117.29\% \times 55 + 114.51\% \times 15 + 119.26\% \times 15 + \cdots + 110.99\% \times 3 + 115.21\% \times 3}{100}$$

$$= 116.19\%$$

这一结果表明，该市的整体零售物价水平与基期相比，上涨了 16.19%。

（四）几何平均数指数

几何平均数指数是指对个体指数进行几何平均而得到的总指数。以价格总指数的计算为例，如果不加权，即为简单几何平均数指数，其计算公式为：

$$\bar{K}_p = \sqrt[n]{\prod_{i=1}^{n} \frac{p_1}{p_0}}$$

若给个体指数赋予相应的权数，则有如下的加权几何平均数指数公式：

$$\bar{K}_p = \sqrt[\sum f]{\prod_{i=1}^{n} \left(\frac{p_1}{p_0}\right)^f}$$

若纯粹从数量上比较，对同一资料进行平均的结果，算术平均数最大，调和平均数最小，几何平均数居中。因此，有人主张使用几何平均数指数来计算总指数。此外，基于几何平均数对权数的变动不敏感这一特点，在实际工作中，当权数的数据难以搜集或准确性不能保证时，为了减弱权数偏差的影响，可以适当采用几何平均数指数。例如，我国的工业品价格指数在编制过程中，根据多个代表规格品价格变动计算基本分类的价格指数时，采用的就是简单几何平均数指数。

第四节　指数体系与因素分析

一、指数体系的概念及作用

（一）指数体系的概念

社会经济现象的各种因素不是孤立存在的，而是相互联系和相互影响的。现象之间的这种联系，不仅存在于静态中，而且存在于动态中。现象之间动态联系的表现形式之一，就是指数体系。

指数体系的概念有广义和狭义两种。广义的指数体系类似于统计指标体系概念，泛指若干个内容上相互联系的统计指数所构成的整体。由于现象间的联系是多种多样的，所以指数间相互联系的形式也是多种多样，并且根据研究问题的需要，构成这种体系的指数可多可少。例如，为了考察工业经济总体的变动情况，可以利用一系列工业经济指数，如工业产品产量指数、劳动生产率指数、工业产品生产成本指数、出厂价格指数等；为了反映市场价格变动情况，可以由一系列价格指数构成"市场物价指数体系"，例如工业品批发价格指数、农产品收购价格指数、消费品零售物价指数等；而国民经济运行的生产、流通和使用等环节以及国民经济各部门的多种经济指数则构成了"国民经济核算指数体系"等。这些指数体系中的每一个指数分别从不同侧面说明了某一种现象的变动情况，且各指数间存在数量上的内在联系，每一个指数体系的构成内容十分庞大复杂，分析起来也比较复杂。

　　狭义的指数体系是指一系列相互联系的指数所形成的整体。我们在这一节中所说的指数体系指的就是这一种定义口径的概念。这类指数体系中的各个指数在数量上有着密切的关系。在许多情况下，指数体系中的各个指数之间的关系表现为因果关系。

　　例如，在静态上，总产值等于产量乘以单位成本。即：

　　　　总产值 = 产品产量 × 产品单位价格

由此可见，产量与单位成本是影响总产值的两个因素。

表现类似这种因果关系的，还有下列关系式：

　　　　商品销售额 = 商品销售量 × 商品价格

　　　　总成本 = 产品产量 × 产品单位成本

　　　　原材料总消耗量 = 产品产量 × 单耗

在统计中，这种经济关系式不胜枚举。并且，这些经济关系在动态上依然存在：

　　　　总产值指数 = 产量指数 × 单位价格指数

　　　　商品销售额指数 = 商品销售量指数 × 商品价格指数

　　　　总成本指数 = 产品产量指数 × 产品单位成本

　　　　原材料总消耗量指数 = 产品产量指数 × 单耗指数

这些经济关系式都分别构成各自独立的指数体系。

（二）指数体系的作用

　　由于上述指数体系都是建立在有关指数化指标之间的经济联系基础之上的，因此，这些指数体系具有非常实际的经济分析意义。

　　指数体系的作用主要表现在以下两个方面：一是可以依据指数体系进行因素分析，即分析现象的总变动中各有关因素的影响程度。如通过编制商品销售量和商品价格指数，分析销售量的增减和价格的升降对商品销售额的影响程度。二是利用指数体系可以进行指数推算，即根据已知的指数推算未知的指数。例如，销售额总指数为120%，而销售量报告期仅比基期升高10%，我们根据指数体系就可推得商品价格指数 = 销售额总指数 ÷ 销售量总指数 = 120% ÷ 110% = 109.09%，即表明商品的综合价格水平上涨了9.09%。

二、因素分析的内容和步骤

（一）因素分析的内容

因素分析是在建立指数体系的基础上进行的，它是一种借助指数体系来分析现象变动中各种因素的变动对总体数量变动影响程度的统计分析方法。它的内容主要包括两个方面：一是从相对数和绝对数两个方面分析现象总体总量指标的变动受各因素变动影响和程度。它是利用综合指数体系，从数量指标指数和质量指标指数的相互关系中，分析这种现象因素的变动影响关系。例如，编制多种商品的销售量指数和价格指数，其目的是分析销售量和价格的变动对销售额变动的影响方向和程度。二是从相对数和绝对数两个方面分析现象总体平均指标的变动受各种因素变动的影响程度。它是利用综合指数编制的方法原理，通过平均指标指数体系来进行分析。这里的"各个因素"是指简单现象总体，分为各个部分或局部的条件下各部分标志值的平均水平和总体中各部分单位数的结构。例如，企业工人平均工资的变动，不仅决定于各技术级别工人工资水平的变动，而且受工资水平不同的各级别工人数比重变化的影响。因此，在分析平均工资变动时，要分析这两个因素的影响程度分别有多大。

（二）因素分析的步骤

利用指数体系进行因素分析，一般要经过三个步骤：

首先，对现象总体进行定性分析，从现象和过程的固有联系中找出因素现象与复杂现象总体间及因素现象之间的联系；其次，将上述联系通过一定经济等式表达出来；最后，依次分析每个因素的变动及其对总变动的影响程度。为此，各因素的排列应有一定顺序，因素现象中的指标有数量指标和质量指标。数量指标是基础指标，而质量指标是派生指标。所以，一般习惯按照先数量指标后质量指标的顺序排列，当然依此反序也并非不可。另外，在多因素分析中，相邻排列的两个因素合并起来应具有实际意义，例如，原材料消耗总额由"产量×单耗×原材料单价"三个因素变量构成，其排列顺序除上述方式之外也可倒转为"原材料单价×单耗×产量"。无论哪一种，其相邻两变量即原材料单价和单耗，或是单耗和产量的乘积都具有独立意义，前者为"单位产品原材料费用"，后者为"全部产品原材料消耗量"。如此排序的根据是三因素可以归并为两因素，或者说，三因素是两因素的展开。如果按照"单耗×原材料单价×产量"排序，就不符合指标指标分解的逻辑，因为"原材料单价×产品产量"无意义。

各因素按一定顺序排列起来后，逐一进行因素分析。在分析某一因素的变动及其对现象总体的影响时，应假定其他因素不变并固定在某一时期上。分析数量指标变动时，质量指标固定在基期；分析质量指标变动时，数量指标固定在报告期，即按照综合指数编制的一般原理确定。

三、总量指标变动的因素分析

（一）两因素分析

复杂的社会经济现象往往由两个或多个因素构成。它们的数量关系通常可以用下列指标体系的形式予以表现，以销售额综合指数体系为例：

$$商品销售额 = 商品销售量 \times 商品价格$$

$$商品销售额指数 = 商品销售量指数 \times 商品价格指数$$

用公式表示：$\dfrac{\sum q_1 p_1}{\sum q_0 p_0} = \dfrac{\sum q_1 p_0}{\sum q_0 p_0} \times \dfrac{\sum q_1 p_1}{\sum q_1 p_0}$

绝对数分析：$\sum q_1 p_1 - \sum q_0 p_0 = \left(\sum q_1 p_0 - \sum q_0 p_0 \right) + \left(\sum q_1 p_1 - \sum q_1 p_0 \right)$

【例9-8】已知某地区三种商品销售资料如表9-6所示，从相对数和绝对数两个方面分析销售量和价格两个因素对销售额变动的影响。

表9-6   某地区商品销售资料表

商品名称	计量单位	销售量		价格/元		销售额/元		
		q_0	q_1	p_0	p_1	$p_0 q_0$	$p_1 q_1$	$p_0 q_1$
甲	万吨	340	450	260	360	88 400	162 000	117 000
乙	万件	190	250	500	680	95 000	170 000	125 000
丙	万米	200	270	430	500	86 000	135 000	116 100
合计	—	—	—	—	—	269 400	467 000	358 100

根据表中资料计算如下：

销售额总指数：$\bar{K}_{pq} = \dfrac{\sum q_1 p_1}{\sum q_0 p_0} = \dfrac{467\ 000}{269\ 400} = 173.35\%$

绝对数增加：$\sum q_1 p_1 - \sum q_0 p_0 = 467\ 000 - 269\ 400 = 197\ 600（万元）$

其中：（1）销售量指数：$\bar{K}_q = \dfrac{\sum q_1 p_0}{\sum q_0 p_0} = \dfrac{358\ 100}{269\ 400} = 132.93\%$

绝对数增加：$\sum q_1 p_0 - \sum q_0 p_0 = 358\ 100 - 269\ 400 = 88\ 700（万元）$

（2）价格总指数：$\bar{K}_q = \dfrac{\sum q_1 p_1}{\sum q_1 p_0} = \dfrac{467\ 000}{358\ 100} = 130.41\%$

绝对数增加：$\sum q_1 p_1 - \sum q_1 p_0 = 467\ 000 - 358\ 100 = 108\ 900（万元）$

可见：$173.35\% = 132.93\% \times 130.41\%$

197 600 ＝ 88 700 + 108 900

计算结果表明：该地区这三种商品的销售额报告期比基期增长 73.35%，绝对增长 197 600 万元。其中，由于销售量增长 32.93%，使销售额增加 88 700 万元；由于价格上涨 30.41%，使销售额增加 108 900 万元。

（二）多因素分析（以工业生产原材料支出额的变动为例）

原材料支出额指数 ＝ 产量指数 × 单位产品原材料消耗量指数 ×
单位原材料价格指数

用公式表示为：

$$\frac{\sum q_1 m_1 p_1}{\sum q_0 m_0 p_0} = \frac{\sum q_1 m_0 p_0}{\sum q_0 m_0 p_0} \times \frac{\sum q_1 m_1 p_0}{\sum q_1 m_0 p_0} \times \frac{\sum q_1 m_1 p_1}{\sum q_1 m_1 p_0}$$

绝对数分析：

$$\sum q_1 m_1 p_1 - \sum q_0 m_0 p_0 = \left(\sum q_1 m_0 p_0 - \sum q_0 m_0 p_0 \right) + \left(\sum q_1 m_1 p_0 - \sum q_1 m_0 p_0 \right) + \left(\sum q_1 m_1 p_1 - \sum q_1 m_1 p_0 \right)$$

式中：q 代表产品产量；m 代表单位产品原材料消耗量；p 代表单位原材料价格。

【例9-9】 根据某工厂生产的两种产品产量及原材料资料，编制指数体系并进行多因素分析。

表9-7　　　　　　　　　　某工厂产品产量及原材料消耗资料表

产品	原料	产量		单耗		单价（元）	
		q_0	q_1	m_0	m_1	p_0	p_1
A（台）	甲/千克	1 500	1 800	0.7	0.55	16	20
B（件）	乙/米	1 860	2 000	16	18	35	36
合计	—						

根据表9-7资料，按指数体系的要求，将计算结果列表如表9-8所示。

表9-8　　　　　　　某工厂产品产量及原材料消耗计算表　　　　　（单位：元）

产品品种	原材料	$q_0 m_0 p_0$	$q_1 m_0 p_0$	$q_1 m_1 p_0$	$q_1 m_1 p_1$
A产品	甲	16 800	20 160	15 840	19 800
B产品	乙	1 041 600	1 120 000	1 260 000	1 188 000
合计	—	1 058 400	1 140 160	1 275 840	1 296 000

（1）先对原材料支出额指数进行分析：

原材料支出额指数：$\overline{K}_{qmp} = \dfrac{\sum q_1 m_1 p_1}{\sum q_0 m_0 p_0} = \dfrac{1\ 296\ 000}{1\ 058\ 400} = 122.45\%$

产量指数：$\bar{K}_q = \dfrac{\sum q_1 m_0 p_0}{\sum q_0 m_0 p_0} = \dfrac{1\ 140\ 160}{1\ 058\ 400} = 107.72\%$

单耗指数：$\bar{K}_m = \dfrac{\sum q_1 m_1 p_0}{\sum q_1 m_0 p_0} = \dfrac{1\ 275\ 840}{1\ 140\ 160} = 111.90\%$

单价指数：$\bar{K}_p = \dfrac{\sum q_1 m_1 p_1}{\sum q_1 m_1 p_0} = \dfrac{1\ 296\ 000}{1\ 275\ 840} = 101.58\%$

以上三个因素指数所组成的指数体系，反映了产量、单耗和原材料单价的变动程度与方向对企业原材料支出总额的变动影响。其关系如下：

$107.72\% \times 111.90\% \times 101.58\% = 122.45\%$

（2）对绝对额的变动情况进行分析：该企业生产 A、B 两种产品所支出的原材料总额变动的绝对额为：

$$\sum q_1 m_1 p_1 - \sum q_0 m_0 p_0 = 1\ 296\ 000 - 1\ 058\ 400 = 237\ 600(元)$$

其中：① 产量增加影响原材料费用支出的增加额：

$$\sum q_1 m_0 p_0 - \sum q_0 m_0 p_0 = 1\ 140\ 160 - 1\ 058\ 400 = 81\ 760(元)$$

② 单位产品原材料消耗量变动影响原材料费用支出增加额：

$$\sum q_1 m_1 p_0 - \sum q_1 m_0 p_0 = 1\ 275\ 840 - 1\ 140\ 160 = 135\ 680(元)$$

③ 单位原材料价格变动影响原材料费用支出增加额：

$$\sum q_1 m_1 p_1 - \sum q_1 m_1 p_0 = 1\ 296\ 000 - 1\ 275\ 840 = 20\ 160(元)$$

综合以上三个因素影响绝对额的变动与原材料支出总额变动的关系如下：

$81\ 760 + 135\ 680 + 20\ 160 = 237\ 600(元)$

综上所述，该厂原材料支出额增长 22.45%，净增支出 237 600 元。其中由于产品产量增长 7.72%，增加支出 81 760 元；单位产品原材料消耗量增长 11.9%，增加支出 135 680 元；原材料价格增长 1.58%，增加支出 20 160 元。

四、总平均指标变动的因素分析

总平均指标变动的因素分析是与平均指标的动态分析相联系的，即在两个不同时期的总平均指标的动态对比中，分析各个因素的变动对总平均指标的影响方向和程度。

总平均指标是反映总体中各个单位某一标志值一般水平的统计指标。若将两个不同时期、同一总体的平均指标对比，以说明同一现象在两个不同时期平均水平动态变化的相对水平，这种指数称为平均指标指数。根据统计研究的目的和要求，需要对总体单位进行分组，计算组平均数。因此，总平均指标的变动就受各组平均水平的变动及各组单位数在总体单位总数中比重两个因素的影响。例如，总平均工资的变动，就取决于组工资水平的变动和各组职工人数占职工总人数比重的影响。为了研究总平均指标的变动，就需要建立相应的平均指标指数体系，以进行各因素影响程度和方向的分析。

（一）可变构成指数

$$可变构成指数 = \frac{\sum x_1 f_1}{\sum f_1} \div \frac{\sum x_0 f_0}{\sum f_0}$$

$$变动绝对额 = \frac{\sum x_1 f_1}{\sum f_1} - \frac{\sum x_0 f_0}{\sum f_0}$$

可变构成指数是根据报告期和基期总体平均指标的实际水平对比计算的指数，包括了总体各部分水平和总体结构两个因素变动的综合影响。它全面地反映了总体平均水平的实际变动情况。

（二）结构影响指数

$$结构影响指数 = \frac{\sum x_0 f_1}{\sum f_1} \div \frac{\sum x_0 f_0}{\sum f_0}$$

$$变动绝对额 = \frac{\sum x_0 f_1}{\sum f_1} - \frac{\sum x_0 f_0}{\sum f_0}$$

结构影响指数是将各部分水平固定在基期条件下计算的总平均指标指数，用以反映总体结构变动对总体平均指标变动的影响。由于分子、分母的平均指标将变量值固定在同一个时期（一般为基期），而各部分的结构分别选择在报告期和基期，针对结构的变动来反映平均指标的变动情况，所以，被称为结构影响指数。

（三）固定构成指数

$$固定构成指数 = \frac{\sum x_1 f_1}{\sum f_1} \div \frac{\sum x_0 f_1}{\sum f_1}$$

$$变动绝对额 = \frac{\sum x_1 f_1}{\sum f_1} - \frac{\sum x_0 f_1}{\sum f_1}$$

固定构成指数是将总体结构固定在报告期计算的总平均指标指数。由于分子、分母的平均指标选择了同一个时期（一般为报告期）的权数，消除了总体结构变动的影响，专门用来反映各部分水平变动对总体平均指标变动的影响，所以，被称为固定构成指数。

（四）综合分析

总变动程度等于各因素变动影响的连乘积：

$$\frac{\sum x_1 f_1}{\sum f_1} \div \frac{\sum x_0 f_0}{\sum f_0} = \left(\frac{\sum x_0 f_1}{\sum f_1} \div \frac{\sum x_0 f_0}{\sum f_0} \right) \times \left(\frac{\sum x_1 f_1}{\sum f_1} \div \frac{\sum x_0 f_1}{\sum f_1} \right)$$

总变动绝对额等于各因素变动影响绝对额之和：

$$\frac{\sum x_1 f_1}{\sum f_1} - \frac{\sum x_0 f_0}{\sum f_0} = \left(\frac{\sum x_0 f_1}{\sum f_1} - \frac{\sum x_0 f_0}{\sum f_0} \right) + \left(\frac{\sum x_1 f_1}{\sum f_1} - \frac{\sum x_0 f_1}{\sum f_1} \right)$$

【例9-10】某公司工人有关资料如表9-9所示，对职工平均工资水平变动进行因素分析。

表9-9　　　　　　　　某工厂工人人数和日工资情况资料表

工人组别	工人数/人		日平均工资/元		日工资总额/元		
	基期 f_0	报告期 f_1	基期 x_0	报告期 x_1	基期 $x_0 f_0$	报告期 $x_1 f_1$	假定 $x_0 f_1$
甲	700	660	80	86	56 000	56 760	52 800
乙	300	740	50	55	15 000	15 000	37 000
合计	1 000	1 400	—	—	71 000	97 460	89 800

（1）可变构成指数 $= \dfrac{\sum x_1 f_1}{\sum f_1} \div \dfrac{\sum x_0 f_0}{\sum f_0} = \dfrac{97\ 460}{1\ 400} \div \dfrac{71\ 000}{1\ 000} = \dfrac{69.61}{71} = 98.04\%$

　　变动绝对额 $= \dfrac{\sum x_1 f_1}{\sum f_1} - \dfrac{\sum x_0 f_0}{\sum f_0} = \dfrac{97\ 460}{1\ 400} - \dfrac{71\ 000}{1\ 000} = 69.61 - 71 = -1.39(元)$

（2）固定构成指数 $= \dfrac{\sum x_1 f_1}{\sum f_1} \div \dfrac{\sum x_0 f_1}{\sum f_1} = \dfrac{97\ 460}{1\ 400} \div \dfrac{89\ 800}{1\ 400} = \dfrac{69.61}{64.14} = 108.53\%$

　　变动绝对额 $= \dfrac{\sum x_1 f_1}{\sum f_1} - \dfrac{\sum x_0 f_1}{\sum f_1} = \dfrac{97\ 460}{1\ 400} - \dfrac{89\ 800}{1\ 400} = 69.61 - 64.14 = 5.47(元)$

（3）结构影响指数 $= \dfrac{\sum x_0 f_1}{\sum f_1} \div \dfrac{\sum x_0 f_0}{\sum f_0} = \dfrac{89\ 800}{1\ 400} \div \dfrac{71\ 000}{1\ 000} = \dfrac{64.14}{71} = 90.34\%$

　　变动绝对额 $= \dfrac{\sum x_0 f_1}{\sum f_1} - \dfrac{\sum x_0 f_0}{\sum f_0} = \dfrac{89\ 800}{1\ 400} - \dfrac{71\ 000}{1\ 000} = 64.14 - 71 = -6.86(元)$

（4）综合分析：

① 可变构成指数 = 结构影响指数 × 固定构成指数

　　98.04% = 108.53% × 90.34%

② 总平均工资变动绝对额 = 结构变动影响额 + 各组工资变动影响额

　　-1.39元 = 5.47元 + (-6.86)元

计算结果表明，从相对数方面看：该公司总平均工资报告期比基期下降了1.96%，这是工人结构变动影响使总平均工资降低9.66%以及各组工人工资水平变动使总平均工资上涨8.53%的结果；从绝对数方面看：该公司总平均工资报告期比基期减少了1.39元，这是工人结构变动影响使总平均工资减少6.86元以及各组职工工资水平变动使总平均工资增加5.47元的结果。

综上所述，利用指数体系既可以对现象发展的相对变化程度及各因素的影响进行分析，也可以对现象发展变化的绝对数量及各因素的影响数额加以分析，也包括将该方法应用到其他综合或平均指标的分析场合。

正态分布概率表

t	$F(t)$	t	$F(t)$	t	$F(t)$	t	$F(t)$
0.00	0.000 0	0.25	0.197 4	0.50	0.382 9	0.75	0.546 7
0.01	0.008 0	0.26	0.202 1	0.51	0.389 9	0.76	0.552 7
0.02	0.016 0	0.27	0.212 8	0.52	0.396 9	0.77	0.558 7
0.03	0.023 9	0.28	0.220 5	0.53	0.403 9	0.78	0.564 6
0.04	0.031 9	0.29	0.228 2	0.54	0.410 8	0.79	0.570 5
0.05	0.039 9	0.30	0.235 8	0.55	0.417 7	0.80	0.576 3
0.06	0.047 8	0.31	0.243 4	0.56	0.424 5	0.81	0.582 1
0.07	0.055 8	0.32	0.251 0	0.57	0.431 3	0.82	0.587 8
0.08	0.063 8	0.33	0.258 6	0.58	0.438 1	0.83	0.593 5
0.09	0.071 7	0.34	0.266 1	0.59	0.444 8	0.84	0.599 1
0.10	0.079 7	0.35	0.273 7	0.60	0.451 5	0.85	0.604 7
0.11	0.087 6	0.36	0.281 2	0.61	0.458 1	0.86	0.610 2
0.12	0.095 5	0.37	0.288 6	0.62	0.464 7	0.87	0.615 7
0.13	0.103 4	0.38	0.296 1	0.63	0.471 3	0.88	0.621 1
0.14	0.111 3	0.39	0.303 5	0.64	0.477 8	0.89	0.626 5
0.15	0.119 2	0.40	0.310 8	0.65	0.484 3	0.90	0.631 9
0.16	0.127 1	0.41	0.318 2	0.66	0.490 7	0.91	0.637 2
0.17	0.135 0	0.42	0.325 5	0.67	0.497 1	0.92	0.642 4
0.18	0.142 8	0.43	0.332 8	0.68	0.503 5	0.93	0.647 6
0.19	0.150 7	0.44	0.340 1	0.69	0.509 8	0.94	0.652 8
0.20	0.158 5	0.45	0.347 3	0.70	0.516 1	0.95	0.651 9
0.21	0.166 3	0.46	0.354 5	0.71	0.522 3	0.96	0.692 9
0.22	0.174 1	0.47	0.361 6	0.72	0.528 5	0.97	0.668 0
0.23	0.181 9	0.48	0.368 8	0.73	0.534 6	0.98	0.672 9
0.24	0.189 7	0.49	0.375 9	0.74	0.540 7	0.99	0.677 8

续表

t	F (t)	t	F (t)	t	F (t)	t	F (t)
1.00	0.682 7	1.25	0.788 7	1.50	0.866 4	1.75	0.919 9
1.01	0.687 5	1.26	0.792 3	1.51	0.869 0	1.76	0.921 6
1.02	0.692 3	1.27	0.795 9	1.52	0.871 5	1.77	0.923 3
1.03	0.697 0	1.28	0.799 5	1.53	0.874 0	1.78	0.924 9
1.04	0.701 7	1.29	0.803 0	1.54	0.876 4	1.79	0.926 5
1.05	0.706 3	1.30	0.806 4	1.55	0.878 9	1.80	0.928 1
1.06	0.710 9	1.31	0.809 8	1.56	0.881 2	1.81	0.929 7
1.07	0.715 4	1.32	0.813 2	1.57	0.883 6	1.82	0.931 2
1.08	0.719 9	1.33	0.816 5	1.58	0.885 9	1.83	0.932 8
1.09	0.724 3	1.34	0.819 8	1.59	0.888 2	1.84	0.934 2
1.10	0.728 7	1.35	0.823 0	1.60	0.890 4	1.85	0.935 7
1.11	0.733 0	1.36	0.826 2	1.61	0.892 6	1.86	0.937 1
1.12	0.737 3	1.37	0.829 3	1.62	0.894 8	1.87	0.938 5
1.13	0.741 5	1.38	0.832 4	1.63	0.896 9	1.88	0.939 9
1.14	0.745 7	1.39	0.835 5	1.64	0.899 0	1.89	0.941 2
1.15	0.749 9	1.40	0.838 5	1.65	0.901 1	1.90	0.942 6
1.16	0.754 0	1.41	0.841 5	1.66	0.903 1	1.91	0.943 9
1.17	0.758 0	1.42	0.844 4	1.67	0.905 1	1.92	0.945 1
1.18	0.762 0	1.43	0.847 3	1.68	0.907 0	1.93	0.946 4
1.19	0.766 0	1.44	0.850 1	1.69	0.909 0	1.94	0.947 6
1.20	0.769 9	1.45	0.852 9	1.70	0.910 9	1.95	0.948 8
1.21	0.773 7	1.46	0.855 7	1.71	0.912 7	1.96	0.950 0
1.22	0.777 5	1.47	0.858 4	1.72	0.914 6	1.97	0.951 2
1.23	0.781 3	1.48	0.861 1	1.73	0.916 4	1.98	0.952 3
1.24	0.785 0	1.49	0.863 8	1.74	0.918 1	1.99	0.953 4

续表

t	$F(t)$	t	$F(t)$	t	$F(t)$	t	$F(t)$
2.00	0.945 5	2.30	0.978 6	2.60	0.990 7	2.90	0.996 2
2.02	0.956 6	2.32	0.979 7	2.62	0.991 2	2.92	0.996 5
2.04	0.958 7	2.34	0.980 7	2.64	0.991 7	2.94	0.996 7
2.06	0.960 6	2.36	0.981 7	2.66	0.992 2	2.96	0.996 9
2.08	0.962 5	2.38	0.982 7	2.68	0.992 6	2.98	0.997 1
2.10	0.964 3	2.40	0.983 6	2.70	0.993 1	3.00	0.997 3
2.12	0.966 0	2.42	0.984 5	2.72	0.993 5	3.20	0.998 6
2.14	0.967 6	2.44	0.985 3	2.74	0.993 9	3.40	0.999 3
2.16	0.969 2	2.46	0.986 1	2.76	0.994 2	3.60	0.999 68
2.18	0.970 7	2.48	0.986 9	2.78	0.994 6	3.80	0.999 86
2.20	0.972 2	2.50	0.987 6	2.80	0.994 9	4.00	0.999 94
2.22	0.973 6	2.52	0.988 3	2.82	0.995 2	4.50	0.999 994
2.24	0.974 9	2.54	0.988 9	2.84	0.995 5	5.00	0.999 999
2.26	0.976 2	2.56	0.989 5	2.86	0.995 8		
2.28	0.977 4	2.58	0.990 1	2.88	0.996 0		

参考文献

1. 孙静娟，杨光辉，杜婷．统计学．北京：清华大学出版社，2006.
2. 刘晓利等．统计学原理．北京：北京大学出版社，2007.
3. 徐国祥等．统计学．上海：上海财经大学出版社，2005.
4. 曾五一，肖红叶．统计学导论．北京：科学出版社，2007.
5. 苟晓霞，曲彩霞．统计学．北京：经济科学出版社，2007.
6. 梁前德．基础统计．北京：高等教育出版社，2004.
7. 全国统计专业技术资格考试用书编委会．统计基础理论及相关知识．北京：中国统计出版社，2010.
8. 迟艳芹，高文华，李凤燕．统计学原理与应用．北京：清华大学出版社，2005.
9. 黄良文，陈仁恩．统计学原理．北京：中央广播电视大学出版社，2001.
10. 卞毓宁．统计学概论．第2版．北京：高等教育出版社，2002.
11. 刘建萍，董启民．统计学原理学习指导．北京：学苑出版社，2001.
12. 韩兆洲，王斌会．统计学原理学习指导．广州：暨南大学出版社，2002.
13. 教琳，杨雯．统计学原理．天津：南开大学出版社，2007.
14. 杨晓飞．统计方法实务．北京：中国财政经济出版社，2008.
15. 冯力．统计学试验．大连：东北财经大学出版社，2008.
16. 黄应绘，李红．统计学实验．成都：西南财经大学出版社，2008.
17. 徐国祥．统计学．第2版．上海：上海财经大学出版社，2001.
18. 杨缅昆，方国松．统计概论．北京：清华大学出版社，2009.
19. 钟新联，张建军．统计学原理．上海：立信会计出版社，2008.